失恋排行榜

〔英〕尼克·霍恩比 著 卢慈颖 译

上海译文出版社

给 Virgina

那时⋯⋯

then...

我的无人荒岛,有史以来,前五名最值得纪念的分手,依年代排名如下:

1. 艾莉森·艾许华斯

2. 彭妮·贺维克

3. 杰姬·艾伦

4. 查理·尼科尔森

5. 莎拉·肯德鲁

　　这些人真伤了我的心。你在上面有看见你的名字吗,萝拉?我想你能挤进前十名,不过前五名可没你的位置,那些位置保留给你无助于拯救我的羞辱与心碎。听起来或许比字面上更残酷,不过事实就是我们已经老到无法让对方遗恨终生,这是件好事,不是坏事,所以别认为挤不上榜是针对你来的。那些日子已经过去了,而且他妈的去得一干二净。那时候不快乐还真代表些什么,现在则不过是个累赘,像感冒和没钱一样。要是你真想整我的话,你就应该早点逮到我。

1. 艾莉森·艾许华斯(1972)

　　几乎每个晚上,我们都在我家转角附近的公园里鬼混。我住在赫特福德,不过这跟住在英格兰任何一个郊区小镇没什么两样。就是那种郊区小镇,那种公园,离家只要三分钟,在一小排商家(一家VG超市、一家书报摊、一家卖酒的)的马路对面。附近没有半点能显现地方特色的东西。要是那些店开门的话(平常开到五点半,星期四到半夜一点,星期天整天),你可以到书报摊去看看本地的报纸,不过就算那样大概也找不出什么头绪。

我们当时十二三岁,才刚刚发现什么叫做反讽——或者这样说吧,就是后来才理解到那就是反讽的东西。我们只允许自己玩玩秋千和旋转椅,任凭其他小孩子玩意在一旁生锈,还要表现出一副自我了得的嘲弄冷淡态度。这包括模仿一副漫不经心的样子(吹口哨、聊天、把玩烟蒂或火柴盒通常就能达到效果),或者从事危险动作,所以我们在秋千荡到不能再高时从上面跳下来,在旋转椅转得不能再快时跳上去,或在海盗船晃到几乎垂直时固守在船尾。如果你能证明这些孩子气的把戏有可能让你脑浆四溅的话,那这样玩似乎就变得合情合理。

不过,对女生我们可就一丁点反讽的态度也没有,原因只有一个,就是根本没时间。前一秒钟她们还不在我们视野里,或者说引不起我们的兴趣;而下一秒钟你已经无法避掉她们,她们无所不在,到处都是。前一秒钟你还因为她们是你的姐妹,或别人的姐妹,想在她们头上敲一记;而下一秒钟你就想……老实说,我们也不知道我们下一秒钟想怎么样,不过,就是那样、那样。几乎在一夜之间,所有这些姐妹们(反正没有其他种女生,还没有)都变得教人兴致盎然,甚至心荡神迷。

让我想想,我们跟之前到底有什么两样呢?刺耳的喉音?但是刺耳的喉音不会帮你太多忙,老实说——只会让你听起来很可笑,而不会让你性感半分;新生的阴毛是我们的秘密,严守于身体与裤裆之间。它就长在该长的地方,一直要到许多年以后,才会有一个异性成员来检验它的存在。另一方面,女生则明显地有了胸部,还有随之而来的,一种新的走路方式:双手交叉放在胸前。这个姿势一方面遮掩,另一方面又同时引起别人注意刚发生的改变。然后还有化妆和香水,都是些廉价品,技巧也不熟练,有时甚至很有喜剧效果,不过,这还是一个可怕的征兆,表示有事情无视我们、超越我们、在我们背后进行着。

我开始跟她们其中一个出去……不,这样说不对,因为我在这个决策过程中完全没有任何贡献。我也不能说是她开始跟我出去的,"跟谁出去"这句话有问题,因为它代表某种对等或平等的关系。而情况是大卫·艾许华斯的姐姐艾莉森,从那群每天聚集在长椅上的女生中脱队接纳了我,把我塞进她的臂弯下,领我离开海盗船。

现在我已经记不得她是怎么做到的,我当时大概连怎么回事都搞不清楚。因为在我们第一次接吻到一半时,我的初吻,我记得我感到全然地手足无措,完全无法解释我和艾莉森·艾许华斯怎么会变得那么亲密。我甚至不确定我是怎么远离她弟弟、马克·戈弗雷和其他人跑到了属于她那一边的公园的,或我们怎么丢下她那一伙儿,或她为什么把脸靠近我、好让我知道我可以把嘴贴到她嘴上呢?这整件事足以推翻所有的理性解释。然而这些事都发生了,而且还再度上演,隔天晚上,以及再隔一天晚上。

我那时以为我在干吗?她那时以为她在干吗?现在当我想以同样的方式亲吻别人,用嘴唇舌头什么的,那是因为我还想要其他的东西:性、周五晚场电影、做伴聊天、亲人朋友圈的网络链接、生病时有人把感冒药送到床边、听我唱片和 CD 的一双新耳朵,也许还有——

名字我还没决定——一个叫杰克的小男孩,和一个到底该叫荷莉还是梅希的小女孩。但当时我并不想从艾莉森·艾许华斯身上得到这些东西。不会是为了有小孩,因为我们自己就是小孩;也不是为了周五晚场电影,因为我们都看礼拜六最早的那一场;也不是感冒药,因为有我妈就行了;甚至也不是为了性,尤其是性,老天爷千万不是,那是七十年代早期最龌龊恐怖的发明。

如果是这样,那些亲嘴的重要性在哪里呢? 事实就是——根本没什么重要性。我们只是在黑暗中瞎搅和。一部分是模仿(我一九七二年以前见过的亲嘴的人:詹姆斯·邦德、西蒙·坦普勒①、拿破仑·索洛②、芭芭拉·温莎和席德·詹姆斯③,也许还有吉姆·戴尔④、埃尔希·坦娜⑤、奥马尔·沙里夫和朱莉·克莉丝蒂⑥、猫王,以及一堆我妈爱看的黑白片人物,不过他们从来不会把头左右摆来摆去),一部分是荷尔蒙使然,一部分是同侪的压力(凯文·班尼斯特和伊丽莎白·柏恩斯已经好几个星期都这样了),还有一部分的盲目惊慌……这里面没有意识、没有欲望也没有情趣,除了腹中有一种陌生且微微愉悦的温暖。我们不过是小动物,这不表示到了周末时我们会把对方的衣服扒光,打个比方来说,我们刚刚开始嗅闻对方的尾部,而且还没有被那个气味吓跑。

不过听好了,萝拉。到了我们交往的第四晚,当我到达公园时,

---

① Simon Templar:电视剧集《七海游侠》(The Saint)中的侠盗侦探,由罗杰·摩尔主演,与007系列电影相似。曾改编为电影。
② Napoleon Solo:英国电视剧集 UNCLE 的主角,另一个007型的人物。
③ Barbara Windsor 与 Sid James 合作了一系列间谍喜剧片——Carry On 系列。席德·詹姆斯主演的男主角也是一号007型人物。
④ Jim Dale:英国资深喜剧演员,主演 Carry On 系列。
⑤ Elsie Tanner:英国女演员。
⑥ Omar Sharif 和 Julie Christie 是大卫·里恩(David Lean)电影《日瓦戈医生》中的男女主角。

艾莉森手钩着凯文·班尼斯特坐在长椅上,伊丽莎白·柏恩斯则不见芳影。没有人——艾莉森、凯文、我,或挂在海盗船尾巴上还没开苞的白痴——敢说一句话。我如坐针毡、面红耳赤,突然间忘了该怎么走路才不会为自己的每一小块身体别扭。该怎么办?要往哪里走?我不想起争执,我不想跟他们两个一起坐在那里,我不想回家。所以,我死死盯着小径上六号烟的空烟盒——那些空烟盒标定出男女生的楚河汉界——不瞻前顾后,不上下乱瞄,我直接回归那一群挂在海盗船尾巴上的单身男孩堆。在回家的半路上,我犯了判断上唯一的错误:我停下脚步看表。不过到现在为止我还不明白我当时试图想要传达什么,或者我当时想唬谁。毕竟,有哪种时间会让一个十三岁的男生从女生身边离开,回到游乐场,手心出汗,心脏扑通扑通乱跳,强忍着不哭出来?显然不会是九月底的某个午后四点钟。

我向马克·戈弗雷讨了一根烟,然后一个人到旋转椅上坐下来。

"人尽可夫。"艾莉森的弟弟大卫吐了一口痰。我感激地对他笑了笑。

就这样。我做错了什么?第一晚:公园、抽烟、接吻。第二晚:一模一样。第三晚:一模一样。第四晚:被甩。好好好,也许我早已经看出苗头。也许是我自作自受。在第二个一模一样的晚上,我早该看出我们已经落入俗套,我拖着事情毫无进展,使她开始另觅他人。但是她可以告诉我啊!她至少可以给我几天的时间把事情搞好!

我跟艾莉森·艾许华斯的恋情延续了六个小时(从放学后到全国新闻前的两小时空当,乘以三),所以我没办法宣称我习惯有她在我身边,而我却搞不定我自己。事实上,我现在几乎记不得任何有关她的事了。黑色长发?也许。小个儿?比我还小,八成是。吊梢眼,

7 失恋排行榜 High Fidelity

几乎像东方人的眼睛,还有黝黑的皮肤? 有可能是她,也可能是别人。随便啦。但如果我们要依照悲痛程度而非年代来排名次的话,我会把她排上第二名。这样想想还挺安慰的,随着我年纪增长,时代也不一样了,恋爱变得更加精明老练,女性变得没那么心狠手辣,而脸皮更厚,反应更快,本能更发达。但是从此之后所有发生的每件事,都似乎带有那一晚的元素。我其他的浪漫史似乎都是头一个的混音版。当然,我再也不用走那长长的路,我的耳朵再也不会因为相同的愤怒而发烫,我再也不必数着六号烟的空烟盒来逃避嘲笑的眼光和奔流的泪水……不用了,没有了,不一样了。只不过,有时候,还是会有类似的感受阵阵袭来。

2. 彭妮·贺维克(1973)

彭妮·贺维克是个好女孩,而这会儿,我就要找个好女孩。只不过当时我没这么肯定。她有一个好爸爸、一个好妈妈,有好房子,独栋的,有花园、树木和鱼池,还有好女孩的发型(她金发,头发留得有点时髦,很干净、很有生气、司仪般的中长发)和亲切、会笑的眼睛,还有一个好妹妹,每当我按电铃时她都很客气地微笑,而且在我们不希望她碍事时离得远远的。彭妮很有礼貌——我妈很喜欢她——而且她的成绩一向顶尖。彭妮长得很好看,她最喜欢的前五名歌手是卡莉·西蒙(Carly Simon)、卡洛·金(Carole King)、詹姆斯·泰勒(James Taylor)、凯特·史蒂文斯(Cat Stevens)和艾尔顿·约翰(Elton John)。喜欢她的男生很多。她真的很好,事实上,她不让我把手放到她下面去,甚至不让放到她胸罩上,所以我就跟她分手。只不过,当然啦,我没有跟她说为什么。她哭了,而我因此憎恨她,因为她让我觉得自己根本是个大坏蛋。

我可以想像彭妮·贺维克会变成什么样的人: 一个好人。我知道她上了大学,成绩很好,找到一份在英国国家广播公司(BBC)当广播制作人的工作。我能想见她很聪明、认真,也许过于认真,而且有理想有抱负,不过不是会让你想吐的那一种。她是那种我们起初都想成为的典范,而且在我人生的另一种阶段,我会被这些美德所吸引。不过当时,我对这些优点没兴趣,我只对胸部有兴趣,也因此她对我来说一无是处。

我很希望能告诉你我们有过有趣的长谈,以及我们在青少年时期一直都是很要好的朋友——她会是一个很好的朋友——不过我不认为我们曾经交谈过。我们一起去看电影、去参加派对和舞会,而且我们扭打搏斗。我们在她的房间里搏斗,在我的房间里搏斗,在她的客厅、在我的客厅、在派对的房间里、在派对的客厅,夏天时我们在不同的草地上搏斗。我们老为同一件事搏斗。有时候我为了要摸她胸部而被弄得厌烦不堪后,我会试着去摸她两腿间的地带,一种带有自我解嘲意味的动作:像是想借个五块钱,被拒绝后,反而转过头来要借五十元一样。

学校里有些男生问男生的问题(一个只有男生的学校):"你上了没有""她有没有让你上""她让你上多少"这一类的。有时候是为了作弄你,等着听一声"没有"。"你还没上吧,对不对?""你还没摸到胸部,对吗?"与此同时,女生们只能满足于被动的语言。彭妮用的是"攻陷"这个词:"我还不想被攻陷。"当她第一千次把我的手从她胸部上拿开时,她会耐心地、也许还有点哀愁地这么说(她似乎知道总有一天——不过不是现在——她总得放弃防御,而且当事情发生时她不会心甘情愿)。攻击与防守、侵略与反扑……仿佛胸部是一小片被异性非法吞并的领土——它们本该属于我们,而我们要把它讨回来。

然而幸运的是,对方阵营里总有叛徒、造反者。有些男生知道其他男生的女朋友会"让"他们做任何事,有时这些女生甚至会主动协助他们的骚扰。当然,没有人听说过有哪个女孩子敢大胆到一丝不挂,或甚至是脱掉或松开内衣。这样的话会把合作关系搞得太复杂。就我所知,这些女生不过就是摆出一种诱人亲近的姿态。克利夫莱·史蒂文斯深表赞同地提起他哥哥的女友:"她总是有意无意地收缩小腹。"我花了将近一年的时间才弄懂这种女生战略所内涵的意义。难怪我到现在还记得那个收缩小腹女生的名字(她叫茱蒂斯);我还真的有点想见见她。

　　翻阅任何女性杂志你都会一再读到相同的抱怨:男人——他们的小弟弟无论是十几、二十几、三十几岁及以上——在床上无可救药。他们对"前戏"不感兴趣,他们无意去挑逗异性的性感带,他们自私、贪婪、笨拙、不明事理。你不得不感到,这些抱怨有点反讽。那个时候,我们所要的正是前戏,而女孩子却不感兴趣。她们不想被碰触、被抚摸、被挑逗、被刺激。事实上,如果我们有意尝试的话她们还会打人。所以,我们的技术欠佳也就不足为奇了。我们花了两三个漫长而影响深远的年头,被强力告知想都别想这个念头。从十四到二十四岁这几年,前戏从男生要女生不要的东西,变成女人想要男人懒得理(他们是这样说的。我呢,我喜欢前戏——主要是因为从前我全心全意只想碰触的年代在我心里历历如新)。如果你问我的话,我想最完美的组合,就是读《时尚 Cosmo》的女人和一个十四岁的小男孩。

　　如果有人问我,为什么这么不顾一切地要抓到彭妮·贺维克的一小块胸部,我会不知道该说什么。而如果有人问彭妮为什么这么不顾一切地要阻止我,我敢说她也会被难倒。那对我而言有什么好处?其实,我并不要求任何回报。为什么她不要她的性感带被挑逗?我毫无头绪。我只知道,要是你努力探询的话,你可以从第一根阴毛到第一个脏兮兮的杜蕾斯之间——那段掩埋着饱受磨难的性爱空窗期里——寻获各种疑难杂症的解答。

而且更何况,也许我并不是真的那么想把手放进彭妮的胸罩里。也许其他人比我更希望我去摸她。经过跟彭妮在全镇上的沙发上搏斗的几个月后,我受够了,我跟一个朋友承认,现在想想我实在是个大傻蛋,我什么也没上。我的朋友又跟其他朋友说,我成了一连串残酷而又可憎的笑话的笑柄。我试了彭妮最后一次,在我房里趁着我爸妈到市政府看本地话剧社演出《杨柳风》的时候。我对她使出的蛮力足以激怒并吓坏一个成年女人,不过毫无进展,我送她回家的路上我们几乎没说一句话。

我下次跟她出去时完全没有毛手毛脚,那晚结束后当她要吻我时,我耸耸肩推开她。"有什么用?"我问她,"又不能怎么样。"后来她问我还想不想跟她见面时,我把脸扭向一边。我们已经交往三个月了,这对中学四年级来说几乎算是一辈子在一起(她的爸爸妈妈还见过我爸爸妈妈。他们互有好感)。接着她哭了,而我憎恶她使我有罪恶感,使我甩掉她。

我开始跟一个叫金的女生出去,我知道她已经被入侵了,而且她(我的假设没错)不会反对再次入侵。彭妮跟我班上的克里斯·汤森交往,这家伙有过的女朋友比我们所有人加起来的还多。我是在玩火,她也是。有一天早上,差不多是我跟彭妮最后一次肉搏战三星期后,汤森大声嚷嚷着走进教室:"喂,弗莱明,你这个小儿麻痹,猜猜看我昨晚上了谁?"

我一下子感觉天旋地转。

"三个月来你连奶头都没碰到,我第一个星期就干了她。"

我信他的话:所有人都知道他看上眼的没有他得不到的。我被羞辱、被打败、被比下去了。我觉得愚蠢而且渺小,而且比这个让人看不顺眼、体型庞大又大嘴巴的低能儿还要、还要幼稚很多很多。原本这档子事实在不足挂齿。汤森在有关下半身的事情上原本就独树一帜,而且四年级乙班还多的是一大票连女生的肩膀都没搭过的小怪胎。而我方的答辩词,即便没有发出声来,对他们来说早算得上是经验老到了。我并没有那么跌份。不过我还是没弄明白到底怎么一回事。彭妮突如其来的转变是怎么发生的?彭妮怎么会从一个什么都不肯的女生变成一个什么都不吝的女生?也许我最好别想得太劳神,我不想为任何人抱憾,除了我自己。

我希望彭妮后来一切平安。我后来一切平安,而且我怀疑甚至克里斯·汤森也算不上是世界最大的坏蛋。至少,我无法想像他会溜进他上班的地方、他的银行、他的保险公司或他的汽车展示间,扔下他的公事包,然后得意洋洋地告诉他的同事他刚刚"上了"——譬如说——他同事的老婆(不过,我倒是可以很轻易地想见他上别人的老婆。他看起来就像那种会上别人老婆的人,从小就像)。对男人感到不爽的女人——的确有很多可以不爽的——应该记得我们是怎么开始的,以及我们跋涉了多么漫长的一段路。

3. 杰姬·艾伦(1975)

杰姬·艾伦是我朋友菲尔的女朋友,我从他身边把她偷过来,缓慢地,耐心地,花了好几个月。并不容易,需要大量的时间、努力和诱骗。菲尔和杰姬差不多是在我和彭妮在一起时开始交往,只不过他们就这么一直交往下去,经过傻里傻气、荷尔蒙发达的中学四年级,世界末日般从学校毕业的五年级,到假装大人般老成的六年级上学期。他们是我们的黄金佳偶,我们的保罗与琳达①,纽曼与华德②,他们是这个不忠不义、变幻无常的世界中活生生的见证,证明有可能白头偕老,或至少老一点,无须每几个星期就分手换人。

我搞不清我干吗要搞砸他们俩,还有所有需要他俩长相厮守的人。你知道,当你看到服装店里成堆的 T 恤,叠得美美的,照颜色分类,所以你就也买一件。可你拿回家后完全不是那么回事。你发现得太晚,它只有在店里面才会好看,因为它有它的同伴在身旁。这多少有点类似那样子。我希望如果我跟杰姬交往,这种心态成熟女人的庄重会感染我,不过当然少了菲尔她就一无所长(如果那是我企求的,也许我早该想个办法跟他们俩一起交往。不过那种事连你长大成人后都很难搞定,在十七岁时可能足以让你惨遭乱石砸死)。

菲尔开始每周六在男装店工作,我则趁虚而入。我们这些没工作的,或是,像我一样,在放学后而非周末工作的人,会在周六下午碰头到海街轧马路,浪费过多时间过多金钱在哈乐肯唱片行,然后“招待自己”(我们不知怎么的,竟学会母亲那辈在战后戒酒令时期的用语)一杯滤泡咖啡,我们视之为法式酷风的最佳表征。有时候我们会去探菲尔的班,有时他让我使用他的员工折扣。这些都阻止不了我背着他上他的女朋友。

我知道跟某人拆伙可能会很凄惨,因为艾莉森和彭妮已经教会我这点;但我不知道跟某人打得火热也可能会很凄惨。不过我跟杰

---

① Paul and Linda:这里指的是披头士(Beatles)里的保罗·麦卡特尼(McCartney)与他的妻子琳达·麦卡特尼。
② Newman and Woodward:保罗·纽曼与珍妮·华德,好莱坞著名的模范夫妻。以上两对夫妻都以长久稳定的婚姻关系闻名演艺圈。

姬的凄惨是一种充满刺激的成人模式。我们偷偷摸摸地见面,偷偷摸摸地打电话,偷偷摸摸地上床,偷偷摸摸地说"我们将来怎么办?"这种傻话,然后谈到如果我们不用再偷偷摸摸的话该有多好。我从没真的想过那是真是假,根本没这种时间。

我试着不要过度压抑菲尔——这么做已经觉得够糟的,何况我还上他女朋友这些有一搭没一搭的。不过这不可避免,因为每当杰姬表示对他的疑虑时,我必须哺育这些疑虑,就好像它们是一窝瘦弱多病的小猫一样,到最后它们变得又结实又强壮——那饱满的不满——让它们用自己的猫爪任意扫过我们的谈话。

然后有那么一晚,在派对上我看见菲尔和杰姬一起缩在角落,菲尔显然很难过,脸色苍白,一副快哭出来的样子,然后他回家去,然后隔天早上她打电话给我问我要不要去散个步,我们去了,然后我们从此不再偷偷摸摸地做事,然后我们维持了大概三个星期。

你会说这太幼稚了,萝拉。你会说我把洛与杰姬以及洛与萝拉拿来相比太蠢了,后者已经三十老几,事业有成,住在一起。你会说成年人通奸打得青少年通奸落花流水,但你错了。从那之后我曾数次处于三角关系的一端,但那是最为尖锐的第一次。菲尔没再跟我说过一句话;我们的周六购物伙伴也不太跟我们来往。我妈接到菲尔他妈的一通电话;有好几个星期,上学都让人感到不自在。

如果我现在搞出那种麻烦,相比之下可能会发生的状况:我可以去不同的酒吧和舞厅,把答录机打开,多出去玩,多待在家里,拨弄我的社交罗盘然后划出一个新的交友圈(反正,我的朋友绝不会是她的朋友,无论她是谁),避免与不高兴的双亲有任何接触。不过,这种匿名生活当时并不存在,你得待在那里忍受一切,不管你得忍受的是什么。

让我最最难堪的是杰姬在星期天早上打电话给我时,那种突然降临的全然失望感。我无法理解。我密谋这项猎捕已经好几个月了,而当对方投降时我却毫无感觉——甚至比毫无感觉还要没感觉。我对杰姬张不开口,显然地,另一方面我又完全无法表现出她所需要的激情,所以我决定将她的名字刺在我的右臂上。

不晓得。在我身上留下终身刻痕,似乎比告诉杰姬这全是一次荒诞的错误而我只不过是在瞎搅和,要来得容易多了。我怪异的逻辑推算着,如果我把刺青秀给她看,我就用不着为了要挤出超过我能力范围的语句而苦恼。我该说明一下,我不是那种会去刺青的人;我现在不是、过去也不是摇滚小子那种"你见鬼去吧"的颓废派,也不是成群结队喝啤酒的肌肉男。但当时在我们学校,刺青不幸正大大流行,我知道事实上有好几个三十好几的男人——像是会计师跟学校老师、人事经理跟电脑工程师——他们身上还带着那个年代的蹩脚讯息(MUFC KICK TO KILL①、LYNYRD SKYNYRD② 之类的),那烙进肉里面的猩红字。

我只想刺个暧昧的"杰★洛"在我的上臂,但是刺青师傅维特不吃这一套。

"她是哪个? 杰还是洛?"

"杰。"

"那……你和这个缩写叫做杰的马子交往多久了?"

我被刺青店那种具有侵略性的男性气概——其他的顾客(全部属于成群结队喝啤酒的肌肉男,而且似乎莫名其妙地觉得我很有

---

① MUFC——Manchester United Football Club:曼彻斯特联合足球俱乐部。KICK TO KILL 意思是踢赢对方。
② LYNYRD SKYNYRD:"林纳斯金纳"乐团,1965年成立于美国佛罗里达,至今依旧活跃于乐坛。曲风结合蓝调、硬摇滚与乡村,走红于 20 世纪 70 年代,与"老鹰"合唱团并列为南方摇滚的代表团体。

趣）、墙上的裸女、服务项目的可怕范本（几乎都直接就烙印在维特的前臂上），甚至是，维特令人不快的言语——吓倒了。

"够久了。"

"那个他妈的由我下判断，轮不到你。"

我发现这种做生意的方式相当古怪，不过我打算改天再细心探究。

"几个月了。"

"所以你要娶她，是不是？还是你把她肚子搞大了？"

"都不是。"

"所以你们只是在一起？你没有被拴住？"

"对。"

"那你怎么认识她的？"

"她以前跟我的朋友在一起。"

"现在不在一起。他们什么时候分手的？"

"星期六。"

"星期六？"他放声大笑，"我不要你老妈跑来这里跟我哭诉，快给我滚出去。"

我滚了出去。

当然，维特的招子放得很亮；老实说，每当我受这种心病所苦时，我常常会想把他找出来。他能在十秒钟内告诉我这个人值不值一个刺青。但是即便在菲尔和杰姬欣喜落泪地破镜重圆后，事情并没有回到从前的样子。有些她们学校的女生，和有些我们学校的男生，认为杰姬利用我作为重新商议她与菲尔两人关系的筹码，而周六的购物午后再也不一样了。我们不再仰慕那些在一起很久的人，我们挖苦他们，而他们甚至挖苦自己。短短的几个星期内，类似结婚的身份已经不再是让人渴望的事,而是被人嘲弄的由头。才十七岁,我们已经变得跟我们的父母一样怨天尤人又不解风情。

明白了吧,萝拉?你不像杰姬那样能让周遭一切风云变色。对我俩来说,这发生过太多次;我们只会回到从前的朋友、酒吧以及生活,然后就这么算了,而且搞不好,根本没有半个人留意到。

4. 查理·尼科尔森(1977—1979)

我在技术学院认识的查理。我在上媒体研究课,而她在学设计;当我第一次见到她的时候,我明白她就是那种从我大到想认识女生以来,就一直想要认识的女生。她身材高挑,有一头金色的短发(她说她认识一些圣马丁的人,而这些人又认识强尼·罗顿①的朋友,不过我从未被引见过),她看起来与众不同,而又充满了戏剧性和异国情调。连她的名字对我来说都充满戏剧性、异国情调而又与众不同,因为到那时为止我一直生活在女生只有女生名字的世界,没有这么有趣的。她话说个不停,所以你不会遇到那种乏味可憎的沉默,这个特色似乎是我六年级时大部分约会的通病,而且当她说话时,她说的都是极为有趣的事情——关于她的课,关于我的课,关于音乐,关于电影、书和政治。

而且她喜欢我。她喜欢我。她喜欢我。她喜欢我。或者说至少,我想她是。我想她是。这样的文字逻辑还可以继续推演下去。我从来就无法完全确定女人到底喜欢我哪一点,不过我知道热情会

① Johnny Rotten(1956—):英国朋克乐队"性手枪"(The Sex Pistols)的主唱,他们于1975年在圣马丁艺术学院开唱。这个存在仅两年的乐队,却完全改写了摇滚音乐史,因其对社会的愤怒、奇装异服,以及怪异发型、无政府、虚无的叫嚣,舞台上充满暴力的表演,成为英国当时最头疼的、老是被禁止演出的乐队。贝司手席德(Sid Vicious)因嗑药误杀女友,随后因服药过量致死。1986年英国导演Alex Cox将这段故事拍成电影《席德和南茜》(Sid & Nancy)。"性手枪"俨然成为英国"朋克"(punk)的开山鼻祖。

有帮助(连我都知道要拒绝一个认为你无法抗拒的人有多难),而我当然很热情;我不让自己——至少是不到最后关头——惹人讨厌;而且我从来不待太久——至少在还可以待的时候不会——讨人嫌;但是我亲切真诚善解人意全心付出,而且我记得她的事,而且我告诉她她很漂亮,而且我会送她不久前我们聊天时提到的小礼物。当然,这些完全不费力,也完全不用费尽心机:我发现要记住她的事情很容易,因为我其他的事情都不想;而且我真的觉得她很漂亮;而且我没法阻止自己买小礼物送给她;而且我的全心投入不需要假装。这里面完全没有努力的成分。所以有次当查理的朋友,一个叫凯特的女生,在午餐时充满渴望地说她多希望能找到像我这样的人,当时我又惊讶又高兴。高兴的是,查理听到了,而且不是说我的坏话;惊讶的是,我所做的一切只不过是出于自身利益。但似乎这就足够了,这就足够让我变成一个被欲求的人。怪哉。

无论如何,搬到伦敦让我比较容易受到女孩子欢迎。在家乡,大部分的人从小就认识我,或者我爸和我妈——或者认识某个认识我,或者我爸妈的人——我向来都对自己的少年时期会被公之于世感到不自在。当你知道你的童子军制服还挂在衣橱里的时候,你怎么能带女孩子到酒吧未成年就偷喝酒?假使有女孩子知道(或认识谁知道)就在几年以前,你还坚持要把诺福克保护区和爱斯摩尔国家公园的纪念臂章缝在你的厚夹克上,她怎么会想亲你?在我爸妈的房子里,到处都是我一双大耳朵穿着丑不拉叽衣服,坐在农用牵引机上,在迷你火车驶进迷你车站时高兴得手舞足蹈的照片;虽说后来令人苦恼的是,女友们都觉得这些照片真的好可爱喔,但在当时一切都压得让人喘不过气来。从十岁变到十六岁我只花了六年的时间,难道这六年不足以造成巨大的转变吗?我十六岁时,那件缝有臂章的厚夹克不过小了几号而已。

　　不过,查理不认识十岁时的我,她也不认识任何认识我的人。她只认识身为一个年轻人的我。我认识她的时候已经老到可以投票,我已经老到可以跟她一起过夜,一整夜,在她的宿舍里,已经有主见,可以在酒吧请她喝酒,而且安心地知道我驾照上鬼画符似的年龄证明就在我的皮夹里……我已经老到有过去。在家乡,我没有过去,只有一堆别人早知道的事,因此没有重复的价值。

　　但是我还是觉得假假的。我就像那些突然剃了个光头的人,然后说他们一向都是朋克,说他们在朋克都还没被发明前就已经是朋克。我觉得我好像随时都会被抓包,会有人突然冲进学校的酒吧,拿着随便哪张厚夹克的照片到处张扬,然后大叫:"洛向来就是个小男生!是个小家伙!"然后查理会看见照片然后她把我给甩了。我从没想过她也可能会有一整堆的小马童话书和可笑的舞会装,就藏在她爸妈在圣阿尔本的房子里。我知道的就是,她天生就戴着超大耳环,穿着紧身牛仔裤,对某个随处泼洒橘色油漆的家伙的作品有着超乎想像的那种世故的狂热。

　　我们在一起两年,每分每秒我都觉得仿佛站在危险的悬崖上。我永远无法自在,如果你知道的话,我没有余地自在地伸展放轻松。我为衣橱里欠缺亮眼的华服感到沮丧;我为自己做她情人的能力烦躁难安;无论她解释过千百遍,我还是不懂她到底看上那个橘色油漆男哪一点好;我烦恼我永远没办法对她说出任何风趣好笑的话。我害怕她设计课班上的其他男人,我开始相信她会跟其中一个跑了。她真的跟其中一个跑了。

　　我被踢出主剧情好一阵子,接着是次剧情、剧本、配乐、中场休息时间、我的爆米花、工作人员表和出口标志。我在查理宿舍的附近游荡，直到被她的几个朋友逮到，他们恐吓要痛揍我一顿。我打算杀了马可（马可！），那个她跟着跑了的家伙，在午夜梦回时分花上好几个小时运筹帷幄，虽然每次我撞见他，我都只是咕咕哝哝地向他打声招呼然后就闪人。我到商店顺手牵羊了一回，确切的动机我已经无迹可寻。我吃过量的镇静剂，然后不到一分钟就把手指伸进喉咙里掏。我写了无数的信给她，寄了几封出去；我编写了无数的对话，没有一句说出口。当我回过神来，经过好几个月暗无天日之后，我猛然醒觉自己已经休了学，并且已经在卡姆登的唱片与卡带交流中心工作了好一阵子。

　　一切发生得很快。我本来还怀抱着我的成年时期会长久丰富又发人深省的那一类小希望，不过在那两年里就挥发殆尽了。有时，从那之后似乎所有发生在我身上的人与事都只是小小的插曲。有些人从来没跳脱六十年代，或是战争，或是当他们的乐团在"希望之锚"帮 Dr Feelgood① 乐团暖场的当晚，穷尽毕生都在倒退；我从没有真正跳脱查理。而同时一些很重要的东西，决定我是谁的东西，在继续往前迈步。

　　我最爱的几首歌曲：尼尔·杨（Neil Young）唱的 Only Love Can Break your Heart（"只有爱情令人心碎"）②、"史密斯"合唱团（The Smiths）③的 Last Night I Dreamed That Somebody Loved Me（"昨夜我梦

---

① Dr Feelgood：1971 年成立的酒吧摇滚乐队，在 20 世纪 70 年代中叶，成为第二波酒吧摇滚的领袖，其风格为蓝调和 R & B。乐队至今仍旧活跃，而且几乎每年有将近百场的现场表演，为最醉心于现场表演的团体之一。
② Only Love Can Break your Heart：出自 Neil Young 1970 年的专辑 After the Gold Rush。
③ The Smiths：英国 20 世纪 80 年代最有影响力的曼彻斯特乐队，主唱莫里斯（Morrissey）和吉他手约翰尼·马尔（Johnny Marr）成为年度风云人物。该乐队开创90 年代另类独立音乐的迷幻吉他曲风，主唱莫里斯的词曲皆相当阴郁。乐队成立于 1982 年，于 1987 年解散。莫里斯继续出版个人专辑。

见有人爱我")、艾瑞莎·富兰克林(Aretha Franklin)的 Call Me("打电话给我")、随便哪个人唱的 I Don't Want to Talk About It("我不想再提起")①。然后还有 Love Hurts("爱情伤人")②, When Love Breaks Down("当爱已逝")③、How Can You Mend A Broken Heart("你怎能修补破碎的心")④、The Speed Of The Sound Of Loneliness("寂寞之声的速度")⑤、She's Gone("她走了")、I Just Don't Know What To Do With Myself("我不知该如何自处")⑥,以及……从我十六岁或十九岁或二十一岁起,这些歌有的我平均一星期听一遍(头一个月听三百遍,后来就偶尔听听)。这怎会不让你在某处留下瘀伤? 这怎会不让你变成那种当初恋破灭时就会变得支离破碎的人? 是哪一个先?音乐还是苦难? 我是因为很悲苦才听音乐吗? 或者我这么悲苦是因为听了音乐的缘故? 这些唱片会让你变成一个忧郁的人吗?

人们担心孩子们玩枪和青少年看暴力录像带,我们害怕某种文化暴力会占据他们。没有人担心孩子们听上千首——真的是上千首——有关心碎与抛弃与痛苦与凄惨与失落的歌曲。浪漫一点来说,我所认识的最不快乐的人就是最喜欢流行音乐的人;我不知道是不是流行音乐造成了这些不快乐,不过我确实知道,他们听这些悲歌的时间,比他们过着不快乐的人生的时间还来得久。

---

① I Don't Want to Talk About It:这首歌最早为尼尔·杨所组的乐队"疯马"(Crazy Horse)的首张同名专辑,有为数不少的翻唱版,包括洛·斯图尔特以及"只要女孩"演唱组(Everything But the Girl)等等。

② Love Hurts:为 Emmylou Harris 名曲,本书最后长相如《洛城法网》里苏珊·黛的乡村民谣歌手茉莉就在男主人公开的二手 CD 店的签唱会上翻唱她的歌。

③ When Love Breaks Down:出自英国乐队"合成芽"(Prefab Sprout)1985 年的专辑 Two Wheels Good。

④ How Can You Mend A Broken Heart 为比吉斯(Bee Gees)名曲,也有大量翻唱版。

⑤ The Speed Of The Sound Of Loneliness:出自 John Prine 1986 年专辑 German Afternoons。

⑥ I Just Don't Know What To Do With Myself:为 Dusty Springfield 1964 年同名专辑里的曲子,也有大量翻唱者,包括本书中不断提及的皇帝艾维斯(Elvis Costello)。

总而言之。以下是不做生涯规划的方法：A. 跟女朋友分手；B. 野鸡大学；C. 到唱片行工作；D. 此后一辈子都留在唱片行。有时你看到那些出土的庞贝城人群的照片时心里会发问，真奇怪，你喝完茶玩个简短的掷骰子然后你就被定住了，然后几千年过去了人们就只记得你这副模样。假设那是你第一次玩掷骰子游戏呢？假设你只是陪陪你朋友奥古斯特玩一把？假设你刚刚写完一首绝妙好诗或什么的？被当成一个玩骰子的人记住难道不令人恼怒吗？有时候我环顾我的店面（因为有整整十四年我都错失良机！大约十年前我借钱开了自己的店！），以及礼拜六的老顾客时，我完全理解庞贝城那些居民的感受，如果他们有感觉的话（虽然重点是他们根本无知无觉）。我就卡在这个姿势里，这个看店的姿势，永远如此，就只因为一九七九年有几个星期我疯癫了一阵子。有可能会更糟，我想。我可能会走进征兵办公室，或者附近的屠宰场。不过就算如此，我仍觉得仿佛我刚做了个鬼脸而生命之风就突然转了向，然后我就得做着这个可怕的鬼脸过一辈子。

最后我不再寄那些信，几个月后我也不再写了。我还是狂想着杀掉马可的过程，虽然想像中的几场死亡都变得过于简短（我给他几秒钟浮现，然后给他"砰"的一枪！）——对那些缓慢凌迟的变态死法我可没那么耽溺。我又开始跟别人上床，虽然每一次艳遇我都视之为侥幸、视之为一次解脱，却没能改变我悲惨的自我认知［然后，就像《迷魂记》①里的詹姆斯·斯图尔特（James Stewart），我发展出一种"型"；短短的金发，饶富艺术气息，难以捉摸，喋喋不休，这些都导致

① 《迷魂记》：希区柯克1957年的电影代表作，描写一个有恐高症的侦探被设计陷害的故事。詹姆斯·斯图尔特饰演片中的男主角。影片充满了昏眩的影像，以及双重暧昧性。

好几次死伤惨重的错误]。我不再喝那么多酒,我不再带着相同的病态痴迷地听那些歌词(有一阵子,我把任何有关某人失去某人的歌都神经兮兮地当成有所影射,因为整个流行音乐都充斥这类的东西,同时因为我在唱片行工作,如此一来,表示我差不多无时无刻都神经兮兮的)。我不再编造让查理一听就悔恨自怨到在地上打滚的杀手式警句。

不过,我确保一件事,无论在任何事情上,工作或感情,我绝不陷入太深:我自己相信我随时会接到查理的电话,而且我必须能立即采取行动。我甚至连要不要自己开店都拿不准主意,以免查理要我跟她一起出国时我根本无法及时动身;婚姻、贷款、生小孩连想都不用想。我也很实际:每隔一阵子我会更新查理的生活,想像她一连串悲惨的遭遇(她跟马可住在一起了!他们一起买了一栋房子了!她嫁给他了!她怀孕了!她生了个小女儿了!)。为了要让我自己随时保持警戒状态,我需要一连串重新调整而且充满变数的遭遇,好维持我对她的幻想永垂不死(他们离婚时她会无路可走!他们离婚时她果真无路可走,我必须扛起她生活的重担!婚姻会唤醒她!照顾她和别的男人所生的小孩,会让她见识到我是一个多么伟大的男人!)。没有我应付不了的消息,没有任何她与马可所做的事能说服得了我,说这一切仅仅不过是人生的某次过渡罢了。就我所知,他们还在一起,而时至今日,我又再度孤家寡人。

5. 莎拉·肯德鲁(1984—1986)

我从查理这场大溃败学到的教训就是别自不量力。查理不属于我这阶层的人:太漂亮、太聪明、太慧黠、太优秀了。我是什么东西?平庸无奇,中等身材,不是世界上最聪明的家伙,但当然也不是最笨的:我读过像《生命中不能承受之轻》和《霍乱时期的爱情》这类书,而且——我想——我看得懂(不就是跟女孩子有关吗,没错吧?)。不过我并不特别喜欢;我有史以来最喜欢的五本书是雷蒙·钱德勒写的《长眠不醒》(The Big Sleep)、托马斯·哈里斯的《红龙》(Red Dragon)、彼得·古洛尼克的①《甜蜜灵魂乐》(Sweet Soul Music)、道格拉斯·亚当斯的《银河系搭车客指南》(The Hitchhiker's Guide to the Galaxy)②,然后,我不晓得,也许是威廉·吉布森(William Gibson)③,或是库特·冯尼哥特(Kurt Vonnegut)④的书吧。我读《卫报》(Guardian)和《观察家》(Observer),也读《NME 音乐报》⑤和通俗音乐杂志,我不反对到卡姆登去看带字幕的电影[前五名带字幕的电影:《巴黎野玫瑰》(Betty Blue)、《地下铁》(Subway)、《捆着你困着我》(Tie Me UP! Tie Me Down)、The Vanishing、《歌剧红伶》(Diva)⑥],虽然整体说来我偏好美国电影[我的前五名美国电影,也就是有史以来最好的电影:《教父》(Godfather)、《教父Ⅱ》(Godfather Ⅱ)、《出租汽车司机》(The Taxi Driver)、《好家伙》

---

① Peter Guralnick:为美国流行音乐作传的先驱。Sweet Soul Music 一书侧写多位 60 年代美国灵魂乐的重要人物。

② Douglas Adams(1952—2001):生于英国剑桥的科幻小说家。The Hitchhiker's Guide to the Galaxy 原为 BBC 的广播剧,后来才以小说形式出版,是最受喜爱、充满喜剧色彩的科幻系列。

③ William Gibson:1948 年生于美国加州,科幻小说家,"数位朋克"(Cyberpunk,简称 CP)科幻文学的代表人物与宗师。他 1982 年的小说 Neuromancer 成为"数位朋克"的开山代表作。

④ Kurt Vonnegut:曾被许多作家公认为美国现代科幻小说之父,代表作有《五号屠宰场》、《冠军的早餐》、《自动钢琴》等。

⑤ NME:New Music Express,英国流行音乐的指标性杂志。

⑥ 《巴黎野玫瑰》(Betty Blue)是法国导演让-雅克·贝内 1986 年的电影,原题为 37°2 le matin。《地下铁》(Subway)是法国导演吕克·贝松 1985 年的电影,描写在地下铁出没的游离分子,他们生活在地下世界,最后还组了一个地铁站表演的乐队。《捆着你困着我》(Tie Me UP! Tie Me Down)是西班牙大导演阿尔莫多瓦 1990 年的电影,原名 ¡Átame!。影片描写一个有精神疾病的患者,离开医院绑架他最爱的色情女星,要她爱上他,S/M 气味浓重。The Vanishing 是 1988 年由 George Sluizer 执导的荷语片,原名 Spoorloos,是一部神秘电影。因为影片大热,随后又由同一导演改拍成好莱坞版。《歌剧红伶》(Diva)是让-雅克·贝内 1981 年的导演处女作,以其独特的广告美学、离奇古怪的场景和情节设计,成为一部相当经典的影片。

（Goodfellas）、《落水狗》（Reservoir Dog）①]。

我长得不赖，事实上，如果你把，例如，梅尔·吉布森（Mel Gibson）放在外貌色谱的一端，然后把，例如，学校中以怪异丑陋闻名的伯基·爱德蒙放在另一端，那么我认为我，完全属于梅尔这一边。有个女友曾经告诉过我，我长得有点像彼德·盖布瑞尔（Peter Gabriel）②，他长得不算坏，对吧？我的身高中等，不瘦、不胖，没有不雅观的脸毛，我保持整洁，通常都穿着牛仔裤、T恤和一件皮夹克，除了夏天时我把皮夹克留在家里。我投工党的票，我有一堆经典喜剧录影带——《蒙蒂蟒蛇》（Monty Python）③、Fawlty Towers、《欢乐酒店》（Cheers）等等。大多数的时候，我能理解女性主义者在叨叨不休什么，但不包括激进派。

我的天赋，如果可以称之为天赋的话，就是把一整卡车的平庸无奇组装在一个简练扎实的躯壳中。我可以说像我这样的人成千上万，不过，其实不是这么一回事。很多家伙有无懈可击的音乐品味，但是不读书；很多家伙读书但是肥得要命；很多家伙同情女性主义但是有愚蠢的胡须；很多家伙有伍迪·艾伦式的幽默但是长得像伍迪·艾伦。很多家伙喝太多酒；很多家伙一开起车来举止愚蠢；很多家伙爱打架，或爱装凯子，或吸毒。这些我都不做，真的。如果我的女人缘不错，不是因为我有什么优点，而是因为我没有这些缺点。

即便如此，当你自不量力的时候你还是要有自知之明。我跟查

---

① Reservoir Dog：昆汀·塔伦蒂诺1992年一举成名的处女作，是美国独立制片90年代的"奇迹"，重新掀起"黑色电影"旋风。

② Peter Gabriel：英国"创世纪"（Gensis）演唱组70年代早期的灵魂人物。

③ 《蒙蒂蟒蛇》（Monty Python）是70年代的英国喜剧电视剧集，以无厘头式的搞笑与对时事或历史的嘲讽闻名。Fawlty Towers是由Monty Python原班人马制作的另一部电视剧集。

理在一起就是自不量力。从她之后，我决定我再也不要自不量力，所以有五年的时间，直到我遇见莎拉之前，我只在浅水区玩玩水。查理跟我不配。马可跟查理相配，莎拉跟我相配。莎拉的吸引力还可以（个头娇小、苗条，甜美的棕色大眼，歪歪的牙齿，一头看起来永远需要剪一剪的及肩深色头发，无论她多么频繁地到美发师那里去报到），而且她穿的衣服或多或少跟我的一样。有史以来五个最爱的录音艺人："疯子"合唱团（Madness）①、"舞韵"合唱团（Eurythmics）②、鲍勃·迪伦（Bob Dylon）、琼妮·蜜雪儿③、巴布·马利④。有史以来最爱的五部电影：《玉女神驹》（National Velvet）⑤、《歌剧红伶》（你看！）、《甘地》（Gandhi）、《失踪》（Missing）⑥、《呼啸山庄》（Wuthering Heights）。

---

① Madness（1978—1986）是英国70年代末80年代初最受欢迎的乐队，深受 ska 舞曲以及灵魂乐和英式流行曲的影响。名称取自他们最爱的歌手 Prince Buster 的一首歌名。他们在80年代的英国掀起举国狂热，乐迷的涵盖面极为广大，从小孩直到老人。

② Eurythmics：由 Annie Lennox 和 Dave Steward 于1980年在伦敦合组（由最早的情侣搭档到合作伙伴）的二人乐队。在80年代初崛起，是"新浪潮"当红的乐队之一，老是剪一头超短发的 Annie Lennox 成为 vocals 的红星，Dave Steward 则成为极为成功的词曲创作者。当"新浪潮"于1984年没落后，他们继续大红大紫。1990年，两人决定单飞。Lennox 的首张个人专辑 Diva 依旧热门，销量超过两百万张。两人于1999年复合，再度发行"舞韵"新专辑 Peace。

③ Joni Mitchell：1943年出生于加拿大一个小镇，本名 Roberta Joan Anderson，改名 Joni Mitchell 是在她嫁给民谣歌手并开始登台演唱之后。Joni Mitchell 是最重要、影响力最大的女性创作歌手，其诗意的歌词、阴郁的自省，以及借鉴流行、爵士、前卫和世界乐等复文化的实验性，加上她毫不让步、敢于破除偶像、每每出乎听众意表，都让她标志出女性歌手不屈不挠的里程碑地位。其代表专辑有1971年的 Blue 等。

④ Bob Marley（1945—1981）：第一位成为国际巨星的牙买加雷鬼歌手。对牙买加人而言，巴布·马利就如同诗人先知，歌中的每字每句都传达当地人民的新生。他的地位被某些当权派视为威胁，1976年12月3日遇刺受伤，离开牙买加一整年。他于1981年5月11日因癌症死于迈阿密，年仅36岁，死前癌细胞已扩散到他的脑、肺和肝部。

⑤ National Velvet：1944年的电影，伊丽莎白·泰勒主演，当时她才12岁。

⑥ Missing：希腊导演柯斯达·加华斯（Cost Gavras, 1933— ）于1982年拍的电影，改编自 Thomas Hauser 的小说，描写一个在拉美某个军人统治国家中的美国作家突然失踪，他的妻子在展开营救的过程中揭露了整个世界政治在"冷战"时期的龌龊、黑暗面。

而且她很哀伤——就是哀伤这个词汇最原始的感觉。她在几年前被一个男人版的查理甩了,一个叫迈克的家伙,他想在 BBC 当个什么的(他没成功,那个鸟人,我们从没在哪一天的电视上看见他或在广播里听到他,我们都对这暗自窃喜)。他是她的黄金时代,就像查理是我的一样;当他们分手的时候,莎拉有一阵子对男人敬谢不敏,就像我对女人敬谢不敏一样。一起对人敬谢不敏蛮合理的,共同集中我们对于异性的不满又同时可以与人共享一张床。我们的朋友都成双成对,我们的事业似乎一成不变,我们害怕下半辈子都会孤家寡人。只有拥有某种特质的人会在二十六岁时就害怕下半辈子会孤家寡人,我们就有那种特质。一切显然比预期拖的还久,几个月后她才搬来跟我住。

我们填不满一个房间。我不是指我们的东西不够:她有成堆的书(她是个英文老师),而我有上百张的唱片,而且我的公寓很小——我已经住在这里超过十年了,大多数的时候我觉得自己像只狗屋里的卡通狗。我是指我们两个似乎都不够热情,或不够有力气,以至于当我们在一起时,我意识到我们所占据的空间,其实就只是我们的身体大小而已,我们不像有些情侣能够投影放大。

有时候我们也会尝试一下,当我们跟比我们更安静的人一起出去兜风时,虽然我们从没讨论过我们怎么会突然变得尖声刺耳、大声喧哗,不过我确定我们俩都知道有这回事。我们这么做只是为了弥补生活无路可走的事实,弥补在某处迈克与查理在一起,跟比我们更有魅力的人在一起过着更美好的日子;制造一点噪音好像是一种不服气的姿态,一种一无是处却有其必要的最低限态度(这是你走到哪里都看得到的情境:中产阶级的年轻人,当生活开始让他们索然无味时,他们就会在餐厅、舞厅和酒吧里制造噪音。"看看我! 我不像你所想的那样无趣！我知道该怎样寻欢作乐！"真可悲。我真高兴我学会留在家里发脾气。）我们是一种贪图便利的结合，就像其他的结合一样讽刺与互相利用，而且我真的认为我可以跟她共度余生。我不介意，她还可以。

　　某次，我在一出情境喜剧里看到一则笑话——也许是《一家之主》（Man About the House）①吧？——一则荒谬透顶的笑话。有个家伙邀一个戴眼镜的胖妞晚上出去，把她灌醉，然后带她回家，对她动手动脚。她尖叫说："我不是那种女生！"他目瞪口呆地看着她。这家伙说："但是……但是你应该是呀。"十六岁看到这一幕时，我笑了，不过我此后再也没想起过这个笑话，直到莎拉告诉我她遇见了别人。我差点脱口而出："但是……但是你应该不会呀。"我不是说莎拉不讨人喜欢——不是的，怎么说都不是的，更何况另一个家伙一定喜欢她。我只是说她认识别人这件事与我俩达成的默契在整个立场上对立。我们唯一的共通点（对《歌剧红伶》共有的仰慕，说实话，并没有维系我们超过之前几个月）就是我们都被人甩了——我们都是甩人者的强烈反抗者——我们都反对甩人。所以我怎么会被甩呢？

　　当然，我很不切实际。任何值得你花时间要在一起的人，你都是在冒终究可能会失去的险，除非你会对失去紧张到让你去选择一个万无一失的人——某个对任何人都不可能有任何吸引力的人。要是你还想投身其中，你就得忍受它可能最后会惨败，总会有个叫做迈克的人，打个比方说吧，或者这一次的搅局者叫做汤姆，半路杀出来惹毛了你。不过当时我可不是这样想。我所看到的只有我已经降格以

────────────

① Man About the House：BBC 于 1973 年制作的一部极受欢迎的情景喜剧。美国后来改拍的美国电视版更名为《三人行》（Three's Company）。

求而事情还是不成功,而这像个诅咒一样,让我深陷在悲惨与自怜自艾的谷底。

然后我遇见了你,萝拉。然后我们住到了一起。然后现在你搬出去了。但,你知道,你给我的东西毫无新意。如果你想要让自己挤进排行榜,你得更高明才行。我不像艾莉森或查理甩掉我时那么脆弱不堪,你也没有像杰姬一样改变我日常生活的整个结构,你没能像彭妮一样让我觉得自己很糟糕(而且你绝不可能像克里斯·汤森一样羞辱我),而且我比莎拉离开时强健许多——除了被甩时打从心底深处不断涌出的忧伤和自我怀疑;我知道,你并非我爱恋关系的终结者,你并非我最佳的选择。所以呢,你明白就好。试得好。非常接近了,不过还不行。咱们改天见了。

现在……

now. . .

1

　　星期一一早,萝拉就带着一个万用袋和一个背包离开。看到她只带走这么少的东西,教人猛然惊醒。这个女人珍爱她的东西,她的茶壶、她的书、她的照片和她在印度买的小雕像。我望着那个袋子心想,老天爷,这说明她有多不想跟我住在一起。

　　我们在门口拥抱,她哭了一会儿。

　　她说:"我不太确定我在做什么。"

　　我说:"我看得出来。"半开玩笑半认真的。"你不必现在走,你留到什么时候都行。"

　　"谢了。不过最难的部分已经过去了,我最好……你知道的……"

　　"那,今晚就留下来吧。"

　　但她只是做了个怪表情,就把手伸向门把。

　　这个离开很笨拙。她没有多余的手,不过她还是试着开门,但开不了,所以我帮她开门。但我挡住了路,所以我得到门外让她出来,但她得将门撑开，因为我没带钥匙，然后我得在门自她背后关上前，从她身旁挤进去。接着才告一段落。

我很遗憾这么说，不过有一种美妙的感受，些许的解放感与些许神经质的兴奋感，从我的脚趾附近蹿入，波涛汹涌地扫荡过我的全身。我以前也有过同样的感受，而且我知道这不代表什么奇怪的事，譬如说，这不代表接下来几周我都会感到异样的开心。但我的确知道我要配合它，趁它还在时尽情享受。

这是我庆祝自己回归单身王国的方法：我坐在自己的椅子——那张会跟我留在这里的椅子上，一点一点地挖出椅子把手里的充填物。我点了根烟，虽然时间还早，而且我也不是真的想抽，只不过因为从现在起无论何时，我都能自由地在公寓里抽烟，不会有争执了。我想着我是不是已经遇到下一个上床的对象，或者她是我现在还不认识的人。我想知道她长什么样子，我们会不会在这里做，还是会在她的地方做，她的地方会是什么样子。我决定在客厅墙上画上西洋棋唱片公司（Chess Records）的标志［在卡姆登有家店有所有唱片公司的标志——西洋棋、斯代斯（Stax）、摩城（Motown）、特洛伊人（Troian）——用模子喷绘在入口旁的砖墙上，看起来很棒。也许我能找到那个施工的人，请他帮我在这里做个小一点的］。我觉得还不坏，我觉得很好，我出门工作。

我的店叫做冠军黑胶片（Championship Vinyl）。我卖朋克、蓝调、灵魂乐和节奏蓝调，一点 ska①、一些独立（indie）的东西、一些六十年代的流行音乐——所有专业唱片收藏家该有的东西，就像橱窗上可

---

① ska：20 世纪 40～50 年代出现在加勒比海的牙买加岛上，岛上的居民撷取爵士、节奏蓝调和当地传统的民族音乐（以吉他、五弦琴、铃鼓等乐器演奏，并传唱着幽默诙谐歌词的一种音乐）衍生而成。

笑而过气的标语所写的。我们开在哈洛威（Holloway）一条僻静的小巷中，小心翼翼地安置好吸引最低限度的过路人。除非你住在这里，否则完全没有理由到这里来，但是住在这里的人似乎对于我的 Stiff Little Fingers① 白标唱片（二十五块卖你，我一九八六年时用十七块钱买的），或是我单轨版本的 Blonde on Blonde② 没有太大的兴趣。

我的生意还过得去，那是因为那些每逢周六专程到这里采买的人——年轻人，永远是年轻人，穿戴着约翰·列侬式的眼镜、皮夹克和方形的斜肩背包——还有邮购的关系。我在精美的摇滚杂志封底刊登广告，接到年轻人，永远是年轻人，从曼彻斯特、格拉斯哥和渥太华的来信③，这些年轻人似乎花了不成比例的时间搜寻"史密斯"合唱团被删除的单曲，还有在"首版非再版"下加底线的法兰克·萨巴④的专辑。他们简直跟疯了没两样。

我上班晚了，等我到时狄克已经靠在门上读书了。他三十一岁，留着又长又油腻的黑发，穿着一件"音速青春"（Sonic Youth）⑤的 T 恤，黑色的皮夹克试图充满男人味地诉说它的光辉岁月，只不过那是他一年前才买的，还有一个随身听跟一副大得可笑的耳机，盖住不只他的耳朵还有他的半张脸。他的书是平装版的路·瑞德

---

① Stiff Little Fingers：1977 年成立于北爱尔兰的朋克乐队，歌曲多描写在爱尔兰成长的艰难，和政治上北爱与英国之间的恐怖暴力。
② Blonde on Blonde：《金发美女》，鲍勃·迪伦 1966 年的专辑名。
③ 英格兰曼彻斯特、苏格兰格拉斯哥和加拿大英语区的大城渥太华，都是一些传奇乐队和歌手的起源地。
④ Frank Zappa（1940—1993）：被誉为"摇滚时代最有创意、最有成就的作曲家，同时也是一位出色的讽刺作家。他的歌词深奥难解，带有一种邪恶的幽默感和荒谬感，正是这一点让他的歌迷为他痴狂"。Zappa 也可能是他那个时代最多产的录音艺术家，在他自己的 Barking Pumpkin 公司制作了近百张个人专辑。
⑤ Sonic Youth：1981 年成立于纽约市的后朋克噪音团，是对整个 90 年代年轻乐队和歌手影响最大的传奇乐队之一。

(Lou Reed)①传记。他脚边的斜肩背包——真有过光辉岁月的——广告着一个红得发紫的美国独立唱片品牌。他费了好一番工夫才弄到手,每当我们一靠近那个背包,他就紧张得不得了。他用它来装卡带,他听过店里绝大部分的音乐,他宁可带着新货来上工——朋友给的卡带、邮购的盗版货——也不愿浪费时间重复听同样的东西两遍("狄克,要不要去酒吧吃午餐?"巴瑞或我每星期都会问他几次,他总会忧愁地望着他的一小堆卡带,叹口气说:"我很想去,不过我还有这堆要听完。")

"早安,理查。"

他紧张兮兮笨手笨脚地要拿下他的巨型耳机,结果一边卡住耳朵,另一边落在他的眼睛上。

"噢,嗨。嗨,洛。"

"抱歉我迟到了。"

"不,没关系。"

"周末还好吗?"

我打开门锁,他则七手八脚地找他的东西。

"还可以,不坏。我在卡姆登找到'甘草夹心糖'(Liquorice Comfits)②的第一张专辑。这张叫《青春遗嘱》(Testament of Youth),国内从来没发行过,只有日本进口版。"

---

① 出生于纽约长岛富裕之家的路·瑞德因安迪·沃霍尔的协助,和曾在 John Cage 现场表演的英国乐手,以及来自欧洲的野模儿妮可(Nico)在 1966 年发行了"地下丝绒/非法利益"(Velvet Underground)的第一张专辑。这张被戏称为"香蕉专辑"的唱片虽然在当时没有卖出多少张(而且据说买过的人后来都自己组了乐队,曲风也都深受其影响),却在十几年后成为流行音乐史上的最最经典。"地下丝绒/非法利益"1973 年解散之后,路·瑞德走上大卫·鲍伊(David Bowie)的华丽摇滚路线,双性的妖娆打扮,歌曲涉及双性恋、同性恋、变性人、药物等。80 年代以后,他又摇身一变,成为异性恋的摇滚歌手,然后,回复寻常。
② Liquorice Comfits:作者虚构的乐队。

"太好了。"我完全不知道他在鬼扯些什么。

"我帮你录一卷卡带。"

"谢了。"

"因为你说你喜欢他们的第二张专辑,《流行文化、女孩及其他》(Pop,Girls,Etc),封面有 Hattie Jacques① 的那张。不过你没看到封面,你只有我录给你的卡带。"

我确定他录了一卷"甘草夹心糖"的专辑给我,我也确定我说我喜欢。我的公寓里到处都是狄克录给我的卡带,大多数我听都没听。

"你怎么样?你的周末如何?好?不好?"

我无法想像如果我告诉狄克有关我的周末的事,我们会有什么样的对话。如果我说萝拉离开我的话,他大概会崩溃并化为尘土。狄克不大热中这种事。事实上,假使我要告白任何一点有关私人的事的话——譬如说我有一个母亲一个父亲,或是我年轻一点时曾上过学——我想他只会脸红、结巴,然后问我有没有听过"柠檬头"合唱团(Lemonheads)②的新专辑。

"两者中间,有好有坏。"

他点点头,这显然是正确答案。

店里闻起来有一股陈年烟味、湿气和塑胶防尘套的气味,狭窄又昏暗、脏乱又拥挤。一方面是因为这是我要的——唱片行看起来就该这样,只有菲尔·柯林斯(Phil Collins)的歌迷才会去那种看起来

---

① Hattie Jacques(1924—1980):英国女演员,为系列谍报喜剧片的主角,体形硕大肥胖。

② Lemonheads:由 Evan Dando 领衔于 1984 年在美国波士顿组成的乐队,在 90 年代早期成为媒体的宠儿。时装模特儿之子、长相俊帅的 Evan Danco 在当时几乎成了 X 世代的偶像代表,后因药物过量而形象破败。他们的成名来自翻唱苏珊·薇格(Suzanne Vega)的冠军单曲 Luka,是另类摇滚的代表乐队。Evan Danco 还出现在美国独立制片电影《爱你的心》(Heavy,1995)中,饰演丽芙·泰勒的男友。

干净健康得像郊区购物中心的地方,另一方面则是因为我提不起精神清理或重新装潢。两边各有一个陈列架,橱窗里面还有两三个,CD 跟卡带在墙上的玻璃柜中。大小差不多就这样,差不多刚刚好,在我们没有任何客人的情况下,大部分的时候大小差不多刚好。后面的储藏室比前面的店面稍大,但我们其实没什么存货,只有几堆没人想花时间标价的二手唱片,所以储藏室大多时候拿来浑水摸鱼。我对这个地方厌倦到了极点,老实说。我怕总有一天我会抓狂,把皇帝艾维斯①的模型从天花板扯下来,将"乡村艺人(男)A - K"的架子丢到街上去,然后到维京多媒体大卖场(Virgin Megastore)去工作,再也不要回来。

狄克放下张唱片,西岸迷幻的东西,帮我们俩泡咖啡,我则查看邮件。然后我们喝咖啡,接着他试着把一些唱片塞进挤到要爆的陈列架,我则打包一些邮购的货。然后我做一下《卫报》上的填字游戏,他读一些美国进口的摇滚杂志,然后轮到他做《卫报》上的填字游戏,我读进口美国杂志。不知不觉间,就轮到我来泡咖啡。

十一点半左右,一个叫强尼的爱尔兰酒鬼跌跌撞撞地闯进来。他大概每星期来我们这儿三次,他的光顾已经成为一种编排好的例行公事,我们两个都无意更动。在这个充满敌意与不可知的世界,我们仰赖彼此提供一些可以相互依靠的东西。

"强尼,滚出去。"我对他说。

他说:"怎么? 我的钱你看不上眼?"

"你根本身无分文,我们也没有你要买的东西。"

---

① (Elvis Costello):1955 年出生于英国利物浦,被视为是自鲍勃·迪伦之后最聪明、最有革命性和影响力的词曲创作者。为了辅助他文学性浓厚、辛辣的歌词,他以截然不同的曲风完成歌曲,有人说,他可以把整个摇滚音乐史的教科书拆了,随时活用在他的歌曲上。其多变怪异的曲风,涵纳了所有不同的类型。本书原名 High Fidelity 就是取自他的一首歌名。

这是他的提示：开始时来上一段唐娜(Dana)的"万事万物"(All Kinds of Everything)的狂热演出；而那是我的提示：从柜台后出来将他引回到门口；这是他的提示：向陈列架扑身过去；接着则是我的提示：用一手打开门，另一手松掉他紧抓在架上的手，然后将他扫地出门。我们几年前发展出这套动作，已经演练得滚瓜烂熟了。

强尼是我们午餐前唯一的客人。这实在不是有雄心大志的人会想做的工作。

巴瑞一直到午餐后才现身，这没什么稀奇的。狄克和巴瑞都是受雇做兼职的工作，每个人三天。不过在我雇用他们不久后，他们俩就天天来报到，连星期六也来。我不知道该怎么办——假使他们真的没地方混也没别的事干，我不想，你知道的，点明这一点，以免引发某种心灵危机——所以我给他们加了点钱，然后不动声色。巴瑞将加薪解读为缩减工时的暗示，所以我就不再给他加钱。这是四年前的事，而他也没说过一句话。

他进店门时哼着一段"冲击"演唱组(The Clash)①的音乐。事实上，"哼"是不正确的字眼，他发出那种所有小男生都会的吉他噪音，你得把嘴唇往外推，咬紧牙齿，然后发出"哒哒哒"的声音。巴瑞已经三十三岁了。

"兄弟们，好吗？嘿，狄克，这是什么音乐，老兄？臭死了。"他捏

---

① "冲击"演唱组(The Clash)出现的时间跟"性手枪"几乎同时，一开始还帮他们暖过场，随后拥有同样的"鬼马"经纪人 Malcom McLaren。The Clash 是英国最具影响力的朋克乐队始祖之一。不同于"性手枪"的虚无，在社会政治上，The Clash 是理想主义的实践派，他们曾被视为"不法之徒"而被关进监狱。至于音乐，在歌曲的风格上，远比"性手枪"来得有建设性——雷鬼、叠录和饶舌等。其代表作为 London Calling。其两大灵魂人物为 Joe Strummer 和 Mike Jones。乐队于 1986 年解散。

住鼻子做了个鬼脸,"呕……"

巴瑞常欺负狄克,到了只要巴瑞在店里,狄克几乎一语不发的地步。我只在巴瑞真的做得太过火时才介入。所以我看着狄克将手伸向柜台上方架子上的音响,关掉卡带。

"他妈的谢啦。狄克,你像小孩子一样,得随时有人盯着。不过我不知道干吗得由我来管这档事。洛,你没注意到他放什么鬼吗?你装死啊,老兄?"

他拉开话匣就讲个没完没了,讲的十有八九都是些胡说八道。他常常谈论音乐,但也常常谈论书籍(泰瑞·普拉希特①和任何有关怪兽、星球之类的)、电影,还有女人。《流行文化、女孩及其他》还算是"甘草夹心糖"乐团的专辑名称,而他的谈话只不过是排行榜。如果他看了一部好电影,他不会去形容电影的情节,或是他的感想,而是这部电影在他本年度最佳影片排行、有史以来最佳影片排行、十年来最佳影片排行中的名次——他用前十名和前五名来思考和发言,结果狄克与我也变成这样。而且他老是会要我们列出排行榜。"好了,各位。达斯汀·霍夫曼的前五名电影。"或是吉他独奏,或是盲眼乐手灌录的唱片,或盖瑞与西尔维娅·安德森②制作的影集["狄克,我不敢相信你把《不死红上尉》列为第一名,他是不死之身耶! 那还有什么好玩的?"],或罐装的甜食("如果你们两个没有人把双色糖③

---

① Terry Pratchett:生于1948年的英国奇幻小说家,著有著名的 Discworld 系列小说,此系列至今出版了二十八本,小说充满了幽默和慧黠,是英国最流行的作家。

② Gerry and Sylvia Anderson:英国电视剧制作夫妻档。他们以模型木偶主演的太空科幻片为内容,制作了一系列电视剧集,在上世纪六七十年代风靡一时。最著名的系列是《雷鸟神机队》(Thunderbirds)。《不死红上尉》(Captain Scarlet)也是其中一个系列,后来安德森夫妇也曾制作以真人演出的电视剧集。

③ Rhubarb and Custard:一种酸酸甜甜的双味糖,一边是粉红色有酸味的大黄根口味,一边是蛋黄色甜甜的蛋塔口味。

列在前五名的话,我现在就辞职。")

巴瑞把手伸进他的皮夹克口袋,拿出一卷卡带放进机器中,把音量扭到最大。不出几秒,整间店就随着"卡翠娜及摇摆"(Katrina and the Waves)①的 Walking On Sunshine("漫步阳光中")曲中的贝司而颤动。现在是二月,天气又冷又湿,萝拉走了。我不想听到"漫步阳光中",这不符合我现在的心情。

"把音乐关掉,巴瑞。"我必须放声大吼,像个狂风巨浪中的救生艇船长。

"没办法再更大声了。"

"我不是叫你'开大',你这蠢蛋,我叫你'关掉'。"

他大笑,然后往储藏室走,大声唱着喇叭伴奏,"哒哒! 哒哒哒哒,哒哒,哒哒,哒哒"。我自己过去关掉,巴瑞回到店面来。

"你做什么?"

"我不想听'漫步阳光中'!"

"那是我的新卡带,我的周一早晨卡带,我昨晚特地录的。"

"是吗? 现在是他妈的星期一下午了,你该早点起床的。"

"你今天早上就会让我放这音乐,是吗?"

"不会,但至少我现在有了借口。"

"你难道不要一点振奋人心的东西? 为你可悲的中年老骨头带来一点温暖?"

"不要。"

"那你不爽的时候要听什么?"

---

① Katrina and the Waves:20 世纪 80 年代的英国女子摇滚团体。Walking On Sunshine 是她们 1985 年时的冠军曲。

"我不晓得,不过总之,绝不是'漫步阳光中'。"

"好,我跳过这首。"

"下一首是什么?"

"Little Latin Lupe Lu①."

"Mitch Ryder and the Detroit Wheels 唱的?"狄克问。

"不对,是'正义兄弟'(The Righteous Brothers)。"你可以听出巴瑞声音中自我防卫的意味,他显然没听过 Mitch Ryder 的版本。

"噢,这样啊。算了。"狄克永远也不会大胆到敢告诉巴瑞他搞混了,但是这个暗示够清楚了。

"怎么着?"巴瑞怒气冲冲地说。

"没事……"

"不,说啊。'正义兄弟'有什么不对的?"

"没有,我只是比较喜欢另一个版本。"狄克有气无力地说。

"屁话。"

我说:"表明喜好怎么会是屁话?"

"如果这个喜好有误的话,那就是屁话。"

狄克耸耸肩微笑。

"怎么着? 怎么着? 那种自以为是的笑是什么意思?"

"巴瑞,别惹他,这不重要,反正我们不听他妈的 Little Latin Lupe Lu,所以别吵了。"

"这个店什么时候变成法西斯专制了?"

"从你把那卷烂卡带带来以后。"

---

① Mitch Ryder and the Detroit Wheels1965 年录的畅销节奏蓝调情歌,后来"正义兄弟"(The Righteous Brothers)也录过。

"我只不过想振奋大家的精神,仅此而已。真是抱歉了。尽管去放那些悲惨的鬼音乐好了,我才懒得管。"

"我也不要什么悲惨的鬼音乐,我只要能让我听而不闻的音乐。"

"好极了。这就是在唱片行工作的乐趣,是吗?放一些你不想听的音乐?我以为这卷卡带可以变成,你知道,一个话题。我本来要叫你们列出,在湿气凝重的周一早晨放的前五名专辑排行榜,你现在把这全糟蹋了。"

"我们下星期一再做。"

"那有什么用?"

如此这般、没完没了,也许我下半辈子的工作生涯都会是这样。

我想列出前五名让人毫无感觉的唱片。这样一来,狄克与巴瑞就算帮了我一个忙。至于我,等我到家后,我会放披头士。也许是《艾比路》(Abbey Road)①,不过我会用编辑功能跳过 Something 这首。披头士是乐迷卡、礼拜六早场电影《救命!》(Help!)②、塑胶玩具吉他,以及在校车后排座椅扯着喉咙唱《黄色潜水艇》(Yellow Submarine)③。他们是我的,不是我和萝拉的,或我和查理的,或我和艾莉森·艾许华斯的。虽然他们会让我有点感觉,但不会是任何不好的感觉。

---

① Abbey Road:披头士 1969 年发行的专辑。虽然比 Let It Be 还早发行,却是他们最后的录音。此专辑被视为披头士的"天鹅绝唱",很多人为这是不是他们的最佳专辑而争论不休。
② 美国导演理查·莱斯特(Richard Lester,1932—)于 1965 年拍摄的披头士电影,之前他们还合作拍过《一夜狂欢》(A Hard Day's Night,1964)。
③ Yellow Submarine 是披头士于 1968 年为导演 George Dunning 的动画所作的电影配乐,算是早期的动画经典,让披头士从此进入年轻小孩的印象当中。一部如同梦幻曲的手工动画片,虽然其中有些曲子并非披头士的创作。

2

　　我本来还担心今天晚上回到公寓会是怎么的光景,不过没事:今早起就有的那种不可靠的身心舒畅感还跟着我。而且,无论如何,不会一直都这样,到处都有她的东西。她很快会来把东西清掉,然后空气中弥漫着玛丽皇后号船难般的气味——床头柜上读到一半的朱利安·巴恩斯①平装本,及脏衣篮中的内裤——都会消逝(当我开始我的同居生涯之初,女人的内裤对我来说真是叫人失望透顶。我还没从发现她们的行径竟跟我们臭男人一样的惊骇中复原:她们把最好的内裤留到她们知道要跟别人上床的那晚。当你跟一个女人住在一起,那些褪了色、缩了水、花花绿绿的马莎百货零头布,就突然出现在家里各处的暖炉上。你的小男生色情梦以为长大成人代表被香艳刺激的性感内衣所围绕直到永远感谢主……那些梦已然灰飞烟灭。)

　　我把昨夜创伤的证据清理掉——沙发上多出来的棉被,揉成一团一团的面纸,咖啡杯中的烟蒂,浮在看上去冰冷油腻的渣滓里。然后放上披头士,接着当我听完《艾比路》和《左轮手枪》(Revolver)的前几首歌,我开了一瓶萝拉上星期带回家的白酒,坐下来看我录的《溪畔》(Brookside)[2]精选重播。

跟所有的修女到最后都同时来月经一样,萝拉的妈跟我妈后来神奇地将她们每周的电话问候同步化。我的先响了。

"喂,心肝,是我。"

"嗨。"

"都还顺利吧?"

"还不坏。"

"你这星期过得怎么样?"

"你知道的。"

"店里的生意如何?"

"一般般。有好有坏。"有好有坏就太好了。有好有坏表示有些日子比其他的来得好,顾客来来去去。老实说,根本不是这么回事。

"你爸跟我很担心这一波不景气。"

"是,你说过了。"

"你很幸运,萝拉的工作这么顺利。如果不是有她,我想我们都要睡不着觉了。"

她走了,老妈。她把我丢给了狼群。那个贱人已经甩了我滚蛋

---

① Juilan Barnes(1945—):被称为英国当代文学中生代三巨头之一[其他两个为马丁·艾米斯(Martin Amis)和伊恩·麦克尤恩(Ian McEwan)],他是玩耍后现代技巧最为出名的小说家,作品多变而充满巧思。代表作有《福楼拜的鹦鹉》(Flaubert's Parrot)等。

② Brookside:英国第四频道(Channel Four)的王牌通俗连续剧,自1982年开播以来,连演二十年,到2002年才随着第四频道的关台而光荣退役。它也是周末精选重播的始创者。

了……不行，不能这么做。这好像不是宣布坏消息的好时机。

"天晓得她忙得不可开交，不用去担心一间满是旧兮兮流行歌唱片的店……"

怎样才能形容生于1940年以前的人说"流行歌"的方式？我听我爸妈那种嗤笑的发音——头往前伸，脸上一副白痴相（因为流行歌乐迷都是白痴），直到他们把字吐出来——已经不下二十多年。

"我真惊讶她没要你把店卖了，找个正经工作。她撑得了这么久真是奇迹。要是我老早就丢下你自生自灭了。"

忍住，洛。别让她惹毛你。别中了她的圈套。别……啊，去他的。

"现在她丢下我自生自灭了，你该满意了吧。"

"她到哪里去了？"

"我见鬼才知道。就是……走了。搬出去了。消失了。"

长长的、长长的沉默。事实上，这沉默如此漫长，以至于我看完了整段吉米与杰姬·柯克希尔①的争执，都没听到话筒中传来除了长长的唉声叹气以外的任何声音。

"喂？有人在吗？"

现在我可以听见有声音——我妈低声哭泣的声音。妈妈们是怎么搞的？这是怎么回事？身为一个成年人，你知道随着生命继续下去，你要花越来越多的时间照顾那些一开始照顾你的人，这是一般的情况。但我妈跟我在我九岁的时候就互换角色。任何在过去几十年来在我身上发生的坏事——留校察看、烂成绩、被欺负、被踢出大学、跟女朋友分手都会变成像这样，变成我妈看得到或听得到的难过。

---

① 《溪畔》的男女主角。

要是我十五岁时就搬去澳洲，每个星期打电话回家报告我所捏造的伟大成就的话，对我们两个都会比较好。大多数十五岁的人都会觉得很辛苦，一个人过日子、住在世界另一边、没钱没朋友没家人没工作没学历，不过我可不。跟周复一周地听这种东西比起来，那就跟撒泡尿一样容易。

这嘛……这不公平，是不公平，从来就没公平过。自从我离家以后，她就只会哀叹、担心，然后寄来地方报纸上描述中学同学小小成就的剪报。这算好家长吗？我的书上可不是这么写的。我要的是同情、了解、建议，还有钱，而且不一定要照这个顺序，但这些在坎宁区（Canning Close）可都是天方夜谭。

"我没事，如果你难过的是这个的话。"

我知道她难过的不是这个。

"你知道我难过的不是这个。"

"这才最应该是，不该吗？不该吗？妈，我才刚刚被甩，我觉得不怎么好。"也不怎么坏——披头士、半瓶的夏敦埃白酒和《溪畔》都发挥了它们的功效——不过我不会这样跟她说："我自己都照顾不了，更别说是你。"

"我就知道会这样。"

"要是你这么有先见之明的话，还干吗那么在意？"

"洛，那你接下来有什么打算呢？"

"我要在电视机前把剩下的半瓶酒喝掉。然后我要去睡觉。然后我会起床去上班。"

"然后呢？"

"找个好女孩，生几个小孩。"

这是正确答案。

"如果这么简单就好了。"

"就是这么简单,我保证。下次我们通电话时,我会把事情都搞定了。"

她几乎要微笑了,我听得出来。光线出现在漫长幽暗的电话隧道底端。

"但是萝拉说了什么?你知道她为什么要走?"

"不大清楚。"

"我很清楚。"

这话叫人心惊了一下,直到我知道她要说什么。

"这跟结婚没有关系,妈,如果你指的是这个的话。"

"那是你说的。我倒想听听她怎么说。"

冷静点。别让她……别大声……啊,去他的。

"妈,你还要我说几次,我的老天爷?萝拉不想结婚,套种说法,她不是那种女孩子。现在不是这种情况。"

"我不知道现在是什么情况。除非说你认识别人,你们一起同居,她搬走。你认识别人,你们一起同居,她搬走。"

说的没错,我猜。

"妈,闭嘴。"

莱登太太几分钟后打来。

"喂,洛。我是珍娜。"

"嗨,莱登太太。"

"你好吗?"

"好,你呢?"

"好,谢谢。"

"肯还好吗?"

萝拉的爸爸不太健康——他患有心绞痛,不得不提前退休。

"还可以。时好时坏,你知道的。萝拉在吗?"

这有意思了。她还没打电话回家。暗示着某种罪恶感,也许?

"她恐怕不在。她在丽兹家。要不要我叫她回电给你?"

"如果她不是回来太晚的话。"

"没问题。"

这将是我们最后一次交谈,大概吧。"没问题",我对一个还算相当亲近的人在我们的人生分道扬镳前所说的最后几个字。奇怪吧?你在某人家度过圣诞节,你为他们的手术担心,你亲他们抱他们送他们花,你见过他们穿着睡袍……然后,砰的一声,就没了。永远消失。然后迟早会有另一个老妈、另一个圣诞节、更多的静脉血管瘤。他们都一样。只有地址和睡袍的颜色会改变。

3

　　我正在店堂后面,试图收拾清理一下杂物,无意中听到巴瑞和一个顾客的对话——从声音听起来,男性、中年人,无论如何都绝对不时髦。

　　"我要找一张唱片给我女儿,是为了她的生日。《电话诉衷肠》(I Just Call To Say I Love You),你们有这张吗?"

　　"噢,有啊。"巴瑞说,"我们当然有这张。"

　　我知道事实上此刻我们唯一一张斯蒂夫·旺达(Stevie Wonder)的单曲是 Don't Drive Drunk("酒醉别驾车")。这张我们放了不知道多少年,还是没办法将它除掉,即便它只要六便士。他在玩什么把戏?

　　我出来看看店里出了什么状况。巴瑞站在那里,对他微笑,那家伙看起来有点不安。

　　"那我能不能买?"他半带笑意地松了口气,好像他是个在最后一秒钟想起要说"请"的小男孩。

　　"不行,很抱歉,你不能买。"

　　那个顾客,比我原先想的更老一点,穿戴一顶布质的棒球帽和一件深米色的风衣,站在原地动也不动。你可以看出他在想,我本来就不想踏进这又吵又暗的鬼地方,现在好了,我被整了。

"为什么不能?"

"什么?"巴瑞放的是尼尔·杨的音乐,而尼尔·杨刚好在这一秒大弹电吉他。

"为什么不能?"

"因为那是一首滥情又俗气的鸟歌,这就是为什么。我们看起来像是那种会卖他妈的《电话诉衷肠》的店吗? 现在,你走吧,别浪费我们的时间。"

老家伙转身走出去,而巴瑞得意地咯咯笑。

"多谢了,巴瑞。"

"怎样?"

"你他妈的刚刚把一个顾客赶跑了,就是这样。"

"我们又没有他要的。我只不过找点乐子,而且又不花你的钱。"

"这不是重点。"

"哦,那什么才是重点?"

"重点是,我不想再看到你跟任何走进这家店的人这样说话。"

"为什么不行? 你以为那个老笨蛋会变成常客吗?"

"不是,但是……听好了巴瑞,店里的生意不太好。我知道以前任何人询问我们不中意的东西,我们常把气出在他们身上,不过这种情形得到此为止。"

"屁话。如果我们有这张唱片,我早就卖给他了,你就会多赚五十便士或一块钱,然后你永远不会再见到他。有什么大不了的。"

"他给你造成什么伤害吗?"

"你知道他对我造成什么伤害。他的烂品味侵犯到我。"

"那不是他的烂品味,那是他女儿的。"

"洛,你年纪一大就心软了。要是从前,你会将他轰出店门,还追到门外去。"

他说的对，从前是。现在感觉上像是好久以前。我是再也无法凝聚起那样的怒气了。

星期二晚上我重新整理我的唱片收藏：我常在有情感压力的时候做这件事。有些人会觉得这样消磨一晚的方式很无趣，不过我不是这种人。这是我的人生，而且能置身其中，让你的双手埋没其间，触摸它，感觉很不错。

当萝拉在的时候，我把唱片按照字母整理，更早以前我是按照年代顺序，从罗拔·强森（Robert Johnson）①开始，然后结尾是，我不知道，"威猛"乐队（Wham!）吧，或是某个非洲人，或是我和萝拉结识时听的随便什么音乐。不过，今晚，我想要一点不一样的，所以我试着回想我买进它们的顺序：我希望用这种方式写我自己的自传，不需要提起笔之类的事。我把唱片从架上拿下来，成堆放到客厅的地板上，找出《左轮手枪》，然后从那里开始，而当我完成时我充满一种自我感，因为毕竟，这个，就是我这个人。我喜欢能看见自己如何在二十一步内从"深紫色"合唱团（Deep Purple）前进到"嚎叫野狼"（Howlin' Wolf）②；我不再为被迫独身那整段时期反复聆听《性爱愈疗》（Sexual

---

① Robert Johnson(1911—1938)：是蓝调音乐史上最传奇的名字。二十七岁，二十九首遗留下来的录音。传说包括：他的神乎奇技（特别是吉他）是和魔鬼换来的（"那么好，那么快"）；他是被毒死的，因为一瓶威士忌等等。有关他的故事，如同想象编出来的，由片ш浸泡着"传说"的回忆组成。如同很多早年黑人传奇爵士乐手一般，环绕着美国南方破败贫穷的黑人形象、灯红酒绿的色情印象、强烈愤怒的情绪，音乐就是他本人，其身体相当具体的体验。罗拔·强森的传奇，就从他死时开始。

② Howlin' Wolf(1910—1976)：蓝调爵士的重量级人物。六英尺三，三百磅。1910年出生于美国南方，他父亲以美国第21位总统的名字为他命名，本名 Chester Arthur Burnet，而现在他已经是美国历史的一部分。他父亲是农夫，他也是。早年在周日做礼拜时唱福音歌，直到十八岁，他父亲买了一把吉他给他，同时遇见"三角洲蓝调"（Delta blue）的传奇大师 Charley Patton 教导他音乐，并一起演奏。1951年的首张录制唱片，成为了他的经典，那时他已经四十岁了。Howlin' Wolf 以他的吉他飘劲及其嚎叫的力道而出名。

Healing)①的记忆所苦,或者为回想起在学校成立摇滚音乐社,好让我跟其他五个创社成员可以聚在一起谈论 Ziggy Stardust② 和《托米》(Tommy)③而感到尴尬。

不过我最喜欢的,是我从新的编排序列中得到的一种安全感;我已经让自己比我本人更为复杂难解。我有好几千张的唱片,你必须是我——或者是,最低限度,"弗莱明学"的博士④——才能知道怎样找到随便哪一张。如果我想放,譬如说,琼妮·蜜雪儿的《蓝》(Blue)⑤,我必须想起我在 1983 年的秋天为了某个人买了它,然后觉得最好把唱片送给她,原因我现在不想深究。看,你对此一无所知,所以你抓不到窍门,说真的,不是吗? 你得拜托我去帮你把它挖出来,为了某种原因,我觉得这给我莫大的安慰。

星期三发生一件怪事。强尼进了门,唱着"万事万物"试图抓起一大把的唱片封套。然后我们上演我们的小小戏码。往门外去时,他挣开我,翻眼看着我说:"你结婚了吗?"

"没结婚,强尼,没有,你呢?"

---

① 马文·盖伊(Marvin Gaye)的名曲。
② 大卫·鲍伊 1972 年推出专辑 The Rise & Fall of Ziggy Stardust,并拍了一部自己主演的电影 Ziggy Stardust and the Spiders from Mars (1973)。如今电影已是小经典,而专辑则是华丽摇滚(glam rock)的代表。
③ "谁"演唱组(The Who)1969 年发行的著名摇滚歌剧,1975 年由英国怪才导演肯·罗素(Ken Russel)拍成电影版,就像最早的巨型 MTV,其中充满了让人目不暇给的场景和人物设计。摇滚歌剧,或是以摇滚架构史诗般的"小说"叙述,在当时已逐渐成形,包括平克·弗洛伊德(Pink Floyd)的 The Wall,还有 Rick Walman 的《圆桌武士》(Myths and Legends of King Arthur and the Knights of the Round Table),或是 King Crumson、Jethro Tull、Third Ear Band 等乐队。
④ 洛的姓氏为弗莱明(Fleming)。
⑤ Blue:琼妮·蜜雪儿 1971 年的专辑。哀伤、简约而且美丽,是创作歌手最衷心的内在告白,直指内心的坦白,充满诗意,有关爱与失落(或者说:爱的失落,以及失落的爱),笼罩着浓浓的哀伤与寂寞的阴影。已是一张经典专辑。

他朝着我的腋下笑出来，一种恐怖、疯狂的笑声，闻起来像是酒味加烟味再加上呕吐味最后全变成痰的爆裂声音。

"如果我有老婆的话，你以为我会沦落到他妈的这鸟样吗？"

我什么也没说——我只是专注地将他带向门口去——但是强尼直接又悲哀的自我评量引起了巴瑞的注意——也许是因为我昨天叫他闭嘴他还在气头上——然后他弯身越过柜台。"没用的，强尼。洛有个心爱的女人在家等他，但是看看他，他糟糕得要命。发型烂、青春痘、丑陋的毛衣、恶心的袜子。强尼，你跟他唯一的不同，在于你不用每个星期缴店租。"

我听惯了巴瑞的这种调调。不过，今天，我受不了，我瞪了他一眼要叫他闭嘴，不过他却将之解读为可以进一步凌虐我的邀请。

"洛，我这么做是为了你好。这是我见过最丑的毛衣。在我能想到的鸟人里头，我还没见识过有哪个会穿这么丑的毛衣，简直是人类的奇耻大辱。大卫·科尔曼①不会在 A Question of Sport 里面穿，约翰·诺雅奇斯②会叫人以时尚罪将它逮捕。方·杜尼康③会看它一眼然后……"

我将强尼丢到人行道上，用力甩上门，一个箭步冲过店里的地板，抓起巴瑞的棕色麂皮夹克衣领，然后告诉他如果我这辈子再听到他那些无用、可悲、毫无意义又叨叨絮絮的任何一个字的话，我就杀了他。当我放开手的时候，我气得发抖。

狄克从储藏室走出来跳上跳下。

---

① David Coleman：英国著名的电视体育节目评论员。
② John Noakes：英国 BBC 专为 6—14 岁儿童所制作的节目 Blue Peter 的表演者（1966—1978）。该节目从 1958 年一直延续至今。
③ Val Doonican：1925 年出生于爱尔兰的歌手，经常出现在英国的电视节目中。

"嘿,伙计们。"他小声地说,"嘿。"

巴瑞质问我:"你这是干什么,什么他妈的白痴吗? 如果这件夹克破了,老兄,你可要赔大了。"那是他说的,"赔大了"。老天爷。然后他用力地跺着脚离开店里。

我走到储藏室里的梯子上坐下,狄克在门廊徘徊。

"你没事吧?"

"没事,对不起。"我找了个简单的方式脱身。"听着,狄克,我家里没有心爱的女人。她走了。假使我们会再见到巴瑞的话,也许你能帮我转告他。"

"洛,当然了,我会的。没问题,绝对没问题。我下次见到他时会告诉他。"狄克说。

我什么也没说,我只是点点头。

"我有……反正我有其他事要告诉他,所以没问题。当我告诉他其他事的时候,我就告诉他有关,你知道,萝拉的事。"狄克说。

"好。"

"当然,我会先说你的事再说我的。我的没什么,其实,只不过是明晚有人在哈瑞洛德(Harry Lauder)①演唱。所以我在这之前先告诉他,好消息和坏消息之类的事。"狄克说。

他紧张地笑了笑。"或者,坏消息和好消息,因为他喜欢那个在哈瑞洛德演唱的人。"一个惊恐的表情划过他的脸。"我是说,他也喜欢萝拉,我不是那个意思。而且他也喜欢你,只不过是……"

我告诉他我知道他的意思,要他去帮我泡杯咖啡。

---

① 作者用英国的哈瑞·洛德爵士(Harry Lauder,1870—1950)来命名一家酒馆。他是英国 20 世纪初期极为成功的歌手与艺人。

"当然,当然。洛,听着。你想不想……谈一谈之类的?"

有那么一下子,我几乎忍不住,跟狄克心交心将会是个一生仅此一次的经验。但是我告诉他没什么好说的,然后有那么一下子,我以为他要来抱我。

4

　　我们三个去了哈瑞洛德。跟巴瑞现在没事了;他回店里来的时候,狄克跟他说了,他们俩尽了全力来照顾我。巴瑞帮我录了一卷精心注解的合辑录音带,狄克现在把他的问题重述四五次,而不是平时的两三次。他们半推半就地坚持要我跟他们一起来听听这场演唱。

　　哈瑞洛德是一家无比巨大的酒馆,天花板高到香烟的烟会在你头上聚成一朵卡通云。里面破破烂烂、空空荡荡,座椅的椅垫被割得乱七八糟,工作人员都很粗暴,他们的常客不是很吓人就是不省人事,厕所又湿又臭,那里晚上没东西吃,葡萄酒极其难喝,苦啤酒全是泡泡,还冰过了头;换句话说,这是一家平凡无奇的北伦敦酒吧。我们不常到这里来,即便它就在往北开的路上,因为常来这里演出的是那种无法预测的二流朋克组合,你会情愿倒贴半周薪水也不要听他们的。不过,偶尔,像今晚,他们会祭出某些暧昧不明的美国乡村民谣歌手,有一票崇拜跟随者的演唱者会全搭同一部车来。酒吧差不多有三成满,算是相当不错,而且当我们进门时,巴瑞一眼认出安迪·克肖①和一个帮《号外》(Time Out)②写东西的家伙。哈瑞洛德最引人注目的也不过如此。

我们来听她演唱的这个女人叫茉莉·拉萨尔;她在一家独立唱片公司出过几张个人专辑,还有一首歌被南茜·格瑞芬③翻唱过。狄克说她现在就住在本地;他不知在哪里读到说,她觉得英国人比较欢迎她做的这种音乐,这意思或许可以理解为,我们表现出来的是兴高采烈的漠不关心,而非主动积极的满怀敌意。这里有很多单身男人——我指的不是没结婚的单身,而是没人作陪的单身汉。处在这种环境下的我们三个——我乖僻又少话,狄克神经质又害羞,巴瑞敏感又自律——组成一次疯狂的大规模团体出游。

没有垫场的乐队,只有一套破旧的音响设备嘎吱嘎吱放着动听的乡村摇滚。站着的人群托着酒杯读着进门时塞给他们的传单。茉莉·拉萨尔在九点整登上舞台(说是舞台,其实只是离我们几码外的一个小平台和几只麦克风);到了九点零五分,让我极度恼怒又尴尬的是,我泪流满面,过去几天来我赖以苟活的无感世界瞬间消失得无影无踪。

---

① Andy Kershaw:英国 BBC 第一和第四广播台的著名节目主持人,其重要性就是引介世界音乐到英国。身为 DJ,他也经常在节目中播放蓝调、民谣、西部乡村歌曲和非洲音乐等。他还热衷于流行音乐,而且竭尽心力将他在音乐上的发现和喜悦分享给他的听众。
② 发行于伦敦的周刊,会有每周的各种娱乐活动细节、详细的电影放映场地和时间表、音乐(专辑)表演的场地与时间等等最实用的资讯,还有简洁的人物介绍或小特辑。纽约也有类似的周刊,称为 Time Out New York (TONY)。
③ Nanci Griffith:1954 年出生于得州奥斯丁,14 岁开始在家乡的俱乐部演唱,70 年代晚期将她自称的"山地民谣"(Folkabilly)风格带入乡村音乐之都纳什维尔,成为乡村/民谣/流行混合乐风的新生代之一。

自从萝拉离开后，有许多歌我一直刻意回避，但是茉莉·拉萨尔开场的那首歌，那首让我哭出来的歌，其实并不是其中的哪一首。这首让我哭的歌以前从不曾让我哭过；事实上，这首让我哭的歌以前让我想吐。当这首歌当红的时候，我在读大学，当有人——不外是某个地理系的学生，或是某个受训要当小学老师的女生（我看不出怎么会有人骂你太臭屁，如果你只不过是陈述一个简单明白的事实）——在酒吧的点唱机放这首歌的时候，查理和我通常会翻白眼，然后把手指头伸进喉咙里。这首让我哭的歌是茉莉·拉萨尔翻唱的彼得·弗莱普顿①的 Baby, I Love Your Way（"宝贝，我就爱你这样"）。

　　想像一下：我跟巴瑞站在一起，还有狄克，穿着他的"柠檬头"合唱团 T 恤，听着彼得·弗莱普顿的翻唱歌曲，然后痛哭流涕！彼得·弗莱普顿！Show Me The Way（"请指点迷津"）！那个卷毛头！他从前吹着愚不可及的袋状物发型，他的吉他声听起来就像是唐老鸭！Fampton Comes Alive（"弗莱普顿复活"）那首歌，盘踞美国摇滚排行榜差不多有七百二十年那么久，然后大概，每一个脑筋坏死、满脑子除了毒品空空如也的洛杉矶人都人手一张！我了解我迫切需要一些症状来协助我认清近日来满目疮痍的自己，但一定要这么极端吗？难道老天爷就不能将就将就，给我一个没这么恐怖的——比方说，像是一首戴安娜·罗丝（Diana Rose）的流行老歌，或是一首艾尔顿·约翰的原曲？

　　还不止这样。因为茉莉·拉萨尔翻唱的 Baby, I Love Your

---

① Peter Frampton：1850 年生于英国肯特，是 70 年代摇滚流行乐的当红新星。1976 年的专辑 Frampton Comes Alive 在美国共卖出六百万张，在全球各地共卖出一千六百万张。1995 年他又推出了 Frampton Comes Alive 第二集。

Way——"我知道我不应该喜欢这首歌,不过我就是喜欢。"她在唱完后厚着脸皮笑着说——我发现自己立刻处在两种显然相互矛盾的状态中:A:我突然强烈地思念萝拉,过去四天以来我完全不会,还有B:我爱上了茉莉·拉萨尔。

这种事会发生。至少,会发生在男人身上。或者是在这个特定的男人身上。有时候。很难解释你为何会或如何会发现自己被同时拉往两个不同的方向,而显然某种程度不切实际的非理性是先决条件。但这里面也有一套逻辑。茉莉长得不错,一种近乎斗鸡眼的美国式俏妞——她看起来像是在演完《帕却吉一家》(Partridge Family)之后、接演《洛城法网》(LA Law)之前丰满一点的苏珊·黛(Susan Dey)——而且如果你打算对某人发展这种不由自主、毫无意义的暗恋的话,还可能会有更糟糕的[有个周六早晨,我醒来,打开电视,发现自己迷上《现场直播》(Going Live)①里面的莎拉·格林(Sarah Greene),当时我对于这种热情表现得相当低调]。而且就我所知她很迷人,而且不算没才华,一旦她将彼得·弗莱普顿逐出她的曲单,她就只唱自己的歌,那些歌都不错,充满感情,又幽默又细腻。我有生以来一直想跟一个搞音乐的人上床——不,是谈恋爱,我想要她在家里写歌,然后问问我对它们的看法,或许就会把某个我们的私密笑话写进歌词里,然后在唱片封套上感谢我,也许,甚至还会把我的照片放在内页里,在背景某处,然后我可以在后台、在侧舞台看她现场表演(虽然在哈瑞洛德看起来有点蠢,那里没有侧舞台,我往台边一站,每个人都会看得一清二楚)。

那么,茉莉那一边很容易理解,萝拉这档事就需要多加说明。但

---

① 英国 BBC 制作的周六晨间儿童节目。Sarah Greene 是其中一位主持人。

我想,这回事应该是这样子的:滥情音乐就是有种惊人的能耐,能将你带回过去,同时又引领你进入未来,所以你感到怀旧同时又充满希望。茉莉是充满希望、未来的部分——也许不是她,而是某个像她、某个能让我焕然一新的人(正是如此,我一向认为女人会拯救我,带领我走向美好人生,她们能改变我并将我救赎),而萝拉是过去的那个部分,我前一个爱过的人,而当我听见那些甜美、黏腻的木吉他和弦时,重现我们在一起的时光,然后,在我发现以前,我们已经在车子里唱着 Sloop John B① 的和声,然后跑调,然后大笑。我们在现实生活中从没这样子过。我们从没在车子里唱过歌,而且当我们搞错某件事的时候也绝对笑不出来。这就是为何此刻的我实在千不该万不该听流行音乐的。

今晚,这都无关紧要了。茉莉会在我转身要走的时候,走过来问我要不要去吃点东西;或者当我回到家,萝拉就坐在那里,啜着茶紧张地等待我宽恕她。这两种白日梦听起来一样吸引人,但两者都没办法让我开心。

茉莉约一个小时后中场休息。她坐在舞台上,咕嘟咕嘟地喝着百威啤酒,有个男的拿出一箱卡带放在她身边的舞台上。卡带要价五镑九十九分,但是他们没有一分钱找,所以实际上是六块钱。我们每个人都跟她买了一盘,然后吓我们一跳的是,她跟我们说话。

---

① 一首传统民谣。其中翻唱最出名的就是美国冲浪坏男孩乐队"海滩男孩"(The Beach Boys)。

"你们玩得还愉快吗?"

我们点头。

"那就好,因为我玩得很愉快。"

"很好。"我说,这似乎是我目前能做的最好表现。

我只有十块钱,所以我像只虾米一样站在那里,等那个男的捞出四镑零钱给我。

"你现在住在伦敦,对吗?"

"是啊,事实上,离这里不远。"

"你喜欢吗?"巴瑞问她。问得好。我就不会想到这点。

"还可以。嘿,你们大概是那种找得到门路的人。这附近有什么好的唱片行? 还是我得到西区去?"

干吗觉得被冒犯了? 我们就是那种知道哪里有好唱片行的人。那就是我们看起来的样子,而我们正是如此。

巴瑞跟狄克抢着答话时差点摔倒。

"他开了一家!"

"他开了一家!"

"在哈洛威!"

"就在七姐妹路上!"

"冠军黑胶片!"

"我们在那里工作!"

"包你喜欢!"

"来看看!"

她被阵阵袭来的热情惹得很开心。

"你们卖什么?"

"什么好东西都卖。蓝调、乡村、老式灵魂乐、新浪潮①……"

"听起来很棒。"

有人想跟她说话，所以她对我们甜甜地笑了笑，然后转过身。我们回到之前站着的地方。

"你们干吗跟她说店的事?"我问他们。

"我不知道那是机密。"巴瑞说。"我是说，我知道我们没有顾客上门，但是我以为那是件坏事，而不是经营策略。"

"她才不会花钱。"

"对，当然不会。所以她才会问我们知不知道哪里有好唱片行。她只想来店里浪费我们的时间。"

我知道我很傻，但我不要她来我店里。如果她到我店里来，我可能真的会喜欢上她，然后我会无时无刻不在等着她上门来，然后当她真的上门时我会紧张得笨手笨脚，然后可能会演变成用一种拙劣、绕圈子的方式约她出去喝一杯。然后不是她搞不懂我在干吗，让我觉得像个白痴，就是她当场拒绝我，让我觉得像个白痴。表演完后在回家的路上，我已经在想她明天会不会来，如果她来的话会不会有别的意思，如果别的意思，那是对我们三个当中哪一个别有居心，虽然

---

① new Wave 是一个属性不明确的音乐过渡期(大约从 70 年代末到 80 年代上半期)，唯一的共同点就是对流行音乐的喜爱。当朋克如火如荼地席卷欧美，红火过一阵之后，逐渐开始趋向回归，一方面是依旧充满挑衅性、实验风格浓重的后朋克，一方面则靠回流行乐多一点。新浪潮就是靠流行乐多一点，其中包括有比较边缘的皇帝艾维斯、雷鬼流行的"警察"(The Police)、ska 味道浓重的"疯子"(Madness)演唱组和"特别"(The Specials)演唱组，或是古怪的 XTC 等等，不过随后最常被认定为新浪潮的乐队，大多是那些电子乐队，像 Spandau Ballet、"杜兰杜兰"(Duran Duran)、"日本"(Japan)等等，这个时期最大的推动力量就是 MTV 电视频道一天二十四小时不断地播放音乐录像带，拍摄音乐录像带变成最快速的知名途径。"新浪潮"一般认定到 1984 年后渐渐衰竭，代之而起的，就是现在所称的另类音乐。但音乐录像带已经变成一种风潮，像"史密斯"和"宠物街男孩"(Pet Shop Boys)的许多经典音乐录像影带大半都是德瑞克·贾曼(Derek Jarman)所拍的。

巴瑞大概没指望了。

靠。我痛恨这种事。到你几岁它才会停止？

等我到家时有两通电话留言，一通是萝拉的朋友丽兹打的，一通是萝拉打的。内容是这样的：

1. 洛，我是丽兹。只是打电话来看，嗯，看你好不好。有空给我电话。嗯……我没有站在谁那边。还没有。祝好。再见。

2. 嗨，是我。我需要一些东西。你能不能早上打电话到我办公室？谢了。

疯子可以从这两通电话读出各种讯息；正常人会得到以下结论：第一个打来的人比较温和有感情，而第二个才不管你死活。

我可没疯。

5

一早我就打给萝拉。拨着电话号码,我觉得不舒服,当接线生帮我转过去时,我就更不舒服了。她一向认得我,但现在她声音里一点感情也没有。萝拉想在周六下午我去上班的时候,过来拿几套内衣裤,我没意见;我们本该就此打住,但我试着想谈点别的事,她不想,因为她正在工作,但我一意孤行,她哭着挂我电话。我觉得自己活像个蠢蛋,但我克制不住自己。我办不到。

如果她知道我同时因为茉莉要来店里而神经紧绷,我怀疑她会说什么。我们刚通过电话,我表示她把我的生活搞得一团糟,就在通话的那几分钟内,我深信不疑。但现在——我既没呆呆地发愣,也没对自己不满——我操心的反倒是我该穿什么衣服,我该留点胡须还是刮干净才会比较好看,还有今天店里该放什么音乐。

有时候男人要评判他自己的良善、他自己的正派作风,唯一的方式似乎就是通过他跟女人——或者说,跟潜在的以及现任的性伴侣——的关系。要对你的性伴侣好很容易,你可以请她们喝酒,帮她们录卡带,打电话问她们好不好,有数不清迅速又不费气力的法子可以让你自己变成一个好男人。但是,谈到女朋友,要一直维持高尚情操可就微妙得多。你一会儿表现正常,刷着厕所马桶表达你的感情,做那些现代男性全部该做的事;不一会儿,你就又处心积虑地摆起臭脸,口是心非地说着甜言蜜语。我真搞不懂。

正午过后我拨个电话给丽兹。她对我很好。她说她很遗憾,她认为我们俩是很好的一对,说我帮萝拉很多,给她生活的重心,让她走出封闭的自我,使她享受欢乐,帮她成为一个更好、更平和、更放松的人,让她对工作之外的事物产生兴趣。丽兹不会这样说话,只是比照当时的对话——加上我进一步的转注。但我认为,当她说我们是很好的一对的时候,这就是她话中的意思。她问我怎么样了,我有没有照顾自己;她告诉我她不担心这个叫伊恩的家伙。我们约好下星期找个时间碰面喝一杯。我挂了电话。

哪一个他妈的伊恩?

茉莉不久后走进店里。我们三个都在。我正在放她的卡带,当我看见她走进来的时候,我试图在她留意到之前关掉,但我手脚不够快,结果演变成就在她要开始谈它的时候我把它关掉了。没办法我只好又把它打开。我满脸羞红。她笑出来。我走到储藏室里面不出来。巴瑞和狄克卖给她总共七十元的卡带。

巴瑞冲进储藏室。"我们刚刚上了茉莉在白狮酒馆演出的贵宾名单,就这样。我们三个。"

在半个小时内,我在一个我感兴趣的人面前自取其辱,而且我还发现到,我的前女友早有外遇。我才不想知道什么白狮的贵宾名单。

"真是太好、太好了,巴瑞。白狮的贵宾名单!我们只要到普特尼去再回来,然后我们每个人都省了五块钱。有个有影响力的朋友就是这样,对吗?"

"我们可以搭你的车去。"

"那不是我的车,记得吗? 那是萝拉的。萝拉开走了。所以我们得花两个小时搭地铁,要不然我们可以搭计程车,那会花我们,喔,每个人五块钱。他妈的好极了。"

巴瑞耸耸肩,一副"你能拿这家伙怎么办"的样子,掉头走了出去。我觉得很抱歉,不过我什么也没对他说。

我不认识任何叫做伊恩的人。萝拉不认识任何叫做伊恩的人。我们已经在一起三年了,我从没听她提到过伊恩。她的办公室里没有叫伊恩的。她没有任何叫伊恩的朋友,也没有任何女友有叫伊恩的男朋友。我虽不敢说她这辈子从来没遇过叫做伊恩的人——大学里总会有一个吧,虽然她念的是女子学校——但我几乎可以百分百肯定:自从 1989 年以来她就存活在一个没有伊恩的宇宙里。

然而这个近乎百分百的肯定伊恩之不存在论,只持续到我到家。在我们放邮件的窗台上,就在公用大门进来的地方,有三封夹在外卖菜单和叫车名片中的信件,一封账单是我的,一封银行明细是萝拉的……还有一封电视租费的通知单是伊·雷蒙(I. Raymood)先生的(他的朋友,更贴切地说,他的邻居,都叫他雷),这家伙六星期前还住在楼上。

我走进公寓时全身颤抖,而且浑身不舒服。我知道是他,我看见信的那一刻就知道是他。我记得萝拉上去看过他几次;我记得去年圣诞节他下楼来喝一杯的时候,萝拉她那虽算不上是调情但确实是超过绝对必要地抚弄她的头发好几次,而且笑得比绝非必要的还随便。他会是她喜欢的那一型——迷失的小男生,正确可靠,照顾人,灵魂里刚刚好带有足以令人感兴趣的忧郁气质。我以前就不怎么喜欢他,我现在是他妈的恨死他。

多久了?多频繁?我上一次跟雷——伊恩——说话,是他搬走那晚……那时候就有什么了吗?她是不是趁我出去的晚上偷偷溜到楼上?住在一楼的那对,约翰与梅兰妮,知道这件事吗?我花了很长时间翻找他递给我们的地址变更卡,但它不见了,不祥地、意味深长地,不见了——除非我已经扔了它,就没了这种不祥的深长意味(如果我找到了我该怎么办?打电话给他?到附近晃晃,看他是不是有人做伴?)

现在我开始记起一些事:他的吊带裤,他的音乐(非洲、拉丁、保加利亚,任何当周流行的鸟烂世界音乐),他那歇斯底里、神经质、叫人抓狂的笑声,时常污染走廊难闻的烹饪气味,留到太晚喝得太多离开时又太吵的访客。我一点也想不起来他有什么好。

上床就寝以前我设法摒除最糟、最痛苦、最令人困扰的回忆,直到我听见现在住在楼上的女人大声走来走去用力关衣橱的门。这是最最糟糕的事,这件事会让在我这种处境下的任何人(任何男人?)全身直冒冷汗:我们常听他正在做……我们可以听见他发出的噪音,我们可以听见她发出的噪音(他有过两三个不同的伴侣,当我们三个人——或我们四个人,如果你把雷床上的人也算进去的话——仅仅被几平方米吱吱作响的地板和纷纷剥落的天花板所隔开)。

"他做得够久的。"有一晚我这么说,当时我们躺在床上醒着,眼睛瞪着天花板。"但愿我也这么幸运。"萝拉说。那只是个玩笑。我们都笑了。哈哈,我们这样笑,哈哈哈。我现在不笑了。从来没有一个笑话会让我感到这么反胃、这么偏执、这么没安全感、这么自哀自怜、这么恐惧以及这么地猜忌。

当女人离开男人,男人就会闷闷不乐(没错,终于,经过这些麻木不仁、愚昧的乐观和耸耸肩一副"谁在乎"的姿态之后,现在我闷闷不乐——虽然我还是想被放在茉莉下张专辑的封面)。难道这就是全部的原因吗?有时我这么认为,有时我不。我经历过这样的阶段,在查理和马可的事情后,我想像他们在一起,做那件事,查理的脸庞因激情而扭曲,一种我永远无法唤起的激情。

我该说,即使我不想说出口(我想咒骂我自己,为自己感到悲哀,公布我的短处——这是在这种时刻做的事),我认为这方面的事情没有问题。我认为。然而在我可怕的想像中,查理就跟色情片里的任何角色一样淫荡喧哗。她是马可的玩物,她对他的每个爱抚都报以高潮时的欢愉惊叫。在我脑中,世界上有史以来从没有任何女人的性爱比查理跟马可的性爱来得美妙。

不过那不算什么。那在现实中没有任何基础。就我所知,马可和查理的恋情根本没有结果,而查理花费接下来十年的时间试图——但不幸地失败了——找回我们共享的那些平静、含蓄的销魂夜晚。然而,我知道,伊恩算是个魔鬼情人,萝拉也知道。我可以听得一清二楚,萝拉也是。事实上,那让我很恼火,我以为她也很恼火。现在我不确定了。这是她上去的原因吗?难道她想要来一点就在楼上进行的东西?

我不太确知为什么这个这么要紧?伊恩可以比我更会说话、更会做菜、更会工作、更会做家务、更会有钱、更会赚钱、更会花钱、更了解书本或电影;他可以比我更讨人喜欢、更好看、更聪明、更干净、更慷慨大方、更乐于助人,一个在你想得到的任何方面都要更好的人类,然而我都不在意。真的。我接受并且了解你不可能样样都行,而我在某些非常重要的领域里出奇可悲地笨拙。但是性不一样:知道下一任的床上功夫比你好实在教人无法忍受,而我不知道为什么。

我知道我理解这很疯狂。我知道,譬如说,我做过最棒的性爱并不重要,我做过最棒的性爱是跟一个叫柔希的女孩,我只跟她睡过四次。这是不够的(我是指美妙性爱,不是那四次,那四次已经太多)。她把我搞疯,我也把她搞疯,而我们有本事同时达到高潮的这件事(这一点,在我看来,就是大家谈到美妙性爱时指的东西,无论罗丝博士①会跟你说什么分享、体贴、枕边细语、变换花样、体位和手铐等等的)也不算。

那么,是什么让我对伊恩和萝拉在一起这么感冒?为什么我这么在意他能维持多久,我能维持多久,她跟我在一起发出什么声音,还有她跟他在一起又发出什么声音? 也就是,我猜想,到最后,我还是听得到克里斯·汤森,那个野蛮、雄性激素过剩的中学四年级奸夫,骂我是笨蛋,告诉他他上了我女朋友。而那个声音至今还让我感到悲惨。

晚上的时候,我做了那种不算真正是梦的梦。我梦到萝拉跟雷打炮,马可跟查理打炮。我很高兴在半夜醒过来,因为这表示梦境终止了。但是欣喜只持续了几秒钟,然后事情又潜入脑海,就是在某处萝拉真的在跟雷打炮(也许不一定是现在,因为现在是凌晨 3 点 56 分,不过由于他的精力——他无力达到高潮,哈哈——你说不准),而我在这里,在这个愚蠢的小公寓,孤家寡人,而且我三十五岁了,我有一个快倒闭的小生意,我的朋友根本不算朋友,只是我还没搞丢电话的人。如果我倒头再睡,睡他个四十年,然后牙齿掉光了听着"旋律

---

① Dr. Ruth:美国著名性爱学家。

电台"(Melody Radio)①醒在一所老人院里，我也不会这么忧虑，因为最坏的人生，也就是，剩下的日子，就要完了。我甚至不用自我了结。

我才刚刚开始意识到有某件事情在某处进行是很重要的——工作或家庭，否则你只是在混吃等死。如果我住在波斯尼亚，那么没有女朋友不会看起来像是世界上最严重的事，不过在克劳许区这里，就是这样。你需要最大量的压舱物来防止你漂流走；你需要身边有人，有事情进行，不然的话人生就会像有些电影：钱花完了，没有场景、地点和配角，只有一个家伙独自一人瞪着摄影机，没事可做也无人可谈。有谁会信服这样的角色？我必须要在这里面找到更多东西：更多喧闹、更多细节，因为此刻我有掉下悬崖的危险。

"你有没有灵魂?"隔天下午有一个女人问我。那要看情况，我真想这么说；有些时候有，有些时候没有。几天以前我一点都没有；现在我有好几卡车。太多了，超出我能应付的程度。我想这么告诉她：我希望我能把它分散得平均一点，找到好一点的平衡，但是我似乎无法解决这点。不过我看得出来她对我的内在库存控制问题不感兴趣，所以我直接指向我保管我的灵魂(乐)的地方，在出口的地方，就在忧郁(蓝调)②旁边。

---

① 英国每天二十四小时播放的音乐电台。
② Blues：蓝调音乐，但作者在这里指的是忧郁。

6

就在萝拉走后正好一星期，我接到一个女人从青木区打来的电话，说她有些她觉得我会有兴趣的单曲。我通常不理会住家大扫除，但这个女人似乎知道她在说什么：她嘟哝着白标唱片和图片封套还有一堆别的东西，显见我们谈的不只是她儿子离家时留下来的半打左右刮花的"电光交响乐队"（Electric Light Orchestras）①唱片。

她的房子巨大无比。那种好像从伦敦别的区晃荡到青木区的房子。而且她不太友善。她四十出头，不到五十岁，有一身人工日照的古铜色皮肤，还有起人疑窦的光滑紧绷脸孔；虽然她穿着牛仔裤和T恤，但是在牛仔裤标示李维先生（Mr. Levi）或是蓝哥先生（Mr. Wrangler）的大名处写着一个意大利人的名字，还有那件T恤前面镶着一大堆珠宝，排列成CND的形状。

她笑也不笑，也不端杯咖啡给我，也不问我房子好不好找，尽管冰冷的滂沱大雨让我连眼前的地图都看不见。她只是带我到大厅旁的一间书房里，打开电灯，然后指向放在顶层架子上的单曲唱片——

有好几百张,全都放在定做的木箱里——然后留我一个人开始动手。

沿墙的架上没有一本书,只有专辑、CD、卡带和音响设备,卡带上有小小的号码标签,这向来是一个认真的人的表征。墙壁上靠着几把吉他,还有一些看起来可以做些电子音乐的东西,如果你有那方面的倾向的话。

我爬到椅子上,开始把单曲箱拿下来。一共有七八个。虽然,在放到地板上时,我努力不去看里面有什么,但我瞄到一眼最后一箱的第一张,那是詹姆斯·布朗(James Brown)在国王唱片时期的单曲,有三十年之久。我开始因期待而坐立难安。

当我开始仔细察看,我马上意识到这是自从我开始搜集唱片以来,一直梦想钓到的大鱼。其中有"披头士"歌迷俱乐部专属的单曲,还有"谁"演唱组最开始的一叠单曲,还有猫王六十年代早期的原版,还有成堆稀有的蓝调和灵魂乐单曲,还有……还有一张"性手枪"在 A & H 旗下时出的《天佑女王》(God Save the Queen)!我从来没有亲眼见过!我甚至从来没有见过有哪个人亲眼见过!还有,噢不、噢不、噢老天爷——奥提斯·瑞汀②的《你让水流不停》(You Left The Water Running),他死后七年才出版,马上应他的遗孀要求下架,因为她没有……

"你觉得怎么样?"她靠在门框上,双手交叉,对我表露出来的各种荒唐好笑的表情,微微一笑。

"这是我见过的最棒的收藏。"我不知道能给她什么。这堆肯定

---

① 1970 年成立于英国伯明翰的多人乐队,成名于整个 70 年代,风格上企图熔铸披头士的流行摇滚、古典乐的编排,以及未来派的偶像图腾。乐队于 1988 年解散,领队为 Roy Wood。

② Otis Redding(1942—1967):20 世纪 60 年代最具影响力的灵魂乐歌手,他向大多数乐迷示范了美国南方"灵魂(乐)"的强劲力道。死时年仅二十六岁。

值个至少六七千大洋,而她很清楚。我哪里去找那么多的钱?

"给我五十块,你今天就能拿走每一张唱片。"

我望着她。我们现在正式进入玩笑狂想王国,那里有小个子的老太太付一大笔钱给你,说服你帮她运走昂贵的齐彭代尔(Chippendale)家具。只不过我不是在跟小个子的老太太打交道,而且她完全了解她这批货远比五十元值钱得多。到底怎么一回事?

"这是偷来的吗?"

她笑了。"不值得我这么做,不是吗? 把这几大箱东西费力地从别人的窗口拖出来,就只为了五十块? 不是,这些是我老公的。"

"而你现在跟他处得不太好?"

"他现在跟一个二十三岁的在西班牙。我女儿的朋友。他居然他妈的有脸打电话来开口借钱,我拒绝了,所以他要我卖掉他的单曲收藏,然后看我卖了多少,寄张支票给他,扣除百分之十的佣金。这倒提醒了我,你能不能给我一张五镑的钞票? 我要把它裱起来挂在墙上。"

"他一定花了很久才搜集到这些。"

"经年累月。这项收藏算是他最类似于成就的一件事。"

"他工作吗?"

"他自称是音乐人,但……"她皱着眉头,满脸不可置信与轻蔑。"他只不过是寄生在我身上,然后坐在他的大屁股上望着唱片标签。"

想像你回到家,发现你的猫王单曲、你的詹姆士·布朗单曲和你的查克·贝瑞(Chuck Berry)单曲就只为了泄恨而被卖掉。你会怎么办? 你会怎么说?

"听着,我难道不能付你一个适当的价钱? 你不必告诉他你拿到多少。你还是可以寄四十五块去,然后把其他的花掉。或捐给慈善机构什么的。"

"那不是我们的协定。我想心狠手辣,但非常光明正大。"

"很抱歉,不过这实在……我不希望卷入其中。"

"随便你。还有一大票人会愿意。"

"是,我知道。这就是我为什么想找个折衷的方法。一千五百元怎么样?这些大概值四倍的钱。"

"六十。"

"一千三。"

"七十五。"

"一千一,这是我的底线了。"

"超过九十块我一毛也不拿。"我们两个都笑了。去哪儿找这种讨价还价的场面呢。

"这样他就只够回家的盘缠,明白了吧。这才是我想要的。"

"很抱歉,不过我想你最好找别人谈谈。"等我回到店里,我会嚎啕大哭,我会像个婴儿一样哭上一个月,不过我就是没办法让自己从这家伙背后捅一刀。

"随便。"

我站起来想走,然后又跪下来,我只想再看一眼,那充满眷恋的一眼。

"我可不可以跟你买这张奥提斯·瑞汀的单曲?"

"当然。十分钱。"

"拜托。请让我付你十块钱,剩下的你要全部送人我也管不着。"

"好吧。因为你特地大老远跑来,而且因为你是个有原则的人。不过仅止于此。我不会一张一张卖给你的。"

所以我到青木区去,然后带回来一张状况良好的《你让水流不停》,仅仅只花了我十块钱。不算坏的晨间差事。巴瑞和狄克会肃然起敬。不过如果他们发现里面有猫王、詹姆斯·布朗、杰利·李·路易斯(Jerry Lee Lewis)、"性手枪"和"披头士",以及其他稀世珍品的话,他们立刻会深受危险性的创痛和惊吓,然后我还得安慰他们⋯⋯

我怎么到最后竟靠到了坏人这一边?那个男人丢下老婆跟个辣妹跑到西班牙。我为什么无法让自己体会作为他太太的人的感受呢?也许我该回家把萝拉的雕像卖给某个想把它打碎做破铜烂铁的人,这说不定会让我好过一点。但我知道我不会。我眼前浮现的全是那个男人接到那张凄惨的支票时的脸,我不由自主地为他感到哀痛,感到逾恒的遗憾。

如果人生总能充满这类刺激的事情应该很不错,不过并非如此。狄克信守他的承诺,录了"甘草夹心糖"的第一张专辑给我;吉米与杰姬·柯克希尔暂时停止了争吵;萝拉的妈妈没打电话来,但我妈打来了,她认为如果我去上些夜校课程,萝拉会对我比较感兴趣,我们同意彼此意见不合,或者不管怎么说,我挂了她电话。而狄克、巴瑞和我搭计程车到白狮去看茉莉,我们的名字的确在贵宾名单上。车资刚刚好十五元,不过不包括小费,而且啤酒一杯要两镑。白狮比洛德小,所以它是半满,而非空个三分之二,好多了,他们甚至有暖场表演,某个认为世界在凯特·史蒂文斯①唱的 Tea For The Tillerman ("舵手之茶")之后就终结的本地烂歌手,连声大爆炸都没有,只闷

① Cat Stevens:本名 Steven Demetre Georgiou,1947 年生于英国伦敦,母亲是瑞典人,父亲是希腊人。1966 年因一首创作歌曲 I Love My Dog 被唱片公司签约,取名 Cat Stevens。1968 年因为肺结核养病一整年,之后于 1970 年出版死亡气息浓厚的专辑 Mona Bone Jakon,不久又出版描写弃绝现代生活寻求精神领地的专辑 Tea For The Tillerman,让他成为最成功的民谣歌手之一,和詹姆斯·泰勒以及卡洛·金齐名。1973 年因为他的唱片卖得太好,被税务局盯住,他逃到巴西,并将所有的税金捐给慈善机构。他随后的几张专辑依旧热门成功。1977 年 12 月 23 日,他改信伊斯兰教,取了一个阿拉伯名字 Yusuf Islam,娶了妻子,生了五个小孩,并在伦敦近郊建立一所穆斯林学校。

哼了一下。

好消息：1）在唱 Baby, I Love Your Way 的时候我没哭，虽然我觉得有点不舒服；2）我们的名字被提到："台下是巴瑞和狄克和洛吗？真高兴看到你们，各位。"然后她对观众说："你们去过他们的唱片行吗？位居北伦敦的冠军黑胶片？你们应该去看看。"然后大家转过头来看我们，而我们害臊地望着彼此，巴瑞兴奋地几乎要咯咯笑，那个白痴；3）我还是想登上专辑封套的某个地方，虽然早上醒过来时我难受得要命，因为我大半夜都在抽剩下烟蒂卷成的烟，喝香蕉利口酒，想念萝拉（这算好消息吗？也许是坏消息，绝对是，我已经疯了的最后证明，但算好消息，因为我还算有某种程度的抱负，旋律电台不会是我未来的唯一愿景）。

坏消息：1）茉莉找了个人来跟她一起唱安可曲，一个男的。这人用一种我不喜欢的亲昵跟她一起分享麦克风，然后唱着 Love Hurts（爱情伤人）的和声，唱歌时望着她的神情表示他上专辑封套的排名在我之前。茉莉看起来还是像苏珊·黛，而这个家伙——她介绍他："丁骨·泰勒，得州藏得最好的秘密"——看起来则像"霍尔与奥兹"二重唱（Hall & Oates）①里的戴洛·霍尔（Daryl Hall）美男版，如果你想像得出竟有这种生物的话。他有一头金色长发，高颧骨，而且身长足足超过九英尺，但他也有肌肉（他穿着一件牛仔背心，而且里面没穿衬衫），还有一副好嗓音，足以让健力士黑啤酒广告里的男人听起来都像娘娘腔，声音低沉到仿佛轰的一声坠落在舞台上，然后像颗加农炮弹一样滚向我们。

---

① 1972 年到 1986 年卖座最佳的双人组合，曲风深受白人（蓝眼）灵魂乐的影响。两人的形象经常是金发碧眼的，搭上黑卷发、留八字胡样子的 John Oates。

我知道我的性信心此刻并不高,同时我知道女人不一定会对金色长发、颧骨、高度感兴趣;有时候她们想找深色短发、扁平颧骨和宽度,但即便如此!看看他们!苏珊·黛和戴洛·霍尔!交织着"爱情伤人"赤裸裸的旋律歌词!他们的唾液几乎要混在一起!还好前几天她到店里时我穿着我最爱的衣服,不然我连一点机会都没有。

没有其他的坏消息了。就这样。

当演出完毕时我拎起地板上的夹克准备离开。

"现在才十点半。"巴瑞说,"我们再喝一杯。"

"如果你想要就去吧,我要回家了。"我才不想和一个叫丁骨的人喝一杯,不过我感觉到那正是巴瑞的意图。我感觉得到跟一个叫丁骨的人喝一杯,将会是巴瑞这十年来的最高荣幸。"我不想扫你们的雅兴,我只是不那么想留下来。"

"连半小时都不行吗?"

"真的不行。"

"那你等一下。我去撒泡尿。"

"我也是。"狄克说。

他们一走,我就快步离开,叫了一辆黑色计程车。简直太好了,你心情沮丧时,可以随心所欲地干坏事。

想待在家,守着你的唱片收藏难道是犯了天大的错?搜集唱片跟搜集邮票或啤酒垫或古董顶针器不一样。这里面有一整个世界,一个比我存活的世界更好、更肮脏、更暴力、更祥和、更多彩多姿、更堕落、更危险、更友爱的世界。里面有历史、有地理、有诗歌、有无数我该在学校学的其他东西,包括音乐。

当我回到家(二十块,普特尼到克劳许区,没给小费),我给自己冲了一杯茶,插上耳机,然后挖出我所有的鲍勃·迪伦和皇帝艾维斯每一首关于女人的愤怒情歌,然后当我听完那些,我听尼尔·杨的现场专辑直到我的头因为共振回音而嗡嗡作响,然后当我听完尼尔·杨,我上床望着天花板,这再也不是从前那种做梦般的中性举动。这是个玩笑,不是吗? 全是那些茉莉的事? 我愚弄自己说有件事可以让我转移目标,完成一个轻松、无痕的过渡期。我现在看清了。当事情已经发生后我可以看清一切——我对过去非常在行。我搞不懂的是现在。

我上班迟到,狄克已经帮丽兹留话给我。要我赶紧打电话到她工作的地方。我一点也不想打电话到她工作的地方。她想要取消我们今晚的约会,而我知道为什么,而且我不让她这么做。她得当着我的面取消。

我要狄克回电话给她,告诉她他忘了我今天都不会进来——我到高彻斯特参加唱片展了,然后为了晚上的约会专程赶回来。不,狄克没有电话号码。不,狄克不认为我会打电话回店里。我接下来整天都不接电话,以免她试图逮到我。

我们约好了在卡姆登见面,在公园路一家安静的"杨家小馆"。我早到了,不过我带了 Time Out 在身上,所以我点了啤酒和腰果坐在角落,研究该去看哪部电影,如果我找得到人一起去的话。

跟丽兹的约会没花多少时间。我看见她重重地跺步走向我的桌子——她人很好,丽兹,不过她很魁梧,而当她生气的时候,好比现在一样,她很吓人——我试着微笑,不过我看得出没有用,因为她气到没办法这样就回心转意。

"洛,你是个他妈的混蛋。"她说,然后她转身走出去,隔壁桌的人盯着我。我脸涨得通红,盯住 Time Out 然后喝了一大口啤酒,希望酒杯会遮住我羞红的脸。

她说的对,当然了。我是个他妈的混蛋。

7

在八十年代后期,有几年的时间,我在肯特什城一间舞厅当 DJ,我就是在那里遇见萝拉的。其实不怎么像间舞厅,只是一间酒吧楼上的一个空间,不过有半年的时间它很受某群伦敦人欢迎——那些近乎时髦、正点,穿着黑色 501 牛仔裤和马汀大夫鞋的一群人,常常成群结队从市场移动到城乡酒吧,到"丁墙"①,到电力舞厅②,到卡姆登广场。我是个好 DJ,我认为不管怎么样,大伙似乎很开心;他们跳舞,待到很晚,问我哪里可以买到我放的一些唱片,然后周复一周的回来。我们叫它"葛鲁丘俱乐部",因为葛鲁丘·马克斯③说过,不会加入一个会收他这种人为会员的俱乐部;后来我们发现在西区某处有另一家葛鲁丘俱乐部,但是似乎没有人搞混哪一家是哪一家[顺道一提,葛鲁丘前五名填满舞池的曲子:"斯默基·罗宾逊与奇迹"(Smokey Robinson & the Miracle)的 It's A Good Feeling("感觉真好")、巴比·布兰德④的 No Blow No Show("无风不起浪")、珍·奈特⑤的 My Big Stuff("大个子")、"杰克逊五兄弟"⑥的 The Love You Save("你珍藏的爱")、唐尼·海瑟威⑦的 The Ghetto("街坊")]。

　　而我爱极了、爱极了这个工作。望下去满屋子的脑袋随着你挑选的音乐而摇摆起舞，实在是一件振奋人心的事。俱乐部红火的那半年内，是我有生以来最快乐的时光。那是我唯一一次真的有冲劲的感觉，虽然我后来明白那是一种假的冲劲，因为它根本不属于我，而是属于音乐。任何人把他们最爱的舞曲唱片在一个人很多的地方大声放出来给那些付钱进门的人听，都会感受到一模一样的事情。毕竟，舞曲，就是要有冲劲——我不过是搞不清楚状况。

　　总之，我就是在这段时期的中间遇到萝拉，在 1987 年的夏天。她认为她已经到过俱乐部三四次，我才注意到她，很有可能是真的——她很娇小、苗条，而且漂亮，有点席娜·伊斯顿⑧在经过好莱坞包装以前的味道(虽然她看起来比席娜·伊斯顿来得强悍，一头激进派律师的冲天短发和她的靴子，以及她那清澈得吓人的蓝眼

----

① 位于肯顿的舞厅。
② 位于肯顿海街上的舞厅。
③ Groucho Marx：本名 Julius Marx(1890—1977)，美国著名喜剧演员。
④ Boddy Bland(1930—　)：赢蓝调巨星，他赢得这一地位靠的并非任何演奏乐器，而是他的嗓子。
⑤ Jean Knight：1943 年出生在新奥尔良的灵魂乐女歌手。My Big Stuff (1971)是她唯一一热门的放克经典舞曲。
⑥ Jackson Five：由杰克逊五兄弟组成，70 年代早期流行音乐界最大的现象，由其中最小的弟弟迈克尔·杰克逊担任主唱。
⑦ Donny Hathaway(1945—1979)：黑人灵魂乐在 70 年代最闪亮的新声。三岁开始就跟着祖母在教堂唱赞美歌，在哈佛念音乐，然后进入唱片工业，1970 年出版第一张专辑 Everything is Everything，其中 The Ghetto(之前出过 ep)至今仍是一首经典曲，同时也被大量嘻哈(hip-hop)艺人取样(sampled)。就在他的璀璨生涯即将展开之时，于 1979 年 1 月 13 日被发现死于路边，他于住所十五楼跳楼自杀，年仅三十三岁。
⑧ Sheena Easton：1959 年出生于苏格兰，受到芭芭拉·史翠珊在《往日情怀》中的影响，而立志于歌唱事业，是 80 年代当红的流行歌手；她最有名的，就是电影 007 某集的主题曲 For Your Eyes Only，台湾的偶像剧《流星花园》里也选放过她的歌 Almost Over You。

睛），不过那里有更漂亮的女人，而当你无所事事东张西望的时候，你看的都是最漂亮的。所以，在第三或第四次，她来到我小小的 DJ 台跟我说话，而我立刻就喜欢上了她：她求我放一张我很喜爱的唱片［如果有人想知道的话，那是所罗门·柏克①的 Got To Get You Off My Mind（"把你赶出我心田"）］，但每次我一试着放，都会让舞池净空。

"我以前放的时候你在吗？"

"在啊。"

"那你应该见到过会出什么状况吧。他们会准备好想要闪了。"

那是一首三分钟的曲子，结果我必须在一分半左右换歌。我换成麦当娜的 Holiday②；在紧急的时刻，我偶尔会放一些流行的东西，就像那些相信顺势疗法的人有时会使用传统医药，虽然他们并不赞成。

"这次他们不会的。"

"你怎么知道？"

"因为这里一半的人是我带来的，我保证会让他们跳下去。"

所以我就放了，而萝拉和她的同伴们的确拥入舞池，不过他们又一个接一个下场，边摇着头边笑。这首歌很难跳，它是首不快不慢的节奏蓝调，而前奏走走停停。萝拉锲而不舍，虽然我想看她能否勇敢地撑到最后，不过大家都不跳舞让我很紧张，所以我赶快放了 The Love You Save（"你珍藏的爱"）。

---

① Solomon Burke(1936—   )：早期灵魂乐最重要的先锋，影响深远，但其歌曲从未进入热门排行榜。

② Holiday 出自麦当娜 1983 年的同名专辑，也是她的第一张专辑。乐评人在回过头重新评价它时，确认了麦当娜迪斯科舞曲在主流流行乐还视之如禁忌的时候，就具有其 diva 地位，还有她强烈的个人风格。

她不随着"杰克逊五兄弟"的歌跳,她大步向我迈进,但是她笑得合不拢嘴而且说她不会再点了。她只想知道哪里可以买到那张唱片。我说如果她下星期再来,我会录一卷卡带给她,她看起来非常开心。

我花了好久才录好那卷带子。对我而言,录一卷卡带就像写一封情书——有大量的删除,然后重新构思,然后重新开始,而我求的是一个好结果,因为……老实说,因为我开始当 DJ 以来还没遇过像萝拉这么有希望的对象,而遇见有希望的女人正是干 DJ 这行应该包括的一部分。一卷好的合辑卡带,就跟分手一样,是很难办到的。你必须要用个惊人之举来开场,抓住注意力(我本来用 Got To Get You off My Mind 开始,但是随即想到如果我马上给她她想要的,她可能只停在第一面第一首,所以我把它藏在第二面的中间),接着你要把它调高一档,或降低一档,而且你不能把白人音乐和黑人音乐放在一块,除非那首白人音乐听起来像黑人音乐,而且你不能把同一个歌手的两首歌并置,除非你全部都是成双成对,而且……啊,规矩一大堆。

总之,这卷卡带我一录再录,我还有几卷最早的试听带不知道丢在公寓哪个角落,再从头到尾检查用来调整变换的母带。然后到了星期五晚上,俱乐部之夜,当她向我走来时,我把它从夹克口袋里亮出来,然后我们就从那里继续下去。那是个很好的开始。

萝拉以前是,现在也是,律师。虽然当我认识她的时候,她是个跟现在不一样的律师。那时候,她在一家法律援助事务所工作(因此,我猜,跳舞和穿黑色机车皮夹克)。现在,她在一家市中心的律师事务所上班(因此,我猜,餐厅、昂贵的套装、冲天短发消失不见了,还有先前不露痕迹令人讨厌的尖酸刻薄口气),不是因为她经历任何政治主张的转变,而是因为她被裁员,而且找不到任何法律援助的工作。她必须接下这个年薪五万四千镑的工作,因为她找不到年薪两万以下的;她说这是关于撒切尔主义你唯一需要知道的事,我想她说的有点道理。她找到新工作后人就变了。她向来很专注,但是,以前,她的专注有地方发泄:她可以担心租屋者的权益、黑心房东和住在没有自来水的房舍里的儿童。现在她只对"工作"专注——她赚多少钱、她承受的压力、她的表现、她的同伴怎么看她,诸如此类的事。然后当她对工作不那么专注时,她便专注在自己为什么对工作,或这一类的工作,不专注。

有时候——最近几乎没有了——我可以做些事或说些话,好让她抽离自己,那是我们最合得来的时候:她常常会抱怨我"永无止境的平庸",不过自有它的用处。

我从来没有疯狂地热恋她,这曾经让我对长远的未来展望感到担忧,我以前认为——不过看看我们收尾的样子,也许我还是这么认为——所有的爱情都需要热恋带来的那种激烈碰撞,才能让你发动,并把你推过路障。然后,当碰撞的能量消逝,而你近乎停滞之际,你环顾周遭,看你还剩下什么。有可能是完全不一样的东西,有可能是差不多相同的东西,但是更温和平静,或者有可能一无所有。

跟萝拉在一起,有一阵子我对这种过程的想法完全改观。我们两个都没有失眠的夜晚,或失去胃口,或等待电话铃响的焦躁不安。但不管怎样,我们就这样继续下去,何况,因为没有激情可以消逝,所以我们从来不用环顾周遭去看到底还剩下什么;因为我们剩下的跟我们一直以来所拥有的一模一样。她没有搞得我很凄惨,或很焦虑,或神经紧张,而当我们上床的时候,我没有手忙脚乱让我自己失望,如果你懂我的意思的话。我想你懂。

我们常常约会,而她每个星期都到俱乐部来,而当她失去她在拱门公寓的租约时,她搬来跟我住,一切顺理成章,而且有好几年都是这样。如果我很迟钝的话,我会说钱改变了一切——她换了工作,她突然间有了很多钱,而我丢了俱乐部的工作,再加上经济不景气,使得过路人对我的店似乎过而不见,我口袋空空。当然这种事让生活变得更复杂,而且还有很多重新调整要考量、很多架要吵、很多界线要划清。不过说真的,不是因为钱的关系。是因为我。就像丽兹说的,我是个混蛋。

我跟丽兹约好在卡姆登喝一杯的前一晚,丽兹跟萝拉约了见面吃饭,丽兹为了伊恩的事把萝拉教训了一顿,而萝拉并不打算为自己做任何辩护,因为那表示要说我的不是,而她有一种强大但偶尔不智的忠贞感(拿我来说,就不可能克制得了我自己)。但是丽兹说过了头,以至于萝拉发飙,所有有关我的劣事便滔滔不绝地涌出,然后她们俩都哭了,而丽兹为了说错话跟萝拉道歉了五十到一百次。隔天丽兹发飙,试着打电话给我,然后大步走到酒馆里对我破口大骂。当然,这些事我都无法确定。我跟萝拉根本没联络,而丽兹跟我只有短暂而不快的晤面。但是,即便如此,不需要对相关的人物有多么深入的见解就能猜到这些。

我不知道萝拉确切说了些什么,但是她至少会揭露两点,或者甚至底下全部四点:

1. 我在她怀孕时跟别人上床。

2. 我的外遇直接导致她堕胎。

3. 在她堕胎后,我跟她借了一大笔钱到现在还没还。

4. 就在她离开前不久,我告诉她我在这段关系里并不快乐,我也许会想找别人。

　　我说过或做过这些事吗？没错，是我。有没有不那么严重的情形？应该没有，除非任何情形（换句话说，来龙去脉）都能被视为不严重。在你下判断前，虽说你可能已经下了判断，走开，然后写下你曾对你的伴侣做过的最坏的四件事，就算是假设——特别是假设——你的伴侣并不知道。别加以粉饰，或试图解释，写下来就是，列成条目，用最平铺直叙的语言。写完了吗？好，现在看谁才是混蛋！

8

"你他妈的跑哪里去了?"当巴瑞星期六早上来上班的时候我问他。我从我们去看茉莉在白狮的表演后就没见过他——没有电话,没有道歉,什么都没有。

"我他妈的跑哪里去了?我他妈的跑哪里去了?天哪!你真是个混蛋。"巴瑞仿佛在解释似的这么说。"对不起,洛。我知道你最近不太顺心,你遇到了麻烦事,不过,你要晓得,那晚我们他妈的花了好几个小时找你。"

"好几小时?超过一小时?至少两小时?我十点半走,所以你们到十二点半才放弃,对吗?你们一定一路从普特尼找到渥平。"

"别当个伶牙俐嘴的混蛋。"

总有一天,也许不是接下来几个星期内,但一定是在可预见的未来,有人提到我的时候可以不用在句子里加上"混蛋"两个字。

"好吧,抱歉。不过我敢说你们找了十分钟,然后就跟茉莉还有那个什么,丁骨,喝酒去了。"

我痛恨叫他丁骨。这样叫令我牙根发软,就像你不过要个汉堡,你却得说"巨型多层牛肉堡",或者当你不过想要一个苹果派时,却得说"妈妈的家常点心"。

"那不是重点。"

"你玩得愉快吗?"

"好极了。丁骨曾在两张盖·克拉克①的专辑和一张吉米·戴尔·吉摩②的专辑中演出。"

"帅呆了。"

"噢,滚蛋啦。"

我很高兴今天是星期天,因为我们还算忙碌,巴瑞跟我用不着找话说。当狄克泡咖啡时,我在储藏室找一张雪莉·布朗(Shirley Brown)的单曲,他告诉我丁骨曾在两张盖·克拉克的专辑和一张吉米·戴尔·吉摩的专辑中演出。

"而且你知道吗? 他人好得不得了。"他加了一句,惊讶于某个达到这种令人头晕目眩的巅峰的人能够在酒馆跟人做儿句文明的交谈。不过这种员工间的互动差不多就到这里为止。有太多其他人可以说话了。

虽然有很多人进店里来,只有一小部分的人会买东西。最好的顾客是那些星期六一定得买张唱片的人,即便没有任何他们真正想买的;除非他们回家时拎着一个扁扁平平、四四方方的袋子,否则他们就会浑身不畅快。你可以马上认出谁是唱片迷,因为当他们受够

---

① Guy Clark:1978 年出生于得州的乡村/民谣歌手,喜欢将自己比做木匠,对于歌曲总是不厌其详地仔细推敲,虽非大热门歌手,只有数首挤入美国乡村音乐排行榜,却是美国乡村乐里最受景仰的人物之一。

② Jimmie Dale Gilmore:1945 年出生于得州的乡村/民谣/蓝调/摇滚歌手,和高中密友 Butch Hancock 及 Joe Ely 合组了美国乡村音乐最重要的乐队 The Flatlanders。

了正在翻看的那个架子后，会突然大步流星地走到店里完全不同的一区，从中间拉出一张唱片封套，然后来到柜台前；这是因为他们脑海中早已经列好一张可能买的明细（"如果我五分钟内再找不到的话，那张我半小时前看到的蓝调合辑就凑合着用。"），然后突然间，会为自己浪费这么多时间在找一些不是自己真正想要的东西而感到不耐烦。我很清楚这种感觉（这些人是我的同路人，我了解他们超过了了解世界上任何人），那是一种坐立难安、病态、惊慌失措的感受，然后你跟跟跄跄走出店门。你走得比平常快得多，试图挽回白白流逝的时光，然后通常你会有股冲动想去读报纸的国际新闻版，或是去看一部彼得·格林纳威①的电影，去消耗一些结实饱满的东西，把它们填在棉花糖般空洞无用的脑袋瓜上方。

我喜欢的另一种人则是被迫来找某个困扰他们、令他们魂不守舍的曲调，这个曲调在他们追逐公交汽车时可以在呼吸里听得见，或者开车回家时可以在雨刷的节奏里听见。有的时候分心的原因平凡而易见：他们在广播或是在舞厅听到。但有的时候仿佛像魔术变出来的一样。有时候发生的原因只是因为太阳出来了，然后他们看见某个帅哥美女，然后他们忽然发现自己哼着一小段他们十五、二十年没听过的歌；有一次，一个家伙跑来因为他梦见一张唱片，全部细节，

---

① Peter Greenaway：1945 年生于英国威尔士新港，早年受过绘画训练，于 1965 年开始在英国情报中心做电影剪辑师，同时期拍了大量个人实验影片，直到 1980 年完成虚构的 92 个人物传记片 The Falls，取用 92 种不同视觉风格，成为电影界最激进、以最多量的视觉速度和元素吓唬观众的导演之一。格林纳威总是在拍百科全书式的电影，他说："我不觉得我们已经看过任何电影了，我认为我们只是看了一百年的图解教科书。""要是你想要说故事，去当个作家，而不是电影导演。"近年来他拍的电影包括《厨师、大盗、他的妻子和她的情人》、《魔法师的宝典》、《枕边书》以及《八又二分之一女人》等等。最新的电影为 92 只旅行箱走遍世界数十年、有关各地战乱之人类历史的 The Tulse Luper Suitcases（2003）。他于 1999 年离婚，卖掉威尔士的房子，定居荷兰。

曲调、名称、艺人。然后当我帮他找到时（那是一张老雷鬼唱片，"典范"合唱团（The Paragons）①的 Happy Go Lucky Girl），那张唱片跟在他睡梦中里显现的几乎一模一样，他脸上的表情让我觉得我好像不是一个开唱片行的人，而是个产婆，画家，或某个生活向来超凡绝俗的人。

在周六你可以很清楚地看出狄克和巴瑞的用处。狄克就跟一个小学教师一样耐心一样热忱一样温和：他卖给客人他们不知道自己想要的唱片，因为他直觉知道他们应该买什么。他聊聊天，然后在唱盘上放些音乐，然后很快他们就几乎是不由自主地掏出五块钱，仿佛那是他们打从一进门就要买的东西。巴瑞，同一时间，则是威胁顾客就范。他因为他们没有"耶稣和玛莉之钥"合唱团（Jesus and Mary Chain）②的第一张专辑而羞辱他们，然后他们就买了，然后他因为他们没有 Blonde On Blonde 而嘲笑他们，所以他们又买那张，然后当他们告诉他，他们从来没听过安·派柏丝③，他因不可置信而勃然大怒，然后他们又买了一些她的东西。大多数周六下午四点钟左右，当我帮我们每个人泡茶时，我有一点点陶陶然，也许是因为这毕竟是我的工作，而情况还算可以，也许是因为我为我们感到骄傲，也为了我们的天分——虽微小但奇特——我们将它发挥得淋漓尽致。

------

① 20 世纪 60 年代牙买加最红的乐队之一，深受美国灵魂乐和牙买加三、四重唱的合音影响，后因乐队核心 John Holt 的偏向，曲风转向比较重型的摇滚。虽有大量的热门曲，乐队本身依旧十分贫穷，导致最后解散。他们录制的专辑不多，Happy Go Lucky Girl 出自他们 1976 年的首张专辑 On the Beach with the Paragons。
② Jesus and Mary Chain：苏格兰格拉斯哥的乐队，深受纽约"地下丝绒/非法利益"的影响，特别是朋克和噪音。虽然不曾位居热门排行榜，但其音乐的冲击强度却难以等闲视之。让他们终于在美国进榜的歌曲，就是由 Mazzy Star、Hope Sandoval 所唱的 Sometimes Always。
③ Ann Peebles：1947 年生于美国南方东圣路易城，从小就加入父亲教堂的唱诗班。最大的转变在于她来到孟菲斯城，在当地的酒吧演唱，约二十岁时就与灵魂乐重要唱片公司 Hi 签约。她是美国南方灵魂乐 70 年代最好的女歌手之一。

所以到我要关上店门,准备像每周六一样大伙出去喝一杯时,我们又快快乐乐地在一起了;我们有一笔善意基金可以让我们花在接下来几个空洞的日子里,然后到星期五的午餐时间会刚刚好花到一毛也不剩。事实上,在把客人赶出门后、到我们收工之前,我们快乐到列出前五名皇帝艾维斯的歌(我选 Alison、Little Triggers、Man Out of Time、King Horse 和一首 Merseybeat① 风格版本的 Every day I Write The Book,我有卷盗版卡带,但不知道放哪里去了,我认为,最后一首的暧昧性聪明地抵销了第一首的必然性,因而先行灭除了巴瑞的嘲弄),况且,经过了整个星期的愠怒与争执,能再度想想这种事感觉真的很棒。

但当我们走出店门,萝拉已在门外等我,靠在分隔我们和隔壁鞋店的那道墙上,提醒我想起这不该是我人生中感觉最惬意的一段。

---

① Merseybeat:英式的原创曲风,混合了美式摇滚、R & B 以及英式 skiffle(混合爵士与乡村乐)。披头士早年的专辑 Please Please Me 和 Love Me Do 就是最典型的范本,同时他们也将之发展到极致。名称来源于披头士家乡利物浦的一条河流 Mersy。这种曲风由披头士大约在 1963 年发展成形,随后有不少流行乐队深受影响。

9

    钱的事很容易解释：她有，我没有，而她想要给我。这是当她在新工作做了几个月，薪水开始一点一点在银行里堆起来时候的事。她借给我五千大洋；如果她没这么做的话，我早就破产了。我一直没还她钱，因为我一直还不起，她搬出去而且跟别人在一起的事实并没有让我赚到五千大洋。前几天在电话里，当我刁难她说她把我的人生搞得一团糟时，她说了几句有关钱的事，有关我是不是要开始分期还给她，而我说我会每个星期还一镑给她，还她一百年。就在那时她挂了我电话。

    关于钱就是那么一回事。我告诉她说我在这段关系中不快乐，说我有点想找别的对象的那些话，是她逼我说出口的。她骗我说出口。听起来很站不住脚，不过她真那么做。当时我们正开诚布公地交谈，然后她说，一副很理所当然的样子，说我们现在处于一个很不快乐的阶段，而我表示同意；她问我是不是甚至想过要认识别人，我否认，而她笑了，说在我们这种情况下的人都会想去找别的对象，然后她说当然了，所以我承认我做过几次白日梦。当时我以为那是一种"让我们成熟地面对人生不如意"的对话，一种抽象、成人的分析：现在我知道我们谈的是她跟伊恩，还有她诱骗我来赦免她。这是个卑鄙的律师式的陷阱，而我跌了进去，因为她比我聪明太多了。

我不知道她怀孕了，我当然不知道。她没有告诉我，因为她知道我在跟别人交往（她知道我在跟别人交往是因为我这样告诉她。我们以为我们在当大人，其实我们是荒谬的天真，甚至是幼稚，以为我们其中一个可以干蠢事，并坦承这种越轨行为，而同时我们还住在一起）。我一直到好久以后才发现。那段时间我们处得很好，然后我说了一个有关生小孩的笑话，而她突然大哭了起来。所以我逼她告诉我到底为什么，她说了，之后我吵吵闹闹、自以为是、短暂而不智地发了一顿脾气（就那些一般的话——那也是我的小孩、她有什么权利，如此这般等等云云），直到她的不可置信和轻蔑使我闭嘴。

"你当时看起来不像个可靠的长期赌注。"她说，"我也没那么喜欢你。我不要生一个你的孩子。我不要去想那些会延伸到遥远未来的可怕探视权关系。而且我不要当单亲妈妈。这个决定并不困难。没有任何征询你意见的必要。"

这些想法都很公平。事实上，如果当时是我怀了孩子，我也会为了一模一样的原因去堕胎。我想不出我还能说什么。

那天晚上，在我掌握新的资讯重新思考整件怀孕的事情后，我问她为什么还坚持下去。

她思考了很长一段时间。

"因为以前我从没坚持过，当我们开始交往时，我对自己发了个誓，我要至少撑过一次低潮期，至少看看会变成怎样。所以我坚持下去。而且在你和那个白痴女人柔希的事情后……"——柔希,那个打过四炮、同步高潮、令人头痛的女生,那个萝拉怀孕时我跟她偷情的女生……"后来好长一段时间你都对我很好,而那正是我需要的。我们的交往很深入,洛,这是因为我们已经在一起相当一段时间了。我不想一竿子把它打翻另起炉灶,除非我真的得这么做。就这么回事。"

那我为什么坚持下去呢?不是因为那么高尚又成熟的理由(有什么比坚持一段摇摇欲坠的感情只因为希望能把它挽救起来更成熟的事呢?我这辈子从来没做过这种事)。我坚持下去是因为:突然间,就在柔希事件告一段落之际,我发现自己再度强烈地被萝拉所吸引,简直就像我需要柔希来帮萝拉提一下味一样。而我以为我会搞砸(我不知道当时她正在实行禁欲主义),我看得出她对我失去兴趣,所以我拼了命要挽回她的兴趣,而当我挽回之后,我又再度完全对她失去兴趣。这种事常常发生在我身上,我发现。我不知道该怎么解决。而这或多或少导致了今天的局面。当整个令人遗憾的故事像这样一大坨似的滚出来时,就算是目光最短浅的混账,就算是最自我耽溺、自艾自怨、遭人抛弃、伤害的恋人,都可以看出这里面有一种因果关系,堕胎和柔希和伊恩和金钱全属于彼此,全都罪有应得。

狄克和巴瑞问我们要不要跟他们到酒吧喝杯小酒,但是很难想像我们围着桌子一同嘲笑那个分不清艾伯特·金(Albert King)和艾伯特·柯林斯(Albert Collins)的客人("当他检查唱片上有没有刮痕然后看到 Stax 的标签时,他甚至都还没搞懂。"巴瑞告诉我们,一边为对人类愚行的深刻程度前所未察而大摇其头),所以我很客气地婉拒了。我以为我们要回公寓去,所以我走向公车站,但是萝拉戳了我的手臂一下,然后转身找计程车。

"我付钱。搭二十九路回去不怎么好玩吧,不是吗?"

有道理。我们需要的交谈最好在没有随同者的情况下进行——比如小狗、小孩,和提着巨大的约翰·路易斯百货公司袋子的胖子。

我们在计程车里很安静。从七姐妹路到克劳许区只要十分钟车程,但这趟旅程极度不舒服,又紧张又不愉快,以至于我觉得我这一辈子都会把它记在心里。天空下着雨,霓虹灯在我们的脸上映射出道道阴影;计程车司机问我们是否度过愉快的一天,我们嘟哝了一声,然后他用力关上分隔板的小窗。萝拉盯着窗外,我则鬼鬼祟祟地偷看她,试图看出过去一星期以来,是否在她脸上造成任何不同。她剪了头发,跟以前一样,非常短,六十年代的短发,像米亚·法罗(Mia Farrow)①一样,只不过——我可不是要讨人厌——法罗要比她更适合这种发型。因为她的发色很深,几乎是黑色的,所以当头发很短时,她的眼睛几乎占满整张脸。她没有化妆,我认为这对我有利。这很清楚地告诉我,她忧心忡忡、心思涣散,难过到无法浓妆艳抹的地步。这里有个不错的对称性:许多年前,当我把录有所罗门·柏克歌曲的卡带送给她时,她化了很浓很浓的妆,比她平常化的浓得多,也比她上星期化的浓得多,而当时我知道,或我希望,那也对我有利。所以说,你一开始得到一堆,表示事情很顺利、很正面、很刺激,然后结束时空空如也,表示事情没希望了。挺干脆的,不是吗?

[但是后来,就在我们转个弯走上通往我家的那条路时,我开始为逼近眼前的对话中的痛苦与困难感到慌张。我看到一个独身女

---

① 这里特指米亚·法罗在罗曼·波兰斯基执导的电影《罗丝玛丽的婴儿》(Rosemary's Baby,1968)中的造型,一个被自己丈夫卖给魔鬼、怀上恶魔之子的瘦弱妻子,求救无门,对怀中的孩子既恐惧又饱受母爱之苦。

子,满是周末夜的潇洒,往某地去与某人会面,朋友,或是情人。而当我跟萝拉住在一起时,我到底错失了什么?或许我错失了某个人坐在公交车、地铁或是计程车里,在他们的路上,来跟我会面,或许稍微打扮,或许比平时多化点妆,或许甚至有点紧张;当我年轻时,了解到是我促成这些举止,甚至只是搭个公交车,都会让我感激涕零。当你固定跟某人在一起,你不会那样觉得,如果萝拉想见到我,她只需要转过头,或从浴室走到卧室,而且她从来不会为了那段路打扮。而当她回家,她回家是因为她住在我的公寓,而不是因为我们是恋人,而当我们出去时,她有时打扮有时不打扮,取决于我们去什么地方,不过同样的,那跟我一点关系也没有。总之,这些不过是为了说明车窗外我看到的那个女人,她给了我启发,也给了我安慰,尽管非常短暂;也许我还没老到无法激起一趟从伦敦一区动到另一区的旅程,而且假使我真的还有机会约会,我会安排跟她在,譬如说,伊斯灵顿(Islington)区见面,而她必须大老远从斯多克纽文顿(Stoke Newington)过来,一趟三四英里的路程,我会打自我这颗破旧的三十五岁之心深处感激她。]

萝拉付车钱给司机,而我则打开大门,扭亮定时灯并招呼她进门。她止住脚步翻看窗台上的邮件,只是出于习惯动作,我猜。但当然啦,她马上就自找麻烦上身。当她翻阅着那些信封时,看到伊恩的电视租费通知单,然后她犹豫了,只一秒钟的时间,不过这已足以将我心中任何残余的怀疑痕迹抹去。我觉得很反胃。

"你要的话可以带走。"我说,但是我没办法看她,而她也没看我。"省得我还要转寄一次。"不过她只是把它放回那堆信件里,然后把信件放回窗台上的外卖菜单和计程车名片中,然后开始往楼上走。

我们进到公寓内,看到她在里面感觉很怪。但特别奇怪的是,她试图避免做她从前会做的事——你可以看到她在自我检验。她脱下大衣,她从前就往其中一张椅子上一扔,但是今晚她不想那么做。她拿着大衣站在那里等了一会,然后我从她手里接过来往其中一张椅子上一扔。她开始往厨房走,不是去烧开水就是去帮她自己倒杯酒,所以我问她,很有礼貌地,是不是要喝杯茶,然后她问我,很有礼貌地,有没有劲道强一点的东西,然后当我说冰箱里面有半瓶酒,她忍住没说她走的时候还有一整瓶,而且是她买的。无论如何,那再也不是她的了,或者说那已经不是同一瓶,或什么的。而当她坐下时,她选了离音响最近的那张椅子——我的椅子,而不是离电视最近的那张——她的椅子。

"你排过了吗?"她朝着满是唱片的架子点点头。

"什么?"我知道是什么,当然。

"重新整理的浩大工程。"我听得出加强语气。

"噢,是呀。前几晚。"我不想告诉她我在她离开当晚就动手,但她还是给了我一个有点令人不快、"真想不到"的微笑。

"怎么?"我说,"那是什么意思?"

"没事。只不过,你知道。你动作挺快的。"

"你不认为有比我的唱片收藏还重要的事可谈吗?"

"是的,洛,我一向这么认为。"

我本来应该可以站上道德制高点(毕竟,她才是跟邻居上床的那个人),但是我连基地都走不出去。

"你上星期住在哪里?"

"我想你很清楚。"她平静地说。

"不过我得为自己弄清楚,不是吗?"

我再次觉得反胃,全然反胃。我不知道我的脸看起来如何,但是

98

忽然间萝拉有点把持不住;她看起来疲倦而感伤,她死命直视前方,以免自己哭出来。

"我很抱歉。我做了些糟糕的决定。我对你不太公平。这是为什么今晚我到你店里,因为我想该是勇敢面对的时候了。"

"你现在害怕吗?"

"是,我当然害怕。我觉得糟透了。这真的很难,你知道。"

"很好。"

沉默。我不知该说些什么。我有一大堆问题想问,但全是些我并不真的想知道答案的问题:你何时开始和伊恩交往,还有那是因为你听到天花板声音的缘故吗,还有那是不是比较棒(什么?她会问:全部,我会说),还有这真的定案了吗,或者只是一个阶段,还有——看我变得多软弱——你有没有至少想念我一点点,你爱我吗,你爱他吗,你想和他在一起吗,你想和他生小孩吗,还有那是不是比较棒,是不是比较棒,是不是比较棒?

"是因为我的工作吗?"

这个问题打哪儿冒出来?当然不是因为我他妈的工作。我问这干吗?

"噢,洛,当然不是。"

这就是我为什么要问。因为我为自己感到遗憾,而且我要某种廉价的安慰,我要听到"当然不是"用一种温柔的冷淡说出来,而假使我真的问她那个大问题,我可能得到的是令人尴尬的否认,或是令人尴尬的沉默,或是令人尴尬的告白,而这些我全都不要。

"你是这样想的吗?我离开你是因为你对我来说不够崇高?对我有点信心,拜托。"不过话说回来,她说得很温柔,用一种我很久以前认得的语调。

"我不知道。这是我想到的其中一个。"

"其他还有什么？"

"不过就是那些显而易见的事。"

"哪些显而易见的事？"

"我不知道。"

"那么说来，并没有那么显而易见。"

"没有。"

再度沉默。

"跟伊恩还处得来吗？"

"噢，拜托，洛。别耍小孩子脾气。"

"这怎么会是耍小孩子脾气？你跟那家伙住在一起。我只不过想知道事情怎么样了。"

"我没有跟他住在一起。我只是住在那里几天，直到我弄清楚我要干吗。听着，这跟其他人没关系。你很清楚，不是吗？"

他们老是这样说。他们老是、老是说跟别人没关系。我敢跟你随便赌多少钱，要是西莉亚·詹森（Celia Johnson）在《相见恨晚》（Brief Encounter）①结局时跟特雷弗·霍华德（Trevor Howard）跑了的话，她也会跟她老公说：这，跟别人没关系。这是爱情创伤的第一条法则。我发出一声反感而且不当的滑稽鼻音来表达我的不信，萝拉差点笑了，不过马上改变心意。

"我离开是因为我们处得不太好，甚至不太交谈，而且我到了想要理清自己的年纪，而我看不出跟你在一起可以，因为你自己都无能为力理清你自己。而且我有点对别人有意思，后来这件事超过原本

----

① 英国导演大卫·里恩1946年的电影。

100

该有的限度,所以看起来是个离开的好时机。但是我不知道跟伊恩的事以后会怎么样。也许什么都没有。也许你会成熟一点,然后我们可以把问题解决。也许我再也不会跟你们任何一个交往。我不知道。我只知道现在不应该住在这里。"

更多沉默。为什么有的人——我们老实说了,女人——会这样?这样想没有好处,全是些混乱、疑惑、晦暗不明,以及模糊不清的线条,这应该是一幅生动鲜明的图画才对。我同意你需要认识新欢才能丢掉旧爱——你必须要有惊人的勇敢与成熟才能单纯地只因为行不通才把人甩掉。但是你不可以老是三心二意,就像萝拉现在一样。当我开始跟柔希那个同步高潮的女人见面时,我才不像这样;就我当时认为,她是个相当有希望的人选,那个能带领我从一段感情毫无痛苦地走到另外一段的女人。虽然实际上情况未能如此,她是个灾区,但那只是运气欠佳。至少在我脑中有一个清晰的战斗蓝图,全然没有这种惹人厌的"噢洛我需要时间"的东西。

"那你还没有确实决定要甩了我?所以我们还有复合的机会?"

"我不知道。"

"如果你不知道,那一定就表示还有。"

"我不知道还有没有。"

老天。

"那就是我说的。如果你不知道还有没有机会,那就一定有机会,不是吗?这就像,如果有一个人在医院里面,而且病得很重,然后医生说,我不知道他还有没有机会存活,那不表示病人一定会死,对吗?那表示他可能会活下来。即便是只有微乎其微的可能性。"

"我想是吧。"

"所以我们还有机会复合。"

"噢,洛,别说了。"

"我只想知道我的处境。我有多大的机会。"

"我完全不知道你有什么他妈的机会。我试着告诉你我很困惑,我有好久都很不快乐,我们把自己弄得一团糟,我在跟别人交往。这些才是重点。"

"我猜是吧。但是如果你能告诉我一个大概就有帮助。"

"好好好。我们有百分之九的机会复合。这样弄清状况了吗?"她厌烦得要命,只差一点就要哭出来,以至于她的双眼紧紧闭上,然后用一种愤怒、充满恶意的低语声说话。

"你现在不过是在做傻事。"

我知道,在我心里,不是她在做傻事。我了解,就某个程度来说,她不明白,一切都还是未定数。不过这对我无益。你知道被摒弃最糟糕的是什么?就是缺乏支配权。如果我能支配何时,以及如何被别人抛弃,那事情看起来就不会那么糟。不过当然,这样一来,那就不会是被抛弃,对吗?那是经由双方同意。那是音乐调性的不同。我会离开追求单飞生涯。我知道像这样一而再、再而三地要求某种程度的或然性,实在有多么荒唐而又可悲地幼稚,但为了把任何一点支配权从她那里夺回来,这就是我唯一能做的事。

当我在店门外看见萝拉时,我完完全全明白了,一点疑问也没有,我要她回来。但这可能是因为她是动手摒弃的那个人。如果我能让她承认我们还有机会破镜重圆,那我就会好过的多了,如果我过日子不用觉得伤心、无助、悲惨,那我没有她也活得下去。换句话说,我很难过是因为她不要我;如果我能说服自己她有点想要我,那么我又没事了,因为我就不会想要她,然后我可以继续去找别的对象。

萝拉现在的表情是我过去几个月来很熟悉的,一种同时显示无尽耐心与无助挫败的表情。明白她发明这种表情就为了我,感觉很不好。她以前从来没有这种需要。她叹口气,然后把头放在两手中间,盯着墙壁。

"好,我们有可能把问题解决。也许有这样的机会。我会说机会不大,但是有机会。"

"太好了。"

"不,洛,不太好。所有的事都不好。所有的事都糟透了。"

"但以后不会的,你等着瞧。"

她摇摇头,显然难以置信。"我现在累过头了。我知道我要求很多,不过你能不能回酒吧和其他人喝一杯,让我整理一下东西?我整理时必须要能够思考,而你在这里我没办法思考。"

"没问题。如果我能问个问题的话。"

"好。就一个。"

"听起来很蠢。"

"别管了。"

"你会不高兴。"

"就……就问吧。"

"比较棒吗?"

"什么比较棒?什么比什么棒?"

"呃。性爱,我想。跟他上床比较棒吗?"

"我的老天爷!洛。这就是真正困扰你的事吗?"

"当然是。"

"你真的以为随便哪种答案会有什么区别吗?"

"我不知道。"我真的不知道。

"答案是我也不知道。我们还没做过。"

好极了!

"从来没有?"

"没有。我不想做。"

"但是连以前也没有吗?当他还住在楼上的时候。"

"噢,多谢了。我那时候跟你住在一起,记得吗?"

我觉得有点不好意思,所以我什么也没说。

"我们睡在一起,但是我们没有做爱。还没。但是我要告诉你一件事。睡在一起比较棒。"

好极了!好极了!这是个天大的好消息!六十分钟先生连计时都还没开始!我亲了她的脸颊,然后到酒馆跟狄克和巴瑞碰面。我觉得像个新生的人,虽然说不怎么像个全新的男人。事实上,我的感觉好到我马上跟茉莉上床去。

10

　　事实：本国超过三百万的男人曾经跟十个以上的女人上床。而他们都长得像理查·基尔吗？他们都跟克罗伊斯①一样富有，跟克拉克·盖博一样迷人，跟埃洛·弗林②一样体格惊人，跟克莱夫·詹姆斯③一样充满机智吗？不。这跟那些都没有关系。或许这三百万里面有六七个人有其中一项或以上的特质，但还剩下……呃，三百万人，不管有没有那六七个。而他们不过是一般人。我们不过是一般人，因为我，连我都算，是那三百万独家俱乐部的一员。如果你三十几岁而且又未婚，十个不算太多。在二十年左右的性生活里有十个性伴侣事实上算相当稀少，如果你仔细想想：每两年一个性伴侣，而且如果他们里头包含一夜情，而那次一夜情发生在那个双年干旱中间，那么你不能算是有问题，但你也不会是所属邮递区号里的头号情圣。十个不算多，对一个三十好几的单身汉来说；二十个也不算多，如果你这么看的话。超过三十个，我认为，你就有资格上奥普拉

（Oprah）谈性滥交的脱口秀。

茉莉是我的第十七个情人。"他是怎么办到的?"你会问自己，"他穿难看的衣服，他刁难他的前女友，他爱耍性子，他一文不名，他跟音乐白痴双胞胎鬼混在一起，而他还可以跟一个长得像苏珊·黛的美国唱片艺人上床。这是怎么回事?"

首先，我们先别岔题。没错，她是个唱片艺人，但是她在这个有点反讽的名为"黑色联营畅销唱片"旗下发片，这种唱片合约要你自己在伦敦名声显赫的哈瑞·洛德爵士夜总会演出中场休息时卖自己的卡带。而且如果我认识苏珊·黛，——在历经一段超过二十年的关系后，我觉得我的确认识她——我认为她自己会第一个承认长得像《洛城法网》里的苏珊·黛，跟，譬如说，长得像《乱世佳人》里的费雯丽，是不一码的事。

不过没错，就算这样，跟茉莉在一起的那一晚是我的重要性爱凯旋夜，我的巫山云雨最高潮。而且你知道那是怎么发生的吗? 因为我问问题。就这样。那是我的秘诀。如果有人想知道怎样钓上第十七个女人，或者更多，不是更少，我会这样跟他们说：问问题。它行得通正是因为那是你不该做的，如果你听信男性集体格言的话。周遭还有足够跟不上时代、口沫横飞、自以为是的自大狂，让像我这样的人显得令人耳目一新、与众不同。甚至茉莉在那晚中场休息时都这样说。

---

① Croesus：吕底亚（Lidia）的末代国王（约公元前 560—前 546 年在位）。他使小亚细亚的希腊人臣服，并将王国版图从爱琴海向东扩展至哈利斯河。他靠征服掠夺的财物和拥有的矿产而成巨富。
② Errol Flynn：澳大利亚籍电影演员、偶像明星，大多在电影里扮演英雄人物，尤其擅长击剑，代表作为《侠盗罗宾汉》。
③ Clive James：1939 年生于澳大利亚悉尼的英国作家，著名的当代文化与电视评论家。

我一点儿也没料到茉莉与丁骨会跟狄克和巴瑞在酒馆里，后者显然承诺要带他们见识真正的英式周末——酒馆、咖喱、夜间巴士，以及所有的好东西。不过我很高兴见到他们，他们两个。经过与萝拉一战的大捷后，我神采飞扬，而茉莉只见过我舌头打结、乱耍性子的样子，她一定在纳闷发生了什么事。让她纳闷去吧。我并不常有机会表现出充满神秘、令人好奇的样子。

　　他们正围坐在桌边喝生啤酒。茉莉过去让我坐下，而当她这么做的那一刻，我迷失了，出神了，不见了。是那个我在计程车窗外看见的周末夜约会女子引起的，我想。我把茉莉移过座椅的举动看成是一个微小但意味深长、充满爱意的暗示：嘿，她这么做是为了我！真可悲，我知道，但是我马上开始担心巴瑞或狄克——我们照实说吧，巴瑞——已经告诉她我去了哪里做了什么。因为假使她知道萝拉的事，还有分手的事，还有我变得神经紧张的事，她会对我失去兴趣，而且，因为她本来就不感兴趣，所以那会让我落入负兴趣度的处境。我的兴趣度指数会落到红色区。

　　巴瑞和狄克在问丁骨有关盖·克拉克的事，茉莉听着，然后她转过头来问我，偷偷密谋似的：“一切进行得还好吗？”巴瑞这个大嘴巴的混蛋。

　　我耸耸肩。

　　“她只是想来拿点东西。没什么大不了的。”

　　“老天，我最恨这种时候。拿点东西的时候。我搬来这里以前才刚刚经历这种事。你知道我唱的那首 Pasty Cline Times Two（“佩西克莱恩乘以二”）吗？就是有关我跟我前任瓜分我们的唱片收藏。”

　　“那首歌很棒。”

　　“谢谢你。”

"你搬来以前才写好的吗？"

"我在来这里的途中写的。那些歌词。那首曲调我已经写好一段时间了，但我一直不知道要拿它来做什么，直到我想到那首歌名。"

我开始领悟到，假使我要调理我的食物材料的话，丁骨不是今晚的主菜。

"这是你搬来伦敦的主要原因吗？因为，你知道，瓜分唱片收藏什么的？"

"对。"她耸耸肩，然后想了想，然后笑了，因为她的肯定语气已经把整件事说完了，已经没有别的可说，不过她还是试了一下。

"对，他伤了我的心，然后突然间，我一点都不想留在奥斯丁，所以我打电话给丁骨，然后他帮我找到几场演出和一间公寓，然后我就来了。"

"你跟丁骨一起住吗？"

她再次笑了，从鼻子里用力喷出的笑，刚好笑在她的啤酒里。"想都别想！丁骨才不会想跟我一起住呢。我会让他感到拘束。何况我也不想听到卧室墙壁另一边发生的那些事。我比那独立得多。"

她单身，我也单身。我一个单身男人跟一个有吸引力的单身女人在聊天，她刚刚可能有、也可能没有对我坦承她的性爱挫败感。噢，我的天。

不久之前，狄克、巴瑞和我同意重要的是你喜欢什么，而非你是什么样的人。巴瑞提出设计一套问卷给未来对象的点子，一份两三页复选题的文件，涵盖所有音乐、电影、电视、书籍的基本常识。这是用来，1）在话不投机时使用，同时，2）避免有个小伙子跟某人跳上床，然后在后来的约会才发现，这个人拥有每一张胡利奥（Julio Iglesias）出过的唱片。这个主意在当时把我们逗得很开心，虽说巴瑞,身为巴瑞,他进行下一步:他完成这份问卷然后把它拿给一个对他有意思的可怜女人,而她拿这份问卷打他。不过这个点子里包含了一个重要而且基本的真理,这个真理就是这些事的确有其重要性,而且如果你们的唱片收藏大异其趣,或是你们最喜欢的电影即使在派对上碰头彼此也无话可说的话,假装这样的感情会有前途是没用的。

如果我把问卷拿给茉莉,她不会用问卷打我。她会了解这项练习的合理性。我们的谈话是每一件事都投缘、契合、一致、紧密的那一种,即使是我们的停顿,即使是我们的标点符号,都似乎因同意而点着头。南茜·葛瑞芬和库特·冯尼哥特,烟枪牛仔合唱团(Cowboy Junkies)①和嘻哈音乐,《狗年月》(My Life as a Dog)和《一条叫旺达的鱼》(A Fish Called Wanda),《皮威赫曼》(Pee Wee Herman)②和《反斗智多星》(Wayne's World),运动和墨西哥菜(是、是、是、不是、是、不是、不是、是、不是、是)……你还记得小孩子玩的游戏"老鼠夹"吗?你得盖一个希斯·罗宾斯③式的滑稽机器,里面银色小球滚下滑道,然后小人偶攀上梯子,然后一个东西撞进另一个东西来放掉别的东西,直到最后整个笼子掉到老鼠身上困住它。今晚进行得就像那种惊心动魄的游戏一样精确,你约略可以看出什

---

① 1985年在加拿大多伦多成立的四人乐队,曲风偏向乡村/民谣传统。早年的运气相当不顺,但在1988年他们在废弃的教堂,以一只麦克风,只花了250块美金搞定录音的专辑 The Trinity Session,却让他们一夕成名。这张经典专辑翻唱了不少老歌,包括像猫王的 Blue Moon 等。"烟枪牛仔"曲风随后皆节奏相当缓慢,有气无力,吉他弹得懒洋洋,而声音迷人的主唱 Margo Timmins 则唱得相当无动于衷的样子,接近"迷惑之星"(Mazzy Star)乐队的主唱。
② 一部深受美国人喜爱的电视剧集。皮威其实是由 Paul Reubens 所创造出来的人物:《火星人入侵》、《剪刀手爱德华》等片的导演蒂姆·伯顿(Tim Burton)的处女电影,就是《皮威历险记》(Peewee Big Adventure,1985),该片已经是一部小经典电影。
③ Heath Robinson(1872—1944):英国插画家与纸上发明家,以繁复精细的机器插画最为人所知。

么该要发生,但是你无法相信它真办得到,即便事后一切显得再清楚也不过。

当我开始感觉到我们聊得很愉快时,我给她几次机会闪躲:每当我们沉默不语时,我就开始听丁骨告诉巴瑞,盖·克拉克这个活生生的人在真实生活中是什么样子,但是茉莉每次都会把我们导回一条私密的小径。而当我们从酒馆前往咖喱屋时,我慢下脚步走在大家的后面,让她如果想脱离我的话也行,但她也跟我一起慢下脚步。到了咖喱屋时我第一个坐下,让她可以选想坐在哪里,而她选择我身边的位置。一直到晚上结束时,我才采取可以称之为行动的一步:我跟茉莉说我们两个搭同一辆计程车蛮合理的。反正这或多或少是真的,因为丁骨住在卡姆登,而狄克和巴瑞两个都住在东区,所以这不是我为了自己的目的重新画了整张地图,也不是我跟她说我到她家过夜蛮合理的——如果她不要我继续做伴,她只需要走下计程车,试着塞个三五块给我,然后挥手跟我道别。但是当我们到达她家,她问我想不想喝她的免税酒,而我觉得我想。所以喽。

所以。她的地方跟我的地方非常相似,一个四四方方位于北伦敦三层民居的一楼公寓。事实上,这跟我的地方像到令人沮丧的地步。要仿效我的生活真的这么容易吗?打个简短的电话给朋友,然后就一切 OK?连这样浅薄的根基都花了我超过十年的时间栽培。不过,里面的质地完全不对;没有书,没有整面墙的唱片,家具极少,只有一张沙发和一张手扶椅。没有音响,只有一个小小的录音机和几卷卡带,其中有些是她跟我们买的。还有,令人兴奋的是,有两把吉他靠在墙上。

她走到厨房,那其实是在客厅,但可以区别开来,因为地毯没了,换成了塑胶地板。然后她拿了些冰块,还有两个玻璃杯(她没有问我要不要冰块,但这是她整个晚上第一个弹错的音符,所以我不打算抱怨),然后坐到我身边的沙发上。我问她有关奥斯丁的问题,有关俱乐部和里面的人,我问她一大堆有关她前任的问题,而她谈得很深入。她以智慧和诚实和不加修饰的自我解嘲描述他们的情况和她的离开,我可以明白她的歌为什么那么好。我谈萝拉谈得不怎么好,或者说,至少,我谈不出同等的深度。我删除细节修剪边缘加大留白并用大字说明,让它看起来比实际上更为详细,所以她听到一些有关伊恩的事(虽然她没有听到我听到的那些噪音),还有一点儿关于萝拉的工作,但是没听到任何关于堕胎或钱或令人头痛的同步高潮女人的事。感觉上,连我都这么想,我很亲昵私密:我说得很平静、很缓慢,字斟句酌。我表示遗憾,我说萝拉的好话,我暗示表象之下深沉如海洋的忧郁。但这些全是屁话,老实说,是一个高尚、敏感男人的卡通速写,它能达到预期的效果是因为,我现在的处境容许我创造我自己的事实,也因为——我认为——茉莉已经决定她喜欢我。

我已经完全忘记下一步要怎么走,虽说我从来无法确定还有没有下一步。我记得那些小孩子的玩意,你把手伸到沙发上然后落在她的肩膀上,或者把你的腿贴着她的腿;我记得二十几岁时试过那种假装很强悍的大人玩意儿,直视某人的双眼问他们想不想一起过夜。但这些似乎都不再合适。当你已经长大到该更明智时你怎么做?到最后——如果你要打赌,你的赢率非常低——是在客厅的中央起身时笨拙地撞在一起,我站起来要去上厕所,她说她要帮我指路,我们撞在一块儿,我抓住她,我们接吻,然后我就回到性爱幻密之境。

为什么当我发现自己在这种情况下第一件想到的事是失败?为什么我就不能好好享受一下?不过如果你需要问这个,那你就知道你已经迷失了：自我意识是男人最大的敌人。我已经开始怀疑她是不是跟我一样意识到我的勃起；但是我甚至无法维持这种担虑，更别提其他的事，因为许许多多其他的担虑蜂拥而上，然后下一步看来可怕地艰难，深不可测地恐怖，毫无疑问地一点希望也没有。

看看男人这些全会出差错的事情：有"什么也没有"的问题，有"一下子来得太多"的问题，有"开始很棒但马上就不行了"的问题，有"尺寸是不重要，但不包括我在内"的问题，有"无法给予快感"的问题……而女人有什么要担心的？一点点橘皮组织？欢迎加入我们的行列。一个"不知道我排名第几"的位置？一样。

我很乐于当个男人，我想，但是有时候我不乐于当个二十世纪末的男人。有时候我宁可当我老爹。他永远不用担心无法给予快感，因为他永远不知道有什么快感需要给予，他永远不用担心他在我妈的百大热门排行榜上占第几名，因为他是她排行榜上的第一名也是最后一名。如果你能跟你老爸谈这种事的话那不是很棒吗？

有一天，也许，我会试试看。"爸，你需不需要担心女人的高潮是阴蒂型还是（可能是神话中的）阴道型？事实上，你知道什么是女性高潮吗？G点呢？'床上功夫很棒'在1955年是什么意思，如果真有这种事存在的话？口交是在什么时候进口到英国的？你羡慕我的性生活吗？还是对你来说那看起来辛苦得不得了？你曾经焦虑自己能够维持多久吗？或者那时候你不用去想这种事？你难道不高兴你不用去买素食食谱当做要进入某人内裤之路的第一小步？你难道不高兴你从来没有'你大概很不错不过你会扫马桶吗？'那种对话？你难道没有为你不用面对所有现代男性必须面对的分娩困境而暗松一口气？"（而我怀疑，如果他没有因为他的阶级、他的性别和他的差异而张口结舌的话，他会怎么说？也许是："儿子，别再哭天抹泪了。美妙

112

性爱在我们那时候甚至还没发明，而且不论你扫多少马桶和看多少素食食谱，你还是比我们那时候玩得更痛快。"而他说的也没错。）

　　这就是我没有接受到的性教育——有关 G 点这一类的。从来没有人教过我任何真正重要的事，像是怎样有尊严地脱掉你的裤子，或是当你无法勃起时你要说些什么，或是"床上功夫很棒"在 1975 年或1985 年到底是什么意思，别管 1955 年了。听好了：甚至从来没有人跟我说过"精液"，只有精子，这里面可有关键性的差别。就我所知，这些微小的蝌蚪就是从你那个不知名的东西尾端无声无息地跳出来，所以，当我第一次，呃，算了。但是这种对男性性器官不幸的一知半解所造成的烦恼、尴尬和羞愧，直到有天下午在一家速食店里，一个同学，毫无理由地，说他滴在可乐杯里面的口水看起来像精液，这项谜样的观察深深地困惑了我整整一个周末，虽然在当时，想当然地，我假装很懂地傻笑。要盯着浮在一杯可乐上面的异物，然后从这仅有的资讯搞清楚生命本身的奇迹，实在是相当的高难度，不过那就是我必须做的事，而我也做到了。

　　总之，我们站着接吻，然后我们坐下来接吻，然后一半的我告诉自己别担心，另一半则感到自鸣得意，这两半组成一个完整的我，不留任何空间给此时此刻、任何的欢愉或情欲，以至于我开始怀疑自己是否曾经享受过这件事——肉体的兴奋感而非只是这个事实，还是这不过是件我觉得应该做的事，而当这段冥想结束时，我发现我们已经不是接吻而是拥抱，而我正盯着沙发的椅背。茉莉推开我以便能看看我，为了不让她看见我望着空气出神，我紧紧地闭上眼睛，这有助我脱离眼前的大洞，不过长远看来似乎是个错误，因为这样看起来好像我花了一辈子的时间等待这一刻，这不是会把她吓得半死，就是会让她想入非非。

"你还好吧？"她说。

我点点头。"你呢？"

"现在还好。不过如果今晚就到此为止的话我可不会太好。"

当我十七岁时，我常常彻夜不眠，就希望有女人对我说这种话；现在，这只会唤回恐慌。

"我确定。"

"很好。这样的话，我再来弄一点喝的。你还要威士忌，还是要杯咖啡？"

我还是喝威士忌，所以如果什么事也没发生，或者事情发生得太快，或者如此这般、有的没的，我可以有个借口。

"你知道，我真的以为你讨厌我。"她说，"今晚以前，你从没对我说过两个字以上，而且都是些不高兴的话。"

"这是你感兴趣的原因？"

"是吧，有点，我猜。"

"那不是正确答案。"

"没错，但是……如果有个男的对我的态度有点怪，我会想找出发生了什么事，你晓得吧？"

"你现在知道了？"

"不知道。你呢？"

当然。

"不知道。"

我们开心地笑了：也许我就这么笑下去的话，我就能延后那个时刻的来临。她告诉我她认为我很可爱，一个之前从没有人用在我身上的字眼，并且充满感情，我想她这么说是指：我不多话，而且我老是看起来有点不开心的样子。我告诉她我觉得她很漂亮，我有点这样认为,而且很有才华,这个我打心眼里这样认为。然后我们这样聊了一会儿,赞颂自己的好运气与彼此的好品味,在我的经验里,这种接吻后上床前的对话向来如此;而我对这里面每一句蠢话都满怀感激,因为它帮我争取时间。

我从来没有过这么严重的性爱神经过敏。我以前也会紧张,当然,但是我从来没有怀疑我想要继续下去。如今,一切似乎再清楚不过,如果我想要的话就可以,如果有作弊的方法,绕圈子到下一步——譬如说,让茉莉签下我可以在这里过夜的某种口供——我会去做。事实上,很难想像真正去做的兴奋感会比察觉自己可以去做的兴奋感来得大,不过也许性对我来说一直是这样。也许我永远也无法真正享受过性爱赤裸裸的部分,只有晚餐、咖啡和"不会吧,那也是我最喜欢的希区柯克电影"这部分的性爱,只要它是性爱的前奏,而非只是漫无目的的闲聊,还有……我在糊弄谁?我只不过是想让自己觉得好过一点。我享受性爱,从头到尾,赤裸裸的部分和穿衣服的部分,在一个美好的日子,暖风微微,当我不是喝得太多而且不是太累而且刚刚好在感情的最佳阶段(不能太早,那时我有初夜神经质,也不能太晚,那时我有"不要又要办事"的忧郁),我还可以。(我这样说是什么意思?不晓得。没有抱怨,我猜,不过话说回来,客气的伴侣本来就不会,会吗?)麻烦在于我已经有好几年没做过这一类的事。如果她笑了怎么办?如果我的毛衣卡在头上怎么办?这件毛衣的确会这样。由于某种原因领口缩水,但其他都没有——不是这样,就是我的脑袋以快于身体其他部位的速度发胖——而且如果今天早上我知道会……算了吧。

"我得走了。"我说。我完全不知道我会这么说,不过当我听见这几个字,它完全合情合理。当然了!多棒的点子!回家就是了!如果你不想做的话你不用做！真是个成熟的大人！

茉莉看着我。"当我之前说我希望今晚不是到此为止，我是，你知道的……我在说早餐和其他的。我不是在说另一杯威士忌和再聊天十分钟。我希望你能留下来过夜。"

"噢。"我没用地说，"噢，对。"

"老天，这么多矜持暧昧。下一次我在这里要求男人留下来过夜时，我要用美国的方式。我以为你们英国人应该是弦外之音的大师，以及拐弯抹角，以及诸如此类的东西。"

"我们会说，但是别人说的时候我们听不懂。"

"你现在听懂了吗？我宁可就此打住，免得我说出真的很露骨的话。"

"不，没关系。我只是以为我应该，你知道的，搞清楚状况。"

"那么现在清楚了吗？"

"是。"

"你会留下来？"

"对。"

"很好。"

要有过人的天赋才能做到我刚刚做的事。我有机会离开而我搞砸了；在这个过程中我显现出自己无能为力以任何的成熟练达来进行求爱情事。她用俏皮性感的语句来要求我留下来过夜，而我却让她以为我把这句话当成耳边风，因此让我成为那种她根本不会想要跟他上床的那种人。真够聪明。

但奇迹似的，再也没有任何崎岖坎坷了。我们也有保险套对话，我跟她说我身上没有带，而她笑了，并说如果我有的话她会被吓到，更何况她的袋子里有。我们两个都知道我们说的是什么以及为什么，不过我们都没有进一步深究（不需要，不是吗？如果你要求去上个厕所，你不用就"你要去干吗"进行对话）。然后她拿起她的饮料，牵着我的手，带着我进卧室。

坏消息：有个浴室插曲。我痛恨浴室插曲，那些"你可以用绿色牙刷还有粉红色毛巾"的话。别误会我的意思：个人卫生是最重要的事，而且那些不清洁牙齿的人非常短视并愚蠢至极，而且我不会让我的小孩这样等等等，诸如此类的。但是，你知道，我们难道不能偶尔省略一下吗？我们理应陷入激情的魔掌，两人都无法自拔，所以她怎能找到空当去想清洁用具乳液化妆棉和其他的东西？整体来说，我偏好那些可以有心看在你的面子上打破半辈子习性的女人，何况浴室插曲对男性的紧张全然无益，对他的热忱也同样如此，如果你明白我的意思。我对于发现茉莉是个插曲派的人特别感到失望，因为我以为她会比较波希米亚一点，因为那些唱片合约还有别的种种：我以为性爱会比较脏一点，字面上跟意义上都是。等我们一进卧室她马上就消失，然后留下我在那里苦苦等候，烦恼我是不是该脱衣服。

你看，如果我脱了衣服然后她拿绿色牙刷给我，我就完了：那意味着不是裸体走过漫长的路到浴室（而我一点准备都没有），就是全身包得好好的，之后让毛衣卡在你的脑袋上（要拒绝绿色牙刷简直太不上道，原因很明显）。当然，对她来说没关系，她完全可以避掉这些。她可以穿着一件特大号的斯汀 T 恤来，然后她可以在我离开房间时脱掉：她什么也没损失，而我像个丢脸的呆子。但接着我想起我穿着一条相当体面的四角裤（萝拉送的礼物），还有一件干净的白色背心，所以我做了"穿内衣坐在床上"的选择，一个不无道理的妥协。当茉莉回来时我正竭尽所能地摆出酷样,翻阅着她的约翰·欧文①平装本。

然后接着我去浴室,清洁我的牙齿;然后我回来;然后我们做爱;然后我们聊了一下;然后我们熄了灯,就这样。我不会深入其他那些事,那些"谁对谁做了什么"的事。你知道查理·瑞奇②的 Behind Closed Doors("紧闭的门扉后")那首歌吗? 那是我的最爱之一。

你有权知道一些事情,我想。你有权知道我没有让自己失望,没有任何一个重大问题苦恼我,我没有让她达到高潮,但是茉莉说她还是很愉快,而我相信她;而且你有权知道我也很愉快,还有在这过程中的某一刻我想起我喜欢性爱的什么:我喜欢性爱的是我可以让自己完全迷失其中。性,事实上,是我在成年时期发现的最引人入胜的活动。当我还小的时候,很多事情都会让我有这种感觉——曼卡诺(Meccano)③、《森林王子》(The Junngle Book)、Biggles④、The Man from U. N. C. L. E⑤、ABC Minors⑥……我会忘记置身何处、何时,跟谁在一起。性爱是我长大成人后发觉唯一一件等同的事,除了屈指可数的电影外,书本在你一旦过完青少年时期后就不一样了,而我当然未曾从我的工作中找到。所有这些性交前的自我意识榨干了我,我忘记

---

① John Irving(1942—):美国深受读者和书评人喜爱的小说家之一,作品多细腻于命定的生活轨迹,并于其中充满不可知的变数。他的几本小说大多厚度很高,而娱乐性也与其厚度一样高。代表作有《心尘往事》、《寡居的一年》、《苹果酒屋的规则》等。
② Charlle Rich(1932—1995):是美国第二次大战以来评价最高也最逸出常轨的乡村音乐歌手。其音乐生涯起于 50 年代他还在美国空军时期,经常有意将乡村音乐、爵士、蓝调、福音与灵魂乐熔铸在一起。这位长达四十年的常青树,至少有四十五次进入热门乡村音乐排行榜。Behind Closed Doors 出自他 1973 年的同名专辑。
③ 20 世纪初发源于美国的建构玩具,类似乐高积木游戏。
④ 英国作家 Captain William Earl Johns(1893—1968)所创作的一系列长、短篇小说,主角 James Bigglesworth 是一名飞行员兼地下情报员,Biggle 是他的昵称。
⑤ 20 世纪 60 年代著名的电视剧集,后来并集结成书。
⑥ 从前英国周六早晨在电影院专门放给儿童和青少年看的电影。

置身何处、何时……而且没错,我忘了跟谁在一起,暂时性的。性爱大概是唯一一件我知道怎么做的大人事;不过这样很怪异,它也是唯一一件会让我觉得只有十岁大的事。

我在黎明时醒过来,而我有着前几晚一样的感觉,我明白萝拉和雷的那晚:我觉得我没有压舱物,没有东西镇住我,而如果我不抓紧我就要飘走了。我很喜欢茉莉,她很有趣,她很聪明,她很漂亮,而且,她很有才华,但她到底是谁? 我说的不是哲学上的意思。我只是说,我才认识她不久,所以我在她床上做什么? 当然会有一个对我来说比这更好、更安全、更友善的地方,但是我知道没有,此刻没有,而这件事把我吓坏了。

我起床,找到我体面的四角裤和我的内衣,走到客厅,摸着我的夹克口袋找烟,然后坐在黑暗中抽烟。过了一会儿茉莉也起床,然后坐到我身边。

"你坐在这里想你在做什么?"

"没有。我只是,你知道……"

"因为那是我为什么坐在这里的原因,如果有帮助的话。"

"我以为我吵醒你了。"

"我都还没有睡着呢。"

"所以你想的比我久得多。弄清楚了吗?"

"一点点。我弄清楚我真的很寂寞,而我跟第一个愿意跟我在一起的人跳上床。同时我也弄清楚我很幸运,因为那个人是你,而不是某个刻薄、无聊或不正常的人。"

"总之,我不刻薄。何况你本来就不会跟任何有这些问题的人上床。"

"这，我就不是那么确定了。我这个星期过得很糟。"

"发生了什么事？"

"什么事也没发生。这个星期我的脑子过得很糟，就这样。"

在我们上床以前，我们两个至少有那么一点假装这是我们都想做的事，这是一段令人兴奋的新感情，很健康、很健全的开始。如今所有的矫饰似乎都消散了，而我们被留在这里面对这个事实：我们坐在这里是因为我们不知道可以跟我们坐在一起的还有谁。

"我不在意你心情不好，"茉莉说，"这不要紧。而且我也没有被你对她的事表现很酷的样子所愚弄……她叫什么名字？"

"萝拉。"

"萝拉，对。但是人们有权同时感到欲火难耐和彻底惨败。你不应该觉得难堪。我就不会。为什么只因为我们搞砸了我们的爱情，我们的基本人权就要被否决？"

我开始觉得这段谈话比起我们刚刚做的任何事，更叫我感到难堪。欲火难耐？他们真的用这个字眼？老天。我有生以来一直都想跟一个美国人上床，现在我办到了，我开始明白为什么大家不常这么做。显然，除了美国人之外，他们大概一年到头跟美国人上床。

"你认为性爱是基本人权？"

"当然。而我不会让那个混蛋站在我跟一场性交中间。"

我试着不去想像她刚刚描绘的那个奇特的解剖构造图。而我也决定不去指出虽然性爱很有可能是一项基本人权，但如果你老是和你想跟他们上床的人吵架的话，那就有点难坚持下去这种权利。

"哪个混蛋？"

她吐出一个相当知名的美国创作歌手的名字，一个你可能听说过的人。

"他就是那个跟你瓜分佩西·克莱恩唱片的人？"

她点点头，而我克制不住自己的兴奋。

"太令人惊奇了！"

"什么？因为你上过一个人，她上过……"（此处她重复一遍那个相当知名的美国创作歌手的名字，从这里开始我称之为斯蒂夫。）

她说的没错。正是如此！正是如此！我上过一个人而她上过……斯蒂夫！〔这句话没有了他的真名听起来很蠢。就好像，我跟一个男人跳过舞而他跟一个女孩子跳过舞而她跟……鲍勃跳过舞。但是只要想像一下某人的名字，不是极为有名，但是相当有名——譬如说，莱尔·勒维特①，虽然为了法律的原因，我必须指出那不是他——但你有点概念了吧。〕

"别傻了，茉莉，我没那么俗气。我只是说，你知道，令人惊奇的是写了——（此处我指出斯蒂夫最畅销的歌曲，一首愚蠢滥情并敏感到令人作呕的民谣）的这个人竟会是个混蛋。"我对于这样解释我的惊奇感到很满意。这不仅将我拉出窘境，同时既尖锐又中肯。

"那首歌是关于他的前任，你知道，我之前那一任。我可以告诉你，听着他夜复一夜唱那首歌感觉很棒。"

真是太好了。这正是我想像的情况，跟一个有唱片合约的人出去。

"然后我写了'佩西·克莱恩乘以二'，而他大概会写首关于我

---

① Lyle Lovett：美国乡村音乐歌手，朱莉亚·罗伯茨不知多少个前的前夫。曾在阿特曼的电影里演出怪异的角色，如《银色·性·男女》（Shortcuts）中个性古怪的面包师傅。

写了这首歌的歌,而她大概会写首关于一首有关她的歌的歌,而……"

"就是这么回事。我们都这样。"

"你们都写跟彼此有关的歌?"

"不是,但是……"

要说明马可和查理要花太多的时间,还有他们怎样写下莎拉,某方面来讲,如果没有马可跟查理就不会有莎拉,还有莎拉跟她的前任,那个想在 BBC 成名的家伙,他们如何写下我,还有柔希那个令人头痛同步高潮的女生和我如何写下伊恩。只不过是因为我们里面没有人有这种智力和才华把它们谱写成歌曲。我们把它们谱写成人生,它更为混乱,而且更花时间,而且没有留下任何东西让人吹奏。

茉莉站起来:"我要做一件很可怕的事,所以请原谅我。"她走到她的录音机旁,退出一卷卡带,翻来找去然后放进另一卷,然后我们俩坐在黑暗中聆听着茉莉·拉萨尔的歌。我想我也能够了解;我想如果我又想家又失落又不确定我在干什么的时候,我也会做一样的事。充实的工作在这种时候是很棒的一件事。我该怎么做? 去把店门打开然后在里面走一圈吗?

"这是不是很恶心?"过了一阵子她说,"这有点像手淫或什么的,听我自己的歌来找乐子。你觉得怎么样,洛? 我们做爱的三小时后我已经在打手枪了。"

我真希望她没说这些话。有点破坏气氛。

最后,我们回床上去睡觉,然后很晚才起床,而我看起来或者甚至闻起来都比她希望的、在一个理想的世界里的,更脏了点。而她很友善但冷漠,我有感觉昨夜不大可能再现。我们出门吃早餐,到一个

122

充满前一晚一起过夜的年轻情侣的地方,虽然我们看起来不像另类,但我知道我们是:每个人似乎都既快乐又舒坦又事业有成,而非既紧张又生疏又哀伤,而且我和茉莉以一种用来阻断任何更进一步亲密关系的张力读着我们的报纸。虽然,直到后来我们才真的脱离其他人:简短又可悲地在脸颊上轻吻一下后,我就有了整个属于自己的星期天下午,无论我想不想要。

哪里错了?完全没有,抑或完全有。完全没有,我们过了愉快的一晚,我们从事不伤彼此的性爱,我们甚至有,会令我也许也会令她记得许久许久的,黎明前谈话。完全有,所有那些我无法决定要不要回家的蠢事,以及在过程中给她我不太聪明的印象;我们刚开始进行得非常美妙,之后却没有什么话可说的情形;我们分开时的状态;比起认识她以前,我还是无法向登上唱片封套迈进一步的事实。这不是个杯子半满或半空的例子;更像是我们把半杯啤酒全部倒进一个空酒杯。虽然,我得看看里头还有多少,而现在我知道了。

11

我这辈子都痛恨星期天,由于显而易见的英国式原因(颂主歌、商店不营业、你不想接近但没有人会让你躲掉的浓稠肉汁),还有显而易见的全球性原因,但是这个星期天简直太棒了。我有一堆事可以做:我有卡带要录,有录像带要看,有电话要回。但是这些事情我一件也不想做。我一点时回到公寓;到了两点,事情糟糕到我决定要回家——我家那个家、老爸跟老妈的家、浓稠肉汁和颂主歌的家。这都是在半夜醒过来质疑自己身属何处造成的:我不属于家里,而且我不想属于家里,但至少家是个我认得的地方。

我家那个家在沃特福德,从大都会线地铁站还要搭一段公交车才到。在这里长大很可怕,我想,但是我不介意。直到我十三岁左右,它不过是个我可以骑脚踏车的地方:介于十三岁到十七岁中间是我可以认识女生的地方。然后我十八岁时搬离这里,所以我只有一年的光阴看清这个地方的真实面目——一个鸟烂郊区——并痛恨它。我爸跟我妈大概十年前搬了家,当时我妈不情愿地接受了我已经一走了之再也不会回来的事实,但是他们只不过搬到附近一座两房的连栋房屋,而且保留他们的电话号码他们的朋友他们的生活。

在布鲁斯·斯普林斯汀(Bruce Springsteen)的歌曲中,你可以留下来发烂,或者你也可以脱逃去经受考验。这没关系;毕竟,他是个写歌的,他的歌曲里面需要像这种简单的选择。但是从来没有人写过如何可能脱逃然后发烂——脱逃如何因仓促上马而失败,你如何能离开郊区到城市去但最后还是过着了无生趣的郊区生活。这发生在我身上,这发生在大多数人身上。

如果你喜欢那种事的话,这没关系,但我可不。我老爸有点迟钝,但又是个自以为无所不知的人,这是一种相当致命的组合:你可以从他那傻气、卷曲的胡子看出他会变成那种吐不出象牙又听不进好话的人。我老妈就只是个老妈,这种话在任何情况下说出来都无可饶恕,但是除了这个以外。她成天担心,她为了店的事刁难我,她为了我没生小孩的事刁难我。我真希望我想多看看他们,但是我不想,而当我没有其他事让我难过时,我会为这件事难过。他们今天下午会很高兴见到我,虽说当我看见今天下午电视上播着他妈的《吉纳维芙》(Genevieve)时,我的心跌到谷底[我老爸排行前五名的电影:《吉纳维芙》、《残酷之海》(The Cruel Sea)、《祖鲁战争》(Zulu!)、《我的脚夫》(Oh! My Porter)——他认为这部片子很好笑,还有《六壮士》(The Guns of Navarones)。我老妈排行前五名的电影:《吉纳维芙》、《乱世佳人》、《往日情怀》(The Way We Were)、《妙女郎》(Funny Girl)和《七对好姻缘》(Seven Brides For Seven Brothers)。总之,你心里有个大概,当我告诉你,根据他们的说法,去看电影是浪费钱,因为那些电影早晚会上电视,你就会更明白]。

当我到家时,老天爷开了我一个大玩笑:他们不在家。我在星期天下午搭大都会线搭了一百万站,等公交车等了八年,他妈的《吉纳维芙》在他妈的电视上播出而他们竟然不在。他们甚至没打电话通知我他们不会在家,虽说我也没打电话通知他们我要来。如果说我有彻底自怜的倾向,就像现在一样,发现你的父母亲在你终于需要他们的时候不在,这种可悲的反讽让我觉得很难过。

但正当我打算回去搭公交车时,我妈从对面的屋子打开窗户对我大叫。

"洛,洛伯! 进来!"

我从来没见过对面的人,但很快就明白显然只有我一个是陌生人:整间房子塞满了人。

"什么场合?"

"品酒。"

"不是爸自制的吧?"

"不是。上得了台面的酒。今天下午是澳洲酒。我们大家分摊,还有一个人来帮我们解说。"

"我不知道你对酒有兴趣?"

"哦,没错。而且你爸爸爱得要命。"

他当然爱。他在品酒会后的那一天早上一定很难共事:不是因为陈腐酒味的恶臭,也不是充满血丝的眼睛,也不是乖戾的行径,而是因为他吞咽下去的那些东西。他会花大半天的时间告诉别人他们不想知道的事。他在房间另一端,跟一个穿西装的男人讲话——应该就是那位客座专家——后者眼中流露出绝望的眼神。老爸看见我,装出很震惊的样子,不过他无意中止谈话。

房子里挤满了我不认识的人。我已经错过那个人说话和发试喝品的阶段;我在品酒已经变成喝酒的阶段到达,虽然我偶尔瞥见有人把酒含在嘴里漱着然后说些屁话,大多数的时候他们只是尽快地把它洒到脖子里。我没有想到会这样。我来寻找一下午平静的悲凄,不是疯狂的派对:我只想从这个下午得到一个毫无疑问的证明,就是我的生活也许无趣而空洞,但不会比沃特福德的生活更无趣而空洞。又错了。统统没用,就像卡威兹尔(Catweazle)①以前常说的。沃特福德的生活很无趣,没错,但无趣而充实。父母亲在星期天下午有什么权利毫无理由地去参加派对?

"《吉纳维芙》今天下午在电视上播,妈。"

"我知道,我们有录像。"

"你们什么时候买录像机了?"

"几个月前。"

"你从来没告诉我。"

"你从来没问过。"

"这难道是我每周该做的事? 问你有没有买消费用品?"

一个穿着看上去像黄色土耳其长袍的肥胖女人朝我们滑步过来。

"你一定是洛伯。"

"叫我洛,是的。嗨。"

"洛,好。嗨。"

"我是依芬。你的主人。女主人。"她笑得花枝乱颤,没有理由地。我想看肯尼斯·摩尔②。"你是那个在音乐界工作的,我说得没

---

① 英国 70 年代时的电视剧集。主角 Catweazle 是 11 世纪的魔法师,但无论如何努力,他的法术就是不成功。
② Kenneth Moore:英国演员,他是电影《吉纳维芙》的男主角。

错吧?"

我看着我妈,她把头转开。"不算是,不。我开了一家唱片行。"

"噢,是。一样啦,多多少少。"她又笑了,虽然认定她喝醉了会比较舒服点,但恐怕事情并非如此。

"我猜是吧。说来就像那个在药店帮你冲洗照片的女人,她就是在电影界工作。"

"洛,你要不要拿我的钥匙? 你可以回家烧点开水。"

"当然。老天爷不允许我竟然留在这里找乐子。"

依芬嘟哝了几声然后滑开了。我妈看到我太高兴了,没有刁难我,但即便如此我对自己仍感到有点惭愧。

"反正我差不多到了该喝茶的时间了。"她走过去谢谢依芬,依芬看着我,头侧向一边,然后做出难过的表情;老妈显然在告诉她萝拉的事来作为我无礼行为的解释。我不在乎。也许依芬下一次品酒会邀请我。

我们回家看完剩下的《吉纳维芙》。

我爸约一个小时后回来。他喝醉了。

"我们全都去看电影。"他说。

这太过分了。

"你不赞成看电影,爸。"

"我不赞成你去看的那些垃圾。我赞成优良精致的电影。英国电影。"

"在演什么?"我妈问他。

"《霍华德庄园》,是《看得见风景的房间》的续集①。"

---

① 这是个玩笑话,这两部电影都改编自福斯特(E. M. Foster)的小说,有相同的制作群,甚至相类似的演员和情节,两者之间,顶多只有上一本下一本小说,以及上一部下一部电影的差别。

"噢,太好了。"我妈说,"对面有没有其他人要去?"

"只有依芬和布莱恩。但是动作快一点。再半小时就开演了。"

"我最好回去了。"我说。我整个下午几乎没跟他们讲过话。

"你哪儿也不去。"我爸说,"你要跟我们一起来。我请客。"

"不是钱的问题,爸。"是因为莫谦特(Merchant)跟他妈的艾佛利(Lvory)①。"时候差不多了。我明天还要工作。"

"别这么无精打采的,兄弟。你还是来得及在十一点以前上床睡觉。这会对你有好处。让你振作起来。让你不胡思乱想。"这是第一次有人提到我心里需要把胡思乱想的事搁到一旁这个事实。

不过,反正,他是错的。三十五岁跟你爸妈和他们的疯子朋友去看电影并不会让你停止胡思乱想。我发现,相反正好让你想得更多。当我们等着依芬跟布莱恩去买零食柜台所有的零食的时候,我遭遇一次恐怖、阴森、白骨头里打寒颤的经验:世界上最可悲的男人给我一个认同的笑容。世界上最可悲的男人有一副丹尼斯·泰勒②式的巨型眼镜和龅牙;他穿着一件肮脏的浅黄色连帽夹克,和膝盖处都已经磨平的棕色绒裤,他也是,被他爸妈带来看《霍华德庄园》,除了他还不到三十岁。而他给我这可怕的微笑,因为他看到一个同路人。这让我觉得十分困扰,以至于我无法专心看爱玛·汤普森(Emma

---

① Merchant-Ivory:著名电影双人组合,制片伊斯玛·莫谦特(Ismil Merchant)和导演詹姆斯·艾佛利(James Ivory)组成的电影公司,再加上他们长期的小说家出身的编剧Ruth Jhabvala,形成铁三角。他们经常改编描写英国二次大战前上流社会那种温吞吞的情感流动的文学作品,包括有改变自亨利·詹姆斯(Herry James)的《欧洲人》(The Europeans, 1979)、《波士顿人》(The BOstonians, 1984)、《金色情挑》(The Golden Bowl, 2000),福斯特的《看得见风景的房间》(A Room with a View, 1986)、《莫瑞斯》(Maurice, 1987)、《霍华德庄园》(Hawards End, 1992),或是编剧Ruth Prawer Jhabvala 的成名小说《热与尘》(Heat and Dust, 1983)、Jean Rhys 的《四重奏》(Quartet, 1981)、石黑一雄(Kazuo Ishiguro)的《长日将尽》(The Remains of the Day, 1993)等等。

② Dennis Taylor:北爱尔兰出生的英国台球名人,眼镜和龅牙是他的注册商标。

Thompson)和凡妮莎·蕾格烈芙(Redgrave)和其他人,等到我恢复元气时已经太晚了,剧情已经过头到我看不懂的地步。到了最后,书架掉在某人的头顶。

我有把握敢说"世上最悲男"的笑容已经成为我有史以来前五名的低潮点,其他四名现在暂时想不起来。我知道我没有世界上最可悲的男人那么可悲(他昨晚曾在一个美国录音艺人的床上度过吗?我非常怀疑)。重点是我们之间的差异对他而言不是那么立即显著,而且我看得出为什么。这个,真的,是底线了,我们所有人对异性的主要吸引力,无论老少,无论男女:我们需要有人把我们从周日晚上电影院队伍传来的同情笑容中解救出来,一个可以防止我们落入一辈子单身跟爸爸妈妈同住这个陷阱的人。我再也不要回去那里;我宁可一辈子足不出户也不要吸引那样的注意。

12

　这个星期,我想着茉莉,我也想着"世界上最可悲的男人",同时,
受巴瑞之命,想着我有史以来最佳的五集《欢乐酒店》(Cheers):
1)克里夫发现有一只马铃薯长得像尼克松的那集;2)约翰·克里
斯帮山姆和戴安做咨询的那集;3)他们发现美国参谋总长——由那
个真的海军上将客串——偷了莉贝卡的耳环那集;4)山姆得到一个
电视体育主播工作那集;5)伍迪为凯莉唱那首蠢歌那集(巴瑞说我
五个里面四个有错,说我没有幽默感,说他要到第四频道搞乱我每周
五九点半到十点的收视,因为我是个不值得又没品的观众)。但是我
没有想起任何萝拉那个周六晚上说的话,直到星期三当我回家发现
一通她的留言。没说什么,要求一份我们家中档案里的一份账单副
本,但是她说话的口气,让我觉得我们的谈话里面有些该让我生气的
事,但不知怎的我却没有。

　第一点——事实上,也是最后一点——没有和伊恩睡觉的这件
事。我怎么知道她说的是实话? 就我所知,她有可能已经和他睡了

好几个星期,好几个月。更何况,她只说她还没有跟他睡,而那是她星期六的时候说的,五天以前。五天!她从那时候开始可能已经和他睡过五次!(她从那时候开始可能已经和他睡过二十次,不过你懂我的意思。)何况即使她还没有,她绝对是在恐吓说她会这么做。毕竟,"还没有"是什么意思?"我还没有看过《落水狗》。"那是什么意思?那表示你会去看,不是吗?

"巴瑞,如果我跟你说我还没有看过《落水狗》,那表示什么?"

巴瑞望着我。

"就……拜托,这句话:'我还没有看过《落水狗》',你认为这会是什么意思?"

"对我来说,那表示你是个骗子。不是这样就是你脑袋短路了。你看了两遍。一遍跟萝拉看的,一遍跟我和狄克看的。我们还聊说谁杀了粉红先生什么的①。"

"对,对,我知道。但是假如说我还没看过,然后我对你说:'我还没有看过《落水狗》',你会怎么认为?"

"我认为,你有病。而且我为你感到难过。"

"不是,你会不会,从这句话来看,认为我要去看这场电影?"

"我希望是,没错,要不然我得说你不是我的朋友。"

"不,但是——"

"我很抱歉,洛,但是我搞不清楚。我搞不懂这番对话的任何一个部分。你问的是我会怎么想,假使你告诉我你还没看过一部电影但实际上你已经看过。我能说什么?"

---

① 在电影《落水狗》当中,一群人决定结伙抢劫珠宝,但策划人为了不让彼此泄露真名和来历,每个人都用一个颜色来命名,像凯托是白先生、提姆·罗斯是橙先生。

"听我说就是了。假使我跟你说——"

"'我还没有看过《落水狗》',是是是,我听到了——"

"你会不会……你会不会有那种我想去看这部电影的感觉?"

"这个嘛……你应该还不是很迫切,不然你早就去看了。"

"正是如此。我们第一天晚上就去看了,对不对?"

"但是'还没有'这几个字……对,我会有那种你想去看的感觉。不然的话你会说你不怎么想去。"

"但是以你之见,我一定会去吗?"

"这我怎么会知道? 你有可能被一辆电车撞到,或是瞎了什么的。你有可能打消念头。你有可能身无分文。你也有可能听腻了别人告诉你说你一定要去看。"

我不喜欢这种语气。"他们干吗要管?"

"因为那是部很正点的电影。它很好笑,也很暴力,而且里面有哈维·凯托和提姆·罗斯,以及别的你喜欢的演员。还有超级的电影原声带。"

也许的确伊恩跟萝拉睡觉和《落水狗》没什么可比的。伊恩没有半点哈维·凯托和提姆·罗斯的样子。而且伊恩也不好笑。不暴力。而且他的原声带烂透了,就我们以前透过天花板听到的来评判。我已经把这推展到最极限了。

但是这无法制止我对"还没有"忧心忡忡。

我打电话到萝拉工作的地方。

"噢,嗨,洛。"她说,好像我是一个她很高兴接到电话的朋友(第一:我不是她的朋友。第二:她并不高兴听到我的声音。除了这些……)。

"你好不好?"

我不会让她躲到我们以前在一起但现在一切都没事了这里面。

"糟透了,谢谢。"她叹了口气。

"我们能不能见个面? 你前几晚说了些话,我想弄清楚。"

"我不想……我还没有准备好要全部重来一遍。"

"那这段时间我该怎么办?"我知道我听起来像什么——哭哭啼啼、尖酸刻薄,但是我似乎不能自已。

"就……过你的生活。你不能无所事事等着我告诉你为何我不想再见到你。"

"那我们有可能会复合的事怎么说?"

"我不知道。"

"因为前几晚你说有可能发生。"我这个样子对事情毫无帮助,而且我知道以她现在的心态是不会做出任何让步的,不过我还是硬拗。

"我没说过这种话。"

"你有! 你说过! 你说有机会! 这跟'有可能'是一样的!"老天爷,这实在是太可悲了。

"洛,我在上班。我们等到……"

"如果你不要我打到你上班的地方,也许你该给我家里的电话。我很抱歉,萝拉,但是你不同意跟我碰面喝一杯的话,我是不会放下电话的。我看不出为什么每次都得照你的意思。"

她短促地苦笑了一声。"好好好好好。明天晚上吧? 来我办公室接我。"她听起来完全被打败了。

"明天晚上? 星期五? 你不忙吗? 好。太好了。能看到你真好。"不过我不确定她是否听见最后面积极、和解、诚恳的那部分。那时她已经挂了电话。

13

　　我们在上班时鬼混,我们三个,准备好要回家,以及贬低彼此的排行榜:有史以来前五名最佳第一面第一首歌曲[我的:"冲击"合唱团的 Janie Jones,出自同名专辑;布鲁斯·斯普林斯汀的 Thunder Road("雷声路"),出自专辑《天生劳禄命》(Born to Run);"涅槃"乐队(Nirvana)①的 Smell Like Teen Spirit("嗅出青春气息"),出自专辑《从不介意》(Nevermind);马文·盖伊(Marvin Gaye)的 Let's Get It On,出自专辑 Let's Get It On;葛莱·姆帕森斯②的 Return of The Grievous Angel,出自专辑 Grievous Angel。巴瑞说:"你难道不能选更明显一点的吗?披头士怎么办?滚石合唱团怎么办?还有他妈的……他妈的……贝多芬怎么办?第五交响曲第一面第一首?应该禁止你开唱片行。"然后我们争辩到底他是不是个自大的蒙昧主义者——出现在巴瑞排行榜上的 Fire Engines,真的比马文·盖伊好吗?那谁不是?或者到底我是不是个人生已经去掉大半的老屁股]。然后狄克,头一次在他的冠军黑胶片生涯中,除了也许当他要跑到某个大老远的地方去看某个可笑的乐队外,他说:"各位,今晚我不能去喝酒。"

空气中有一种假装很震惊的沉默。

"别胡闹了,狄克。"巴瑞终于说话。

狄克有点笑意,不好意思地。"不,真的。我不去。"

"我警告你,"巴瑞说,"除非有适当的解释,不然我要颁给你一个本周最没出息奖。"

狄克不说一个字。

"说啊。你要去跟谁碰面?"

他还是不说。

"狄克,你有对象了?"

沉默。

"我不敢相信。"巴瑞说,"这世界上的天理在哪里? 在哪里? 天理! 狄克要去赴火辣辣的约会,洛上了茉莉·拉萨尔,而他们之中最帅也最聪明的人居然两手空空。"

他可不是在试探。没有一点偷瞄看他是不是击中目标,没有一点迟疑看我是不是要插话;他知道,我感到被打垮而同时又沾沾自喜。

"你怎么会知道?"

"噢,拜托,洛。你当我们是什么? 狄克的约会让我比较困扰。

---

① Nirvana:美国 20 世纪 90 年代最让人不可置信、骤然成名的另类乐队,主唱科特·柯本(Kurt Cobain)在一夜之间成为青少年的偶像。乐队于 1987 年成立,将朋克、后朋克和独立摇滚推向美国主流,是前所未见的传奇例子。

② Gram Parsons (1946—1973):号称"乡村摇滚之父",第一个将摇滚和乡村音乐融为一体的先驱。早年是"飞行玉米卷兄弟"(Flying Burrito Brothers)的重要成员之一。1972 年出版第一张个人专辑 G. P.。因大量酗酒和吸毒,于 1973 年 9 月 19 日暴毙。

狄克,这怎么发生的? 可有合理的解释吗? 好、好。星期天晚上你在家,因为你帮我录了 Creation① 的 B 面合辑。我星期一晚上跟昨晚都跟你在一起。那只剩下……星期二!"

狄克不说一个字。

"你星期二上哪里去了?"

"只不过跟几个朋友去看一个演出。"

真的有那么明显吗? 我猜有一点,星期六晚上的时候,但是巴瑞不可能知道真的发生了什么事。

"是哪一种演出让你一走进去就认识别人?"

"我没有一走进去就认识她。她跟我在那里碰面的朋友一起来的。"

"然后你今晚还要和她见面?"

"对。"

"名字呢?"

"安娜。"

"她只有半个名字吗? 是吗? 安娜什么? 安娜·尼歌尔(Anna Neagle)②? 绿山墙的安娜③(Anna Green Gables)? 安娜康达(Anna Conda)④? 说啊。"

"安娜·摩斯(Anna Moss)⑤。"

"安娜·摩斯。长满苔藓。苔藓女。"

---

① 英国上世纪八九十年代独立音乐界的重要厂牌。它所发行的乐队包括 Weather Prophets、Primal Scream、Felt、My Bloody Valentine、Momus、Slowdive 等等,和 Cherry Red、El 以及 4AD 都是当时相当重要的厂牌。
② 20 世纪 40 到 60 年代著名的英国女星。
③ 这里指的是加拿大著名小说 Anne of Green Gables,中文又译《清秀佳人》。
④ Anna Conda 与 anaconda 同音,后者是南美洲产的大蟒蛇。
⑤ Moss 是苔藓的意思。

我以前听过他对女人做这种事,不知道为什么,我不喜欢他这样。我以前有一次跟萝拉谈过,因为他也对她玩这种把戏:某个跟她的姓有关的愚蠢双关语。我现在记不得是什么了。躺平(Lie-down)①、躺上去(Lied-on)之类的。而我痛恨他这么做。我要她当萝拉,有一个甜美、漂亮、女孩子的名字,让我在想做白日梦时可以幻想。我不要巴瑞把她变成一个男的。萝拉,当然,认为我有点狡猾,认为我是想要女生维持柔柔软软又娇滴滴的傻样子;她说我不想把她们跟我的弟兄们一样看待。她说的对,当然了——我是不想。不过这不是重点。巴瑞这么做不是为了支持男女平等;他这么做是因为他怨恨在心,因为他想破坏任何萝拉或安娜或其他人在我们之中制造的情爱幸福。他很敏锐,巴瑞。敏锐而恶劣。他了解女生名字所包含的力量,而且他不喜欢。

"她是不是全身毛毛绿绿?"

刚开始本来是开玩笑——巴瑞是这场控诉的魔鬼检察官,狄克是被告——但现在这些角色已经开始成形。狄克看起来自责得要命,而他所做的不过是认识了某个人。

"别再闹了,巴瑞。"我说。

"噢,对,你会这么说,对吗? 你们两个现在一个鼻孔出气了。打炮者联盟,是不是?"

我试着对他耐心一点。"你到底要不要去酒馆?"

"不去。全是屁话。"

"随你便。"

巴瑞走了;现在狄克觉得很自责,不是因为他认识了某人,而是

---

① 因为萝拉的姓是莱登(Lydon),Lie-down 与 Lied-on 的发音听起来都有点类似。

因为我,因为没有人陪我喝酒。

"我想我还有时间很快喝一杯。"

"不用担心,狄克。巴瑞是个蠢蛋可不是你的错。祝你今晚愉快。"

他突然对我露出由衷感激的表情,足以让人心碎。

我觉得我好像一辈子都在进行这种谈话。我们中间再没有人还年轻气盛,然而刚刚发生的事有可能在我十六岁时发生,或二十岁,或二十五岁。我们长大到青少年然后就停滞不前;我们擘画出地图,然后让疆界停留在固定的地方。为什么狄克跟某人交往让巴瑞这么难受?因为他不想看到电影院队伍中有龅牙穿连帽夹克那样的男人传来的笑容,这就是为什么;他在担心他的人生会变成那样,而且他很寂寞,而寂寞的人是所有人里面最尖酸刻薄的。

14

　　自从我开了这家店以来，我们一直试着要卖掉一张由一个叫"席德·詹姆斯体验"（Sid James Experience）的合唱团体①出的唱片。通常我们解决掉我们无法转手的东西——降价到十分钱，或者丢掉——但是巴瑞爱极了这张专辑（他自己就有两张，以免有人借了一张不还），而且他说这张很稀有，说有一天我们会让某个人非常开心。其实，这已经变成有点像个笑话了。常客们会问候它的近况，然后他们在浏览时会友善地拍它一下，有时候他们会带着唱片封套到柜台来好像要买，然后说："开玩笑的！"然后把它放回原来的地方。

　　无论如何，星期五早上，一个我以前从未见过的家伙翻看着"英国流行歌曲 S—Z"区，因惊喜而倒抽了一口气，然后冲到柜台前，把唱片封套紧紧抱在胸前，仿佛生怕有人会将它夺走似的。然后他拿出皮夹付钱，七块钱，就这样，毫无讨价还价的意思，对他所作所为的重大意义毫无认知。我让巴瑞招呼他——这是他的时刻——而狄克和我监看每个动静，屏气凝神；这就好像有人走进来把汽油浇在身上

140

然后从口袋里掏出一盒火柴。我们不敢呼气直到他划下火柴然后全身着火,当他走了以后我们笑了又笑、笑了又笑。这给了我们力量:如果有人可以直接走进来然后买下"席德·詹姆斯体验"的专辑,那么当然随时都可能会有好事发生。

自从我上次见到她以来萝拉已经有所改变。部分原因是因为化妆,她为了上班化的,那让她看起来比较不烦躁、不疲倦、有自制力。但不仅仅是这样。还有别的事情发生,也许是实际的事情,也许是在她的脑海里。无论是什么,你可以看出她认为她已经展开人生新的一个阶段。她还没有。我不会让她得逞。

我们到她工作附近的一家酒吧——不是酒馆,是酒吧,墙上挂着棒球选手的照片,还有用粉笔写在布告栏上的菜单;没有生啤酒手动泵,以及西装笔挺喝着美国瓶装啤酒的人们。人不多,我们单独坐在靠近后面的包厢。

然后她单刀直入地说:"那么,你好不好?"好像我不算什么人。我喃喃地说了几句,而我知道我快要克制不住,我很快就要冒出来了,然后,就这样,砰,"你跟他上床了没有?"然后一切全部结束。

"这就是你要跟我见面的原因?"

"我想是吧。"

"噢,洛。"

我只想把问题再问一遍,立刻问。我要一个答案,我不要"噢,洛"

---

① 这里可能是作者的笔误,应该是"色盲詹姆斯实验"(Colorblind James Experience)。"色盲詹姆斯实验"是一支纽约乐队,曲风如同鸡尾酒,什么都混一点,其中还包含古怪的幽默。这个名称的取法,就像另一支新西兰清新民谣乐队"萨特经验"(Jean-Paul Sartre Experience)一样。Side James 是英国著名的喜剧电影演员,最后死在舞台上。

和一个同情的眼神。

"你要我说什么?"

"我要你说你还没有,而且我要你的答案是真的。"

"我不能那么说。"当她说这句话的时候她也无法直视我。

她开始说别的话,但是我听不见。我已经在外面的街上,推开所有的西装和雨衣,愤怒反胃地走在回家的路上。去听更多吵闹、愤怒的音乐会让我觉得好过一点。

隔天早上那个买"席德·詹姆斯体验"专辑的家伙来店里换唱片。他说那不是他原先以为的音乐。

"你本来以为这是什么?"我问他。

"我不知道。"他说,"别的。"他耸耸肩,然后反过来看着我们两个。我们全都望着他,挫败、惊骇;他看起来很尴尬。

"你整张都听过了吗?"巴瑞问。

"到了第二面中间时我把它拿起来。不喜欢。"

"回家再试一次。"巴瑞绝望地说,"你会慢慢爱上它,它是细水长流型的。"

这家伙无助地摇着头。他已经下定决心。他选了一张"疯狂一族"合唱团的二手 CD,而我把"席德·詹姆斯体验"重新放回架上。

萝拉下午打电话来。

"你一定知道这会发生。"她说,"你不可能全然无准备。就像你说的,我跟这个人住在一起。我们有一天一定会遇到这件事。"她发出一声紧张,并且在我的想法看来,极度不妥的笑声。

"更何况,我一直试着告诉你,这不是真正的重点,对吗? 重点是,我们把自己搞得一团乱。"

我想挂断电话，但是人只有为了再接到电话才会挂电话，而萝拉干吗再打给我？一点理由也没有。

"你还在线上吗？你在想什么？"

我在想：我曾经跟这个人共浴（就那么一次，许多年以前，不过，你知道，共浴就是共浴），而我已经开始觉得很难记起她长什么样子。我在想：我真希望这个阶段已经结束，我们可以继续到下个阶段，你可以读着报纸看到《女人香》(Scent of a Woman)要在电视上播，然后你对自己说，噢，我跟萝拉一起看过的那个阶段。我在想：我应该要争吗？我要用什么争？我在跟谁争？

"没事。"

"如果你要的话，我们可以再约出来喝一杯。如此我才能好好解释。我至少欠你这么多。"

这么多。

"要多到多少才算太多？"

"你说什么？"

"没事。听着，我得走了。我也要工作，你知道。"

"你会打给我吗？"

"我没有你的号码。"

"你可以打到我上班的地方。我们再找时间见面好好谈一谈。"

"好。"

"你保证？"

"对。"

"因为我不希望这是我们最后一次交谈。我知道你什么样子。"

但是她一点也不知道我是什么样子：我一天到晚打给她。我当天下午晚一点就打给她，当巴瑞出去找东西吃而狄克忙着在后面整理邮购的东西时。我六点以后打给她，当巴瑞和狄克都走了以后。等我到家时，我打电话给查号台查出伊恩的新电话，然后我大概打了七次，然后每次他接起来我就挂断；到最后，萝拉猜到怎么回事，然后自己接起电话。我隔天早上又打给她，然后下午打了两次，然后晚上我从酒馆打给她。离开酒馆后我走到伊恩住的地方，只是为了看看从外面看起来长什么样子（只不过是另一栋北伦教的三层楼房屋，虽然我不知道他住哪一层，而且全都没亮灯）。我没有其他事情做。简而言之，我又失控了，就像我为了查理一样，在很多年以前。

有的男人会打电话，有的男人不会打，而我真的、真的宁可当后面那种。他们是上得了台面的男人，女人在抱怨我们时心中想的那种男人。那是一种安全、实在、毫无意义的既定形象：那种看起来不屑一顾的男人，他们被甩了后，也许独自在酒馆里坐上几晚，然后继续过日子；虽然下一回合时他比上一次更不轻易相信，但他不会让自己丢脸，或是吓坏任何人，而这个星期这两件事我都干了。前一天萝拉既愧疚又自责，然后隔一天她又害怕又生气，而我要为这种转变负起全部的责任，这么做对我一点好处也没有。如果可以的话我会住手，但这件事我似乎毫无选择：我满脑子都是这件事，无时无刻。"我知道你什么样子。"萝拉说，而她真的知道，有那么一点：她知道我是那种不怎么花力气的人，那种有好几年都没见面的朋友，再也没有跟任何一个上过床的对象说过话的人。但是她不知道该怎么做才能改善这种情况。

如今我想见见她们：艾莉森·艾许华斯，她在公园里三个悲惨的晚上之后甩了我。彭妮，她不让我碰她，然后彻底转变成和那个混账克里斯·汤森上了床。杰姬,只有在她跟我最要好的朋友之一交往时才有吸引力。莎拉,我跟她组成一个反对世上所有甩人者联合阵线的人终究还是甩了我。还有查理,尤其是查理,因为我要为这一切感谢她:我美妙的工作,我的性爱自信心,所有种种。我想要成为一个成熟健全的人类,没有愤怒和罪恶感和自我憎恶这一切盘根错节。我见到她们时我要做什么?我不知道。只是聊一聊。问问她们的现况,还有她们是不是原谅我恶搞她们,当我恶搞她们之后,还有告诉她们我原谅她们恶搞我,当她们恶搞我之后。这样不是很棒吗?如果我轮流跟她们所有人见面,然后驱除掉那些不舒服的感觉,只留下柔软、温润的感觉,像布里白乳酪而非又老又硬的帕马森干酪,我会感到洁净,而且平静,而且准备好重新出发。

布鲁斯·斯普林斯汀向来在他的歌里这么做。也许不是向来如此,不过他曾经做过。你知道出自《生于美国》(Born In USA)的那首Bobby Jean("巴比珍")?总之,他打电话给一个女孩,但是她好几年以前已经离开家乡,而他很懊恼他竟然不知道,因为他想道声珍重再见,然后告诉她他思念她,然后祝她好运。然后那种萨克斯风独奏进来,而你全身起鸡皮疙瘩,如果你喜欢萨克斯风独奏的话。还有布鲁斯·斯普林斯汀。我真希望我的人生像首布鲁斯·斯普林斯汀的歌曲。一次就好。我知道我不是"天生劳碌命",我知道七姐妹路一点儿也不像"雷声路"①,但是感觉不可能差那么多,对吗?我想打电话给每一个人,然后祝她们好运,和珍重,然后她们会觉得很好,我也会觉得很好,我们全部都会觉得很好。这样会很好。甚至会很棒。

---

① Bobby Jean 出自布鲁斯·斯普林斯汀 1984 年畅销冠军专辑《生于美国》;Thunder Road("雷声路")出自他 1975 年的专辑《天生劳碌命》。

15

　　我被引荐给安娜。有一晚巴瑞不在时,狄克带她到酒馆来。她很娇小、安静、客气、紧张而友善,而狄克显然爱慕着她。他希望得到我的赞同,而我可以很轻易地给予,给上一大堆。我干吗要狄克不快乐?我不要。我要他尽可能地快乐。我要他让我们其他人看到,同时维持一段感情和庞大的唱片收藏是有可能的。

　　"有没有朋友可以介绍给我?"我问狄克。

　　当然,通常,当安娜跟我们坐在一起,我不会用第三人称来称呼她,不过我有个借口:我的问题同时是一项认可和引喻,而狄克看出这点,笑得很开心。

　　"理查·汤普森。"他跟安娜解释,"这是理查·汤普森专辑 I Want To See The Bright Lights Tonight①里的一首歌。对不对,洛?"

　　"理查·汤普森。"安娜重复一遍,用一种暗示过去几天来她已经快速地吸收了大量资讯的语调。"好,他是哪一个?狄克一直试着给我上课。"

"我不认为我们已经上到他那里。"狄克说,"简而言之,他是一个民谣/摇滚的歌手,也是英格兰最好的电吉他手。你会这样说对不对,洛?"他紧张地问。如果巴瑞在场,他会非常乐意在这个时候把狄克一枪击毙。

"没错,狄克。"我跟他保证。狄克松了口气,满意地点着头。

"安娜是'头脑简单'合唱团(Simple Minds)的乐迷。"受理查·汤普森的成功所鼓励,狄克吐露这个秘密。

"噢,是这样。"我不知该说什么。这,在我们的世界里,是一项骇人听闻的消息。我们痛恨"头脑简单"合唱团。他们在我们的"如果音乐革命到来、前五个该被枪毙的乐团或歌手排行榜"中占第一位[迈克·鲍顿(Michael Bolton)、U2、布莱恩·亚当斯(Bryan Adams),还有意外中的意外,"创世纪"合唱团都被挤到他们后面。巴瑞想要枪毙披头士,但是我指出有人已经下手了]。我很难理解他怎么会跟一个"头脑简单"合唱团的乐迷在一起,而这,跟要去搞懂他怎么会跟一名王室宗亲或一个候补阁员配成一对一样;有问题的不是吸引力的部分,而是他们到底一开始怎么会凑在一起?

"不过我想她已经开始理解她为什么不该如此。你说是不是?"

"也许吧。有一点。"他们彼此微笑。如果你仔细想想,那有一点怪怪的。

---

① I Want to See the Bright Tonight 是英国民谣夫妻搭档 Richard & Linda Thompson 在 1974 年发行的专辑名称,其中有一首歌的歌名就叫做: Has He Got a Friend for Me?

是丽兹制止我一直打电话给萝拉。她带我到船舱酒馆,好好地训了我一顿。

"你真的把她惹毛了。"她说,"还有他。"

"噢,说得好像我在乎他。"

"你当然应该在乎。"

"为什么?"

"因为……因为你的所作所为只会造成小团体,让他们对抗你。在你发动这些事以前,根本没有小团体。只有三个人搞得一团乱。而如今他们有一件共同的事,你不会想让情况更恶化。"

"那你干吗这么担心?我以为我是个混蛋。"

"是啊,唉,他也是。他是一个更大的混蛋,但他连什么错都还没犯过。"

"为什么他是个混蛋?"

"你知道为什么他是个混蛋。"

"你怎么会知道我知道他是个混蛋?"

"因为萝拉跟我说过。"

"你们两个谈过我认为她的新任男友有什么问题?你们怎么会谈这个?"

"我们绕了好长一段路。"

"带我走捷径。"

"你会不高兴。"

"拜托,丽兹。"

"好吧。她告诉我当你以前常取笑伊恩,当你们都住在那栋公寓时……那是她决定要离开你的时候。"

"对那种人你一定会取笑他,不是吗? 那头里奥·塞尔①的发型、那些吊带裤,还有愚蠢的笑声、机械的面面俱到,还有……"

丽兹笑了。"那么萝拉没有夸大。你不是很迷他,是不是?"

"我他妈的受不了那家伙。"

"对,我也受不了。原因一模一样。"

"那她脑子里在想什么?"

"她说你对小小的伊恩发飙让她看到你已经变得多么……她用尖酸这个字眼……多么尖酸。她说她从前爱你的热忱和你的温暖,而这些都完全枯竭了。你不再让她开怀大笑,你开始让她沮丧得要命。而现在你还让她恐惧。她可以叫警察,你知道,如果她想的话。"

警察。老天爷。前不久你还在厨房里随着鲍伯·威尔斯②与得州花花公子起舞(嘿! 我那时候让她开怀大笑,而那不过是几个月前的事!),而转眼间她要让你被关起来。我很长很长时间一句话也没说。我想不出能说什么话听起来不尖酸。"我有什么让你觉得温暖的地方?"我想问她。"那些热忱是打哪里来的? 当某人想叫警察来抓你,你怎么能让他们开怀大笑?"

"但是你为什么一天到晚打电话给她? 你为什么那么想要她回来?"

"你以为呢?"

"我不知道。萝拉也不知道。"

---

① Leo Sayer:1948 年出生、60 年代组过摇滚乐队、到 70 年代初期真正崛起的英国歌手,是相当出名的流行歌星。他有一头蓬蓬的卷发。
② Bob Wills:号称"西部摇摆之王"的乡村歌手。The Texas Playboys 是他的乐队。代表作有 I Ain't Got Nobody。

"如果连她都不知道,那有什么意义?"

"永远有意义。即使那个意义只是为了在下一次避免这种困境,那还是有意义。"

"下一次。你以为还有下一次吗?"

"拜托,洛,别那么可悲好不好。而且你刚刚问了三个问题来逃避回答我的一个问题。"

"哪一个问题?"

"哈哈。我在多丽丝·黛(Doris Day)的电影里面见过你这种男人,但我从没想过他们真的存在于现实生活中。"她换上一种平板、低沉的美国嗓音。"不能给承诺的男人,即便他们想说,他们也说不出'我爱你',而是开始咳嗽,并口沫横飞,然后改变话题。而你这种人就在这里。一个活生生、会呼吸的样本。真是不可思议。"

我知道她说的是哪些电影,那些电影很蠢。那种男人不存在。说"我爱你"很容易,跟撒泡尿一样简单,而我认识的每个男人或多或少随时都这么做。有几次我曾经表现得好像我无法说出口,虽然我不确定是为什么。也许是因为我想借用那种过时的多丽丝·黛罗曼史的片刻,让此刻比实际上更重大。你知道,你跟某人在一起,然后你开始说几句,然后你闭上嘴,然后她说:"什么?"然后你说:"没什么。"然后她说:"求求你告诉我。"然后你说:"不要,听起来很蠢。"然后她强迫你说出来,虽然你本来一直就打算要说,然后她认为一切更有价值,因为是努力争取来的。也许她根本一直心知肚明你不过是在胡闹,但是她也不介意。这就像一句话说的:这是我们每一个人跟演电影最接近的时候,当你决定你喜欢一个人到了可以跟她说你爱她那几天,而且你不想用一团闷闷不乐、直来直往、不说废话的真诚恳切来搅乱这件事。

但是我不会纠正丽兹。我不会告诉她，这一切不过是个夺回主导权的方法，说我不知道我是不是爱萝拉，但只要她跟别人在一起，那我永远都不会知道；我宁愿丽兹认为我是那种肛门期性格、话说不出口但情感忠实，终究会看见明灯的陈腔滥调男人。我猜这对我没有任何坏处，就长远来说。

16

　我从最前面开始,从艾莉森。我要我妈从当地电话簿查出她爸妈的电话,然后从那里开始。

　"是艾许华斯太太吗?"

　"我是。"艾许华斯太太和我从来没被引荐过。在我们六小时的恋爱期,我们还没真的到达跟对方父母见面的阶段。

　"我是艾莉森的一个老朋友,我想再跟她联系。"

　"你要她在澳洲的地址吗?"

　"如果……如果那是她现在住的地方,好吧。"我不能很快地原谅艾莉森了,事实上,那会花上我好几个星期:好几个星期写信,好几个星期等回信。

　她给我她女儿的地址,而我问艾莉森在那里做什么;结果是她跟一个从事营造业的人结了婚,还有她是一名护士,还有他们有两个孩子,都是女孩,如此种种的。我设法抗拒不去问她是否曾经提到我。你只能自我耽溺到某种程度。然后我问起大卫,他在伦敦为一家会

152

计公司工作,还有他结婚了,还有他也有两个女儿,还有……难道家里没有人会生儿子吗?连艾莉森的表亲也刚生了一个小女儿!我在所有适当的地方表现出我的不敢置信。

"你怎么认识艾莉森的?"

"我是她第一个男朋友。"

一阵沉默。有那么一下子,我担心过去二十年来我是否被认定要为艾许华斯家里某种我没犯下的性犯罪负责。

"她嫁给她第一个男朋友。凯文。她现在是艾莉森·班尼斯特太太。"

她嫁给凯文·班尼斯特!我被我无法控制的力量击倒了。这太过分了。违逆老天的旨意我有几分胜算?一点胜算也没有。这跟我,或是我的缺点,都没有关系,而我可以感觉到,就在我们交谈之际,艾莉森·艾许华斯给我留下的伤痕正在痊愈。

"如果她那么说的话,她在说谎。"这原本是个笑话,但是一出口就全然不是那样。

"我请你再说一次?"

"没有。说真的,撇开这个玩笑,哈哈,我在凯文之前和她交往。大概只有一个星期。"——我必须说多一点,因为如果我告诉她实话,她会认为我疯了——"不过那也算,不是吗?毕竟,接吻就是接吻,哈哈。"我不会就这样被遗留在历史之外。我扮演我的角色,我唱了我的戏。

"你说你叫什么名字?"

"洛,巴比,巴伯,洛伯。洛伯·齐莫曼。"他妈的见鬼了。

"这样,洛伯,当我跟她通话时,我会告诉她你打电话来。不过我不能保证她会记得你。"

她说的没错，当然了。她会记得她跟凯文开始的那晚，不过她可不会记得前一晚。大概只有我会记得那个前一晚。我猜我早该在好几年前忘却这档事，不过忘却不是我最拿手的事。

这个男人走进店里来买 Fireball XL5① 的主题曲给他太太当生日礼物（而我刚好有一张，原版，十块钱卖给他）。他大概比我小两三岁，但是他说话很得体，而且穿着西装，而且为了某种原因他把汽车钥匙甩来甩去，这三件事让我觉得我也许比他还小二十岁，我二十几岁他四十几岁。而我突然有种强烈的欲望想知道他怎么看我。我没有屈服，当然（"这是找你的零钱，这是你的唱片，现在来吧，老实说，你认为我是个废物，对不对？"），不过我后来思索良久，在他眼里看来我像什么样子。

我是说，他已经结婚了，这是一件很恐怖的事，而且他有那种你可以很有自信地发出噪音的车钥匙，所以他显然有一辆，譬如说，BMW，一辆蝙蝠车，还是什么金光闪闪的车，而且他做需要穿西装的工作，在我没受过训练的眼光看来，看起来像是一套颇昂贵的西装。我今天比平常看起来体面一点——我穿着还算新的黑色牛仔裤，而非那些老旧的蓝色牛仔裤，而且我穿着一件我还真的不嫌麻烦熨过的长袖 POLO 衫——但即使如此这般，我显然还算不上一个做着成年人工作的成年人。我想跟他一样吗？不尽然，我不认为。但我发现自己又开始担心流行音乐的那件事，是因为我不快乐所以我才喜欢，还是因为我喜欢所以我才不快乐。如果我知道这个男人是否曾被认真看待过会有所帮助，他是否曾经被千百万首关于……关

---

① 也是英国电视制作人安德森夫妇制作的木偶科幻剧集。

于……(说啊,老兄,说啊)……呃,关于爱情的歌曲团团围住。我会猜他不曾。我也会猜道格拉斯·赫德①不曾,还有那个在英国国家银行工作的家伙也不曾,还有大卫·欧文②、尼古拉斯·维切尔③、凯特·艾蒂④和其他一大票我应该叫得出名字的名人,但我叫不出来,因为他们从没在 Booker T and the MGs⑤ 里演奏过。这些人看起来好像他们根本不会有时间听《艾尔·格林⑥精选集》(Al Green's Greatest Hits)的第一面,更别说他其他全部的东西(光是在 Hi Lable 就有十张专辑,虽说其中只有九张是由 Willie Mitchell 制作);他们太过忙于调整费率基础,试图为之前称为南斯拉夫的地方带来和平,以至于无法去听 Sha La La(Make Me Happy)。

所以谈到普遍接受的认真这个概念时,他们可能会责难我(虽说每个人都知道,Al Green Explores Your Mind 是再严肃也不过了),但是要提到关于心的事情方面,我应该比他们有优势。我应该可以说:"凯特,在战场上冲锋陷阵的确很不错。但是对于唯一真正重要的事情你要怎么办? 你'明白'我在说什么,宝贝。"然后我会把所有我在"音乐知识学院"拾得的感情建言都传授给她。不过,事情没有这样发生。我对于凯特·艾蒂的感情生活一无所知,但是不可能会比我的状况更惨,会吗? 我花了将近三十年的光阴聆听人们唱着有关心

---

① Douglas Hurd:英国著名政治人物,曾任驻中国、联合国大使,北爱尔兰行政长官,英国外交大臣。同时也是一名作家。
② David Owen:英国政治人物。1981 年脱离工党成立社会民主党,并担任该党领袖多年。于 1992 年引退。
③ Nicholas Witchell:英国国家广播公司(BBC)的著名主播。
④ Kate Adie:英国国家广播公司(BBC)的著名战地特派记者,对于私人生活高度保密。
⑤ Stax-Volt Records 为 60 年代的当家乐队,主要成员有以 Booker T. Jones 为主的四人。MGs 是指他们后面的乐团 The Mar-Keys。
⑥ Al Green:美国灵魂乐大师,得过八次格莱美奖,并于 1995 年入选摇滚乐名人堂,同时是一名牧师。后面提到的 Sha La La (Make Me Happy)是他的歌曲。

碎的歌曲,对我有任何帮助吗? 只有恶烂。

　　所以也许我前面说过的,有关听太多的音乐会把你的人生搞砸……或许真的有那么一点道理。大卫·欧文,他结婚了,对吗? 这些事他全部都已经安排妥当,而他现在是鼎鼎大名的外交官。那个穿着西装手拿车钥匙的家伙,他也结婚了,而他现在是,我不晓得,一名"生意人"。我,我没结婚——此时此刻彻彻底底的没结婚——而我拥有一家摇摇欲坠的唱片行。似乎对我而言,假使你把音乐(也许还有书,还有电影,还有戏剧,任何可以让你"感觉"的事)置于生活的中心,那么你便无法好好处理你的爱情生活,开始把它当成一个已完成的成品来看待。你一定会挑它毛病,让它保持活力与混乱,你一定会不断挑它毛病,把它拆散直到它四分五裂,然后你被迫全部重来。也许我们都把日子过得高了一个音,我们这些成天吸取感情事物的人,以至于我们永远无法仅仅感到"满足":我们必须要不快乐,或欣喜若狂,神魂颠倒地快乐,而这些状态在一段稳定、扎实的感情中是很难达成的。也许 Al Green 根本要比我所体会到的,还要负起更大的责任。

　　你看,唱片曾帮助我陷入爱河,毫无疑问。我听到新的音乐,其中一个和弦改变让我心驰神醉,接着在我还没明白前我已经在另找新欢,而在我还没明白前我已经找到。我爱上柔希那个同步高潮女是在我爱上"烟枪牛仔"合唱团之后,我反复地听反复地听反复地听,然后它使我成天做梦,然后我需要有人可以让我梦,然后我找到她,然后……呃,就有了麻烦。

17

　　彭妮很容易。我不是指，你知道，那种"容易"（如果我是那个意思，我就不必跟她碰面谈克里斯·汤森和上床的事，因为我会先上了她，然后那天早上他就没办法在教室里放连珠炮）。我是指她很容易查到。我妈常跟她妈见面，而前一阵子我妈给我她的电话叫我跟她联系，而彭妮的妈妈给她我的，而我们两个都没有任何动作，不过我还是留着电话号码。而她听到我的名字很惊讶——当她试着记起这个名字是谁时，有一阵长长的电脑记忆体沉默，然后一声恍然忆起的轻笑——但不是，我认为，不高兴，然后我们约好一起去看场电影，一部她为了工作必须看的中国片，然后接着去吃饭。

　　电影还可以，比我想像的要来得好——是关于一个女人被送去跟一个男人住，而他已经有一大票老婆，所以是有关她怎么跟她的对手们过日子，而所有事都搞得一塌糊涂①。理所当然。但是彭妮带着一支尾端有个小灯的特殊电影评论笔（虽然说她不是个影评人，只是个 BBC 的广播记者），观众不断转头看她然后彼此擦撞，而我觉得跟她坐在一起有点令人讨厌(虽然这么说有点不道德,但我必须说,即使没有那支特殊电影评论笔,她看来还是很好笑:她向来是个喜欢穿女性化衣物的女生,但是她今晚穿的衣服——大花洋装、米白色风衣——把女性化发展得过头到寿终正寝的地步。"那个穿皮衣的酷哥干吗跟维吉妮雅·巴特莉②的姐姐混在一起?"观众们会这么想。大概是吧)。

我们去一家她认识的意大利餐厅,他们也认识她,而且他们用胡椒研磨器做一些粗野的动作逗她开心。往往,都是那些对工作很严肃的人会因愚蠢的玩笑而发笑:好像他们的幽默点很低,而且,不可避免地,受早泄笑声所苦。不过她还不错,真的。她是个好人、好朋友,可以很轻易地谈起克里斯·汤森和上床。我开门见山地说了,没做什么解释。

我试着用一种心情愉快、自我解嘲的方式来谈这件事(是关于我,而非他跟她),但是她被吓到了,充满不屑:她放下刀叉转头看别的地方,而我看得出她几乎要落泪。

"混蛋。"她说,"我真希望你没告诉我。"

"我很抱歉。我只是以为,你知道,过了那么久了什么的。"

"显然对你来说不见得有过了那么久。"

有道理。

"不。但我只是以为我很怪。"

"反正,为什么突然间需要告诉我这些事?"

我耸耸肩。"不知道。只是……"

---

① 这里所指的电影是张艺谋执导的《大红灯笼高高挂》(1991)。
② Virginia Bottomley:英国保守党国会议员。

然后我告诉她，相反地，我确实知道：我告诉她有关萝拉和伊恩（虽然我没告诉她关于茉莉、借钱、堕胎或令人头痛的柔希这些事），以及关于查理的事，也许超过她想知道的：然后我试图说明我觉得自己像个"注定被抛弃的男人"，查理想跟马可上床而不是跟我，萝拉想跟伊恩上床而不是跟我，还有艾莉森·艾许华斯，即使是在那么多年以前，想跟凯文·班尼斯特厮混而不是跟我（虽然我没有跟她分享我最近的发现：天意不可抗拒），还有她，彭妮，想跟克里斯·汤森上床而不是跟我。也许她能帮我弄明白这为何一再发生，为什么我显然注定要被抛弃？

　　然后她告诉我，费了很大的力气，老实说，带着恨意。她记得发生的事，说她很生我的气，说她本想跟我上床，会有那么一天，但不是她十六岁的时候，说当我甩了她——"当你甩了我，"她愤怒地重复一遍，"是因为，用你动听的话来说，我很'矜持'，我哭了又哭，而且我恨你。然后那个小混账约我出去，而我已经累得无法摆脱他。那不能算是强暴，因为我说'好'，但也差不多了。然后我到念完大学前都没有跟任何人上床，因为我痛恨上床痛恨得要命。而你现在要聊聊关于抛弃的事。去你妈的，洛。"

　　所以这是另一个不必我操心的。我早该在几年前就这么做。

18

用透明胶带贴在店门里面的是一张手写告示,已经随着时间泛黄褪色。它是这么写的:

> 征求时髦年轻的快枪手(贝司、鼓、吉他)成立新乐团
> 必须喜欢 REM、"原始呐喊合唱团"、"歌迷俱乐部合唱团"等等
> 请与店内的巴瑞接洽

这个广告从前用一句恫吓人的后记"懒鬼勿试"作为结尾,但在招募动力过去几年后,在一次令人大失所望的回应后,巴瑞决定连懒鬼也欢迎加入,还是没有明显的效果;也许是他们连从店门走到柜台都打不起精神。前不久,一个有一套鼓具的家伙进来询问,而后虽然这组极简的主唱/鼓手二人组的确练习了几次(可惜,没有任何录音带留下来),巴瑞最后,也许他做的决定很明智:他需要完整一点的

音乐。

不过，从那时候起，无声无息……直到今天。狄克最先看到他——他用手肘推推我，然后我们出神地看着这家伙盯着那张告示，虽然当他转身看我们哪一个是巴瑞时，我们马上就回复做先前的工作。他既不时髦，也不年轻——他看起来比较像个现任摇滚乐队巡回演出的经理人，而不像一张超级精选唱片封套上的明星。他有一头又长又直绑成马尾的深色头发，还有一个垂晃在皮带外争取多点空间的肚腩。终于他来到柜台前，然后指着背后的门。

"这位巴瑞老哥在吗？"

"我去帮你找他。"

我走进储藏室，巴瑞正躺在那里休息。

"喂，巴瑞。有人来问你广告的事。"

"什么广告？"

"组乐团的。"

他睁开眼睛看看我。"滚蛋。"

"没开玩笑。他想跟你谈谈。"

他站起身来走到店内。

"什么事？"

"那张广告是你贴的？"

"没错。"

"你会弹什么乐器？"

"什么都不会。"连巴瑞那么想在麦迪逊广场公园演出的热切渴望，都没法推动他现实一点去学个简单乐器。

"不过你会唱歌，对吗？"

"对。"

"我们要找歌手。"

"你们玩哪种音乐?"

"对,就是,你知道,你提到的那种。不过我们想比那些更实验一点。我们想保留我们的流行感,但把它向外延伸一些。"

老天保佑我们。

"听起来很棒。"

"我们还没有任何演出或其他的。我们才刚凑在一起。找点乐子。像这样。让我们看看将来怎样,如何?"

"好。"

那个现任摇滚乐队巡回演出的经理人草草写下一个地址,跟巴瑞握握手,然后离开。狄克跟我目瞪口呆地看着他的背影,以防万一他自行焚毁,或销声匿迹,或长出天使的翅膀;巴瑞只是把地址塞进他的牛仔裤口袋,然后找张唱片来放,仿佛刚刚发生的———一个神秘客走进来赐给他他最想要的愿望之——并非我们大多数人徒劳等待的小小奇迹。

"干吗?"他说,"你们两个怎么搞的? 只不过是个没用的车库小乐队。没什么大不了。"

杰姬住在皮纳镇,离我们长大的地方不远,跟我的朋友菲尔一起,当然了。当我打电话给她时,她马上知道我是谁,推测起来应该是因为我是她人生中唯一的别的男人,而刚开始她听起来有点戒心、猜疑,好像我想把旧事重演一遍。我告诉她我爸妈都好,我开了自己的店,我还没结婚也没有孩子,此刻猜疑转变为同情,也许还有一丝愧疚(是我的错吗? 你可以听见她这么想。难道他的爱情生活到一九七五年我跟菲尔复合的时候,就寿终正寝了?);她告诉我他们有两

162

个孩子和一间小房子，他们俩都上班，她终究没有去念大学，就如同她所害怕的一样。为了了结这一段履历结束后的片刻沉默，她邀我到他们家吃晚餐，而在这项邀请后的片刻沉默以后，我接受了。

杰姬头上已经有几缕灰发，不过还是跟以前一样，看上去漂亮、友善又明理；我亲了亲她的脸，然后把手伸向菲尔。菲尔如今已经是个大男人，有着胡须、衬衫、一小块秃头和松开的领带，但是他在回握我的手之前演出一段盛大的停顿——他要我明白这是象征性的一刻，表示他已经原谅我多年前的罪过。我想，老天爷，只有大象从来不会遗忘，而不是英国电信的售后服务人员。不过话说回来，我在这里干吗？难道我不是在拿大多数人多年前早该遗忘的事情在瞎搅和？

杰姬和菲尔是英格兰东南部最无聊的人。可能是因为他们已经结婚太久了，因此除了他们已经结婚多久了这件事，完全没有话说。到最后，我只能用一种开玩笑的方式，问他们成功的秘密；我只不过是节省时间，因为我想他们迟早会告诉我。

"要是你找对了人，那么你就是找对了的人，无论你年纪多大。"（菲尔）

"你必须对感情下功夫。你不能每次事情不对劲就闹分手。"（杰姬）

"没错。挥挥手然后跟一个让你倾倒的人从头开始当然很简单，不过你还是会走到必须对新欢下点功夫的阶段。"（菲尔）

"我可以告诉你，没有那么多的烛光晚餐和二度蜜月。我们早就超越这一切了。我们俩是朋友，胜过其他关系。"（杰姬）

"不管别人怎么想，你不能没头没脑地跟你第一个喜欢的对象跳上床，而又希望不会对你的婚姻造成伤害。"（菲尔）

"现在年轻人的问题是……"没有。开个玩笑而已。不过他们对自己所拥有的简直是……基本教义派。好像我从北伦敦上来,是为了因为他们奉行单一配偶制而逮捕他们。我不是,不过他们认为在我来的地方那是一种罪行的想法并没有错,那是违法的,因为我们全都是犬儒主义者或浪漫派,有时候两者兼具,而婚姻,带着它的那些陈腔滥调和它持续的低瓦数亮度,就像是大蒜对吸血鬼一样不受欢迎。

当电话铃响时,我正在家里,录一卷旧单曲卡带。

"嗨,是洛吗?"

我认出这个声音属于一个我不喜欢的人,不过除此之外我毫无头绪。

"我是伊恩·雷。"

我不出声。

"我想我们也许该聊一聊?解决一些事情。"

这是……某件事……抓狂了。白瞎了那种抓狂。你知道人们用这个字眼来说明好好的事已经完全失去了控制。"这是民主抓狂了。"我想要用这种说法,但是我不确定这个某件事到底是什么。是北伦敦?是人生?是九十年代?我不知道。我只知道在一个高尚、正常的社会中,伊恩不会打电话给我来解决一些事情。我也不会打电话给他去解决一些事情。我会去解决他,如果他想整个星期都不自在的话,他是找对地方了。

"有什么需要解决?"我气得声音发抖,就像从前我在学校准备要跟人打架时一样,以至于我听起来一点都不像在生气:我听起来很害怕。

"拜托,洛。我跟萝拉的感情显然非常非常地困扰你。"

"有趣到这根本不会吓坏了我。"尖锐又清楚。

"我们现在谈的不是这些拐弯抹角的玩笑话,洛。我们说的是骚扰。一个晚上十通电话,在我家外面闲晃……"

去他妈的见鬼了,他怎么会看见?

"是这样呀,我不这样做了。"尖锐又清楚不见了,我现在不过是喃喃自语,像个满怀愧疚的疯子。

"我们注意到了,而且我们很高兴。但是,你知道……我们怎么样才能和平共处? 我们想让你好过一点。我们能做什么? 显然我知道萝拉有多特别,而且我知道现在事情对你来说一定不好过。如果我失去她我也会很痛苦。但是我愿意这么想,如果她决定不再跟我见面,我会尊重这项决定。你明白我在说什么吗?"

"明白。"

"很好。所以我们该怎么了结这件事?"

"不知道。"然后我放下电话——不是在一句漂亮、有魄力的话上,或在一阵冲天怒火的气焰后,而是一句"不知道"。给他一个他永难忘怀的教训。

他:很好。所以我们该怎么了结这件事?

我:我早就了结这件事了,你这可悲的小蠢货。丽兹说的没错。(摔电话筒。)

他:很好。所以我们该怎么了结这件事?

我:我们不会了结这件事的,伊恩。或者至少,我不会。如果我是你,我会去换电话号码。我会去换地址。很快有一天,你会把一次造访住家和一晚十通电话视为是黄金时代。小心你的步伐,小子。
(摔电话筒。)

　他:但是我愿意这么想,如果她决定不再跟我见面,我会尊重这
项决定。
　我:如果她决定不再跟你见面,我会尊重这项决定。我会尊重
她。她的朋友会尊重她。每个人都会欢欣鼓舞。这个世界会变得更
美好。

　他:我是伊恩·雷。
　我:他妈的去死。(摔电话筒。)

　呃,就这样。
　就这样,没事。我早该说以上任何一种。我早该至少使用一个
脏字。我当然早该用暴力威胁他。我不该在一声"不知道"时挂掉电
话。这些事情将会不断蚕食我不断蚕食我然后直到我因癌症或心脏
病或什么东西而暴毙。然后我不停地颤抖又颤抖,然后我不断在脑
海中重写这些脚本直到它们百分之百证明有毒,而这一切都毫无
帮助。

19

　　莎拉还是会寄给我圣诞卡片,上面有她的地址和电话号码(不是手写的:她用那种烂烂的小贴纸)。卡片上从来也没写点别的,只有那种又大又圆的小学教师笔迹:"圣诞快乐! 爱你的,莎拉。"我也回给她一样空白的卡片。几年前我注意到地址有变:我也注意到它从一个完整的号码,什么街,变成一个号码加一个字母,而且甚至不是B,B还有可能是表示房子,而是 C 或 D,只有可能表示是公寓。我当时没有多想,不过现在看起来有点像个征兆。在我看来,这代表完整的号码和什么街是属于汤姆的,而那表示汤姆已经不在了。我自以为是? 我?

　　她看起来没有变——也许瘦了一点(彭妮胖了很多,不过她比我最后一次见到她时长了两倍年纪;莎拉只不过从三十变成三十五岁,这不是人生中最会发胖的路程),但她的刘海还是盖住眼睛。我们出去吃披萨,看到这件事对她如此重大,实在很令人沮丧:不是吃披萨这个举动,而是今晚的约会。汤姆已经离开了,而且以一种十分戏剧化的方式离开。听好了：他告诉她，不是他在这段感情中不快乐，不是他认识了想交往的对象，不是他在跟别人交往，而是他要跟别人结婚了。真经典，是不是？你一定会想笑，真的，但是我设法忍住。不知怎么的，这是那种似乎会对受害者影响深远的坏运道故事，所以相反的，我对于这种世间残酷的谜团摇了摇头。

她看着她的酒。"我真不敢相信我为了他离开你。"她说，"疯了。"

我不想听这些话。我不要她摒弃这件事；我要她解释然后我才能赦免她。

我耸耸肩。"也许当时看起来像个好主意。"

"也许，不过我不记得为什么。"

我有可能最后会跟她上床，而这个可能性没有吓着我。有什么比跟一个摒弃你的人上床更好的方法来驱逐摒弃的恶灵？不过你不是跟一个人上床，你是跟整个可悲的单身文化上床。假使我们回到她的住处，那里会有只猫，然后这只猫会在关键时刻跳上床来，然后我们必须中断让她把猫赶下床然后关到厨房去。然后我们大概得听她的舞韵合唱团唱片，然后那里不会有东西喝。然后不会有那种茉莉·拉萨尔式"嘿女人也会欲火难耐"的耸耸肩；有的会是电话和尴尬和懊悔。所以我不会跟莎拉上床，除非在今晚某刻我确实体认到下半辈子不是她就一无所有的话，而我看不出这种展望会在今晚降临，这就是当初我们为什么会开始交往。这就是她为什么为了汤姆离开我。她算了一下，比较双方赔率，两方都下了扎实的赌注然后走人。她想要再试一次这件事比任何赌注都更能说明关于我的现状，以及关于她的现状：她三十五岁，她告诉自己，人生不会再给她比今晚更多的机会，一个披萨和一个她本来不那么喜欢的前任男友。那是一个相当冷酷无情的结论，但是不难看出她怎么会走到这一步。

噢，我们知道，两个都是，知道这应该没关系，人生不是只有成双成对，媒体应该负起责任，如此之类。但是，有的时候，这很难看透，在一个星期天早晨，当你也许还要再过十个小时才会到酒馆去喝一杯，然后当天第一次开口说话。

我没有办法进行关于摒弃的对话。这里没有怨气，而我很高兴是她甩了我，而非反过来。光是这样我都觉得很罪过了。我们谈到电影，一点点——她喜欢《与狼共舞》，但她不喜欢《落水狗》的音乐——还有工作，还有再一点有关汤姆的事，和一点萝拉的事，虽然我只告诉她我们正经历一段艰困期。然后她邀我一块回家，但是我没有去，而我们同意我们都玩得很开心，还有我们应该很快再聚一次。

如今只剩下查理。

20

“实验做得怎么样了？还在延伸你的流行感吗？”

巴瑞拉长了脸瞪着我。他最痛恨谈论乐团的事。

“是啊。他们真的跟你迷同样的东西吗，巴瑞？”狄克天真无邪地问。

“我们没有迷东西，狄克。我们唱歌。我们的歌。”

“对。”狄克说，“抱歉。”

“噢，少放屁，巴瑞。”我说，“你们的歌听起来像什么？披头士？超脱合唱团？Papa Abraham and the Smurfs①？”

“我们最大的影响你可能听都没听过。”巴瑞说。

“说来听听。”

“他们大部分是德国团。”

“像什么，‘电厂’合唱团那一类？”

他轻蔑地望着我。“呃，连边儿都没有。”

“那会是谁？”

"你不会听过的,洛,闭上嘴就是了。"

"说一个就好。"

"不。"

"那给我第一个字头。"

"不。"

"你们根本连他妈的八字都没一撇,对吧?"

他生气地大步离开店里。

我知道每个人对每件事都是这个答案,而我只能很抱歉这么说,不过如果有哪个小伙子需要打一炮,那就是巴瑞。

　　她还住在伦敦。我从查号台查到她的电话和地址——她住在兰德布鲁克森林,当然了。我打过去,不过我把话筒拿在离话机一寸远的地方,所以如果有人接的话我就可以尽快挂掉。有人接起来,我挂断。大约五分钟后,我再试了一次,不过这次我把话筒拿离耳朵近一点,我可以听见是答录机,而非有人接电话。不过,我还是挂断。我还没准备好听她的声音。第三次,我听她的留言;第四次,我自己留一通留言。这真是不可思议,真的,想想过去十年来我早就随时都可以这么做,她已经变得如此重大,大到我觉得她应该住在火星上,因此所有与她沟通的尝试都会花上数百万英镑和好几光年才能联络上她。她是一个外星人、一缕幽魂、一个谜,不是一个有答录机、生锈炒菜锅和"一卡通"的真人。

　　她听起来老了一点,我猜,而且有点趾高气扬——伦敦已经吸干

---

① 正式团名应该是 Father Abraham and the Smurfs。来自荷兰,于 70 年代晚期在欧洲造成轰动的团体。他们用尖锐、装疯卖傻的方式唱当时的流行歌,有几首口水歌曾登上英国排行榜。

她布里斯托尔卷舌音的生命——不过很显然是她。她没有说她是不是跟别人住在一起——我自然不是期望一通留言会全盘托出她的爱情现况,但是她没说,你知道,"查理和马可现在都不方便接电话。"或诸如此类的话,只说,"现在没人在家,请在哔声后留话。"我留下我的名字,包括我的姓,还有我的电话号码,还有好久不见等等。

我没有接到她的回电。几天后我又试了一次,而且我说一样的话。还是没有动静。如果你要谈抛弃,现在这个差不多就是:一个在她遗弃了你十年后连你的电话都不回的人。

茉莉走进店里。

"嗨,各位。"

狄克和巴瑞可疑又尴尬地销声匿迹。

"再见,各位。"她在他们消失后说,然后耸耸肩。

她盯着我看。"你在躲我吗,小子?"她假装生气地问。

"我没有。"

她皱着眉把头侧向一边。

"真的。我怎么会?我连你过去几天在哪里都不知道。"

"那,你现在觉得不好意思吗?"

"噢,老天,没错。"

她笑了。"没有必要。"

这个,似乎,是你跟美国人上床的后果,这么一些率直的善意。你不会看到一个高尚的英国女人在一夜情后迈步走进来这里。我们了解这些事,大体来说,最好就抛在脑后。但是我推断茉莉想谈这件事,探讨哪里出了问题;她或许要我们去上什么团体咨询课,连同其他许多不慎共度一个周六夜晚的伴侣。我们或许还得脱下衣服重演事情的经过,而我会把毛衣卡在脑袋上。

"我在想你今晚要不要来看丁骨演出。"

我当然不要。我们不能再有任何交谈,你还搞不懂吗,女人?我们上过床,这到此为止。这是本国的法律。如果你不喜欢的话,回你来的地方去。

"好啊。太棒了。"

"你知道一个叫斯托克纽因顿的地方吗?他在那里表演。织工酒馆(The Weavers Arms)①。"

"我知道。"我想,我大可不出现,但是我知道我会去。

而且我们玩得很开心。她的美国人方式是对的,我们上过床并不代表我们必须讨厌对方。我们享受丁骨的演出,而茉莉,与他一起唱安可曲(当她走上台时,大家看着她原来站的地方,然后他们看着站在她原来站的地方旁边的那个人,而我相当喜欢这样)。然后我们三个人回到她家喝酒,然后我们聊伦敦、奥斯丁和唱片,不过没聊什么有关性的话题或者特定的某一晚,好像那只是某件我们做过的事,例如去咖喱屋一样,不需要检验或说明。然后我回家,茉莉给我甜甜的一吻,然后在回家的路上我觉得仿佛我有一段感情,只有一段,是真的还不错,是我可以感到自豪的小小平顺点。

到最后,查理打电话来:她对没能早点回电感到抱歉,不过她一直不在,她在美国,去出差。我试着假装好像我知道是怎么回事,但是我不知道,当然了——我到过布赖顿出差,到过瑞地奇,甚至到过诺威奇,但是我没有去过美国。

---

① 伦敦历史悠久的著名民谣音乐现场表演场所。

"那么，你好吗?"她问。然后有那么一下子，不过就算只有那么一下子，我想要对她演一段哭调:"不太好，谢谢，查理，不过你别为这操心。你大可飞到美国出差，别管我。"然而，为了我永恒的名声，我克制住自己，然后假装自我们最后一次说话之后，过去十二年来我成功地过着一个运作良好的人类生活。

"还好，谢了。"

"很好，我很高兴，你是个好人，你应该过得很好。"

某件事在哪里有点不对劲，不过我无法确切地指出来。

"你好吗?"

"很好。很棒。工作很好，好的朋友，好的公寓，你知道。现在，大学似乎是好久以前的事了。你记得我们以前常坐在酒吧，想像我们的人生会变成怎样?"

不记得。

"这个嘛……我对我的生活很满意，我很高兴你对你的也很满意。"

我没说我对我的生活很满意。我说我还好，指的是没有感冒、没有最近的交通意外、没有暂缓的刑期，不过算了。

"你有没有，你知道，小孩这一类的，跟其他人一样?"

"没有。如果我要小孩的话我早就有了，当然，不过我不想要小孩。我太年轻了，而他们太……"

"年幼?"

"对，年幼，显然是。"——她笑得很神经质，好像我是个白痴，我也许是，不过不是她想的那样——"不过太——我不知道，太耗时间了，我猜这是我要找的说法。"

我没有捏造这里面任何一句话。这就是她说话的方式，好像整

174

个世界史里头根本没有人谈过这个话题。

"噢,对,我明白你的意思。"

我刚刚拿查理开玩笑。查理!查理·尼科尔森!这太诡异了。大多数的时候,在过去差不多十二年的时间,我一直想到查理,然后把我大多数不称心的事情,归咎于查理,或至少归咎于我们的分手。譬如:我本来不会休学;我本来不会到"唱片与卡带"交换中心工作;我本来不会被这家店套牢;我本来不会有不如人意的私生活。这个女人伤了我的心、毁了我的人生,这个女人必须为我的贫困、乱了方寸与失败独自肩负起所有的责任,这是我足足有五年的时间常常梦见的女人,而我居然取笑她。我不由得赞叹起自己来了,真的。我得脱下自己的帽子,对自己说:"洛,你是个很酷的角色。"

"总之,你来或不来,洛?"

"你说什么?"听见她还是说着只有她能理解的话让人感到欣慰。我从前喜欢她这样,而且感到嫉妒:我从来想不到要说什么听起来奇奇怪怪的话。

"没什么,对不起。只不过……我觉得这种失散多年的男友打来电话让人很气馁。最近他们突然纷纷冒出来。你记得那个我在你之后交往的家伙马可吗?"

"嗯……是,我想记得。"我知道接下来是什么,而且我不敢相信。所有那些痛苦的幻想,婚姻和小孩,许多许多年,而她大概在我最后一次见到她半年之后就把他给甩了。

"他几个月前打电话来,而我不太确定要跟他说什么。我想他正在经历,你知道,某种'这一切到底代表什么'的时期,然后他想见我,谈一谈近况如何,而我没什么兴趣。男人全部都会这个吗?"

"我从来没听说过。"

"那么，只有我挑中的。我不是指……"

"不、不，没关系。看起来一定有点好笑，我没头没脑地打电话来。我只是想，你知道……"我不知道，所以我看不出她怎么会知道。"不过你来或不来是什么意思？"

"意思是，我不知道，我们还是不是朋友？因为如果我们是，没问题，而如果我们不是，我看不出在电话上浪费时间有什么意义。你星期六要不要过来吃晚餐？我有一些朋友要来，而我需要一名备用男伴，你可以当备用吗？"

"我……"有什么意义？"是，目前来说。"

"所以，你来还是不来？"

"我来。"

"很好。我的朋友克拉拉要来，而她没有男伴，而且她正合你的口味。八点左右？"

然后就这样。现在我可以指出哪里不对劲：查理很讨人厌。她以前不会讨人厌，但某件坏事发生在她身上，而且她说一些糟糕又愚蠢的话，而且显然没有什么幽默感。布鲁斯·斯普林斯汀会把查理写成什么？

我告诉丽兹伊恩打电话给我，然后她说这太过分了，然后说萝拉会很震惊，这让我高兴得不得了。然后我告诉她有关艾莉森和彭妮和莎拉和杰姬的事，那支愚蠢的小手电筒笔，还有查理和她刚从美国出差回来的事，然后丽兹说她正要去美国出差，然后我戏谑地嘲弄她的花费，不过她没有笑。

"洛，你干吗讨厌工作比你好的女人？"

她有时候会这样，丽兹。她不错，但是，你知道，她是那种有被迫害妄想症的女性主义者，你说的每件事她都会看到鬼。

"你现在又怎么了?"

"你讨厌这个拿着一支小手电筒笔进戏院的女人,假设你想在黑暗中写东西这完全合情合理。然后你讨厌那个……查理? 查理到美国去这件事——我是说,也许她不想去美国。我知道我不想。然后你不喜欢萝拉换工作以后,她别无选择一定得穿的衣服;然后我令人不齿,因为我得飞到芝加哥去,跟一群男人在饭店的会议室里开八小时的会再飞回家……"

"嘿,我有性别歧视,对吗? 这是正确答案吗?"

你只能以微笑接受这种事,不然你会被搞疯掉。

21

　　当查理开门时,我的心直往下沉:她看起来美极了。她还是留着一头短短的金发,不过现在的发型要昂贵上许多,而且她以一种非常优雅的方式老化——在她的眼睛周围有浅浅、友善、性感的细纹,让她看起来像希尔维娅·希姆斯①,而且她穿着一件充满自我意识的成人黑色晚礼服(虽然可能只有我觉得充满自我意识,因为在我看来,她才刚刚换下松垮垮的牛仔裤和"汤姆·罗宾逊乐团"的 T 恤)。我马上开始担心我会再度为她倾倒,然后让自己出糗,然后一切又会以痛苦、羞辱和自我憎恶了结,就跟以前一样。她亲吻我、拥抱我,对我说我看起来一点都没变,而且她很高兴见到我,然后她指给我看我可以放夹克的房间。那是她的卧室(充满艺术气息,当然,一面墙上挂着一幅巨大的抽象画,另一面挂着看起来像地毯的东西);当我在里面时,突然感到一阵惊慌。床上其他的外套都很昂贵,有一瞬间我考虑是否要搜刮光所有的口袋然后溜之大吉。

不过我倒想见见克拉拉,查理的朋友,那个正合我的口味(住在我那条街上)②的朋友。我想见她是因为我不知道我那条街在哪里。我甚至不知道它在镇上哪个部分,哪个城市,哪个国家,所以也许她可以帮我了解我的背景方位。而我也很有兴趣看看查理认为我会住在哪条街,无论是肯德老街或是公园大道③[五位不住在我的街上的女人,就我所知,不过如果她们决定要搬到我这区我会非常欢迎:《新闻播报》里的霍莉·亨特;《西雅图夜未眠》里的梅格·瑞恩;一个我在电视上看到的女医生,她有一头卷卷的长发,并且在一场关于胚胎的辩论里击垮一个保守党国会议员,虽说我不知道她的名字,而且一直找不到她的美女海报;《费城故事》里的凯瑟琳·赫本;电视剧集《若达》(Rhoda)④里的瓦莱丽·哈波。这些是会回嘴的女人,有自己主张的女人,噼里啪啦作响的女人……不过她们也是看起来需要好男人爱的女人。我可以拯救她们,我可以救赎她们。她们可以带给我欢笑,我可以带给她们欢笑,状况好的时候,而我们可以待在家里看她们演的电影或电视节目或者胚胎辩论的录像带,然后一起领养弱势儿童然后全家到中央公园踢足球]。

当我走进客厅时,我马上明白我注定要经历一个冗长、缓慢、喘不过气的死法。里面有一个男人穿着砖红色夹克,另一个穿着仔细

---

① Sylvia Sims: 英国女演员,活跃于20世纪60年代,曾在电影《苏丝黄的世界》中出演女配角。
② 此处的原文是"right up my street",意思是"正合我的口味",但字面上的意思是"在我的街上"。
③ 肯德老街是"大富翁"游戏伦敦版上最便宜的街道。公园大道位于伦敦市中心,是高级饭店、豪宅聚集的地区。
④ 20世纪70年代的美国电视剧集,是著名剧集《玛丽·泰勒·摩尔秀》(The Mary Tyler Moore Show)的姐妹篇,由瓦莱丽·哈波出演主角若达·摩根斯坦。她先是扮演玛丽的邻居,后来有了自己的节目。

弄皱的亚麻西装,查理穿着她的晚礼服,另一个女人穿着荧光色的紧身裤和白得发亮的丝绸衬衫,还有另一个女人穿着宽脚裤,看起来像洋装,不过不是,不像,随便啦。而当我看到他们的那一刻我想哭,不只是出于恐惧,而是纯粹出于嫉妒:为什么我的生活不像这样?

两个不是查理的女人都很美丽——不是漂亮,不是有魅力,不是有吸引力,是美丽——而在我慌乱、闪烁、抽搐的眼睛看来几近难以区分:数以里计的深色头发,数以千计的大型耳环,数以码计的艳红嘴唇,数以百计的雪白皓齿。那个穿着白丝绸衬衫的女人在查理无比硕大的沙发上转过身子,那个用玻璃、铅还是黄金做成的沙发——总之是某种吓人、不像沙发的材质——然后对我微笑。查理打断其他人("各位,各位……"),然后介绍我给其他人认识。结果,沙发上跟我坐在一起的人就是克拉拉,哈哈,砖红色夹克的是尼克,亚麻西装的是巴尼,宽脚裤看起来像洋装的是爱玛。如果这些人真的出现在我的街上,我得把自己防堵在公寓里。

"我们刚刚在聊,如果我们有狗的话要叫它什么名字。"查理说,"爱玛有一只叫晕眩的拉布拉多犬,以'晕眩'吉莱斯皮①命名。"

"噢,是这样。"我说,"我对狗不怎么热衷。"

有一阵子没有人说一句话;老实说,对于我对狗欠缺热忱这件事,他们说不出什么。

"是因为公寓的大小,是童年的恐惧,还是气味,或……?"克拉拉亲切地问。

"我不晓得。我只是……"我无助地耸耸肩,"你知道,不怎么

---

① Dizzy Gillespie:美国著名爵士小号手(1917—1993),咆勃(Be-bop)爵士乐风的开山始祖,也是拉丁爵士的创始者。Dizzy 是他的外号,指他的演奏让人目眩神迷。

热衷。"

他们客气地微笑。

结果,这是我今晚主要贡献的对话,后来我发现自己留恋地回忆着这句属于机智黄金时代的话。如果可以的话,我甚至还会再用一次,但是剩下的讨论话题没有给我机会——我没有看过他们看过的电影或戏剧,而且没去过他们去过的地方。我发现克拉拉在出版业工作,尼克在公关业;我也发现爱玛住在克拉彭。爱玛发现我住在克劳许区,而克拉拉发现我开了一家唱片行。爱玛读了约翰·麦卡锡和吉尔·莫瑞①的自传:查理还没读过,但非常想读,甚至可能会借爱玛的来读。巴尼最近去滑雪。如果需要的话,我也许还能记得其他几件事。不过,当晚大半时候,我像个呆瓜一样坐在那里,觉得像个为了特殊活动而被允许晚睡的儿童。我们吃着我叫不出名字的食物,尼克或巴尼评论每一瓶我们喝的酒,除了我带来的那一瓶。

这些人跟我的不同之处在于他们念完大学而我没有(他们没有跟查理分手而我有);以至于,他们有体面的工作而我有破烂的工作,他们有钱而我很穷,他们有自信而我没有自制力,他们不抽烟而我抽,他们有见解而我有排行榜。我能告诉他们哪一段飞行最会导致时差吗?不能,他们能告诉我"恸哭者"乐团(The Wailers)②原来的团员吗?不能,他们大概连主唱的名字都没法告诉我。

但是他们不是坏人。我不是个阶级斗士,更何况他们不是特别

---

① 约翰·麦卡锡是英国电视记者,1986 年在贝鲁特遭到绑架,被扣为人质长达五年之久。吉尔·莫瑞当时是他的未婚妻。他们于 1994 年出版自传《另一道彩虹》(Some Other Rainbow)。

② The Wailers 是"雷鬼之父"巴布·马利(Bob Marley)的后台乐团。

上流社会——他们很有可能在沃特福德附近或跟它差不多的地方有父母住在那里。我想要一些他们有的东西吗？那当然。我要他们的见解，我要他们的钱，我要他们的衣服，我要他们没有一丁点羞愧谈论狗名的能力。我要回到一九七九年然后全部从头来过。

查理整晚都在说屁话，没有一点帮助；她不听任何人说话，她做作到了迟钝的地步，她假装各种无法辨识又不恰当的口音。我想说这些都是新的怪癖，但不是，它们早就在那里，好几年前。不愿聆听我曾误认为是性格的长处，迟钝的我曾被误读为神秘，口音我当做是魅力和戏剧性。这些年来我怎么有办法把这些全部剔除？我怎么有办法把她变成世间所有问题的解答？

我坚持撑过整晚，即便大多时候我都没有占据那张沙发位置的价值，而且我留得比克拉拉和尼克和巴尼和爱玛都晚。当他们都走了以后，我发现我整晚都在喝酒而没有说话，以至于我已经无法正常集中注意力。

"我说得没错，不是吗？"查理说，"她正是你那一型。"

我耸耸肩。"她是每个人那一型。"我帮自己倒了一些咖啡。我喝醉了，直接切入话题似乎是个好主意。"查理，你为什么为了马可甩了我？"

她用力地瞪着我。"我就知道。"

"什么？"

"你正在经历那种'这一切到底代表什么'的时期。"她用美国口音说"这一切到底代表什么"，并皱着她的眉头。

我没办法说谎。"我是，事实上，是。没错，确实是。完全是这么回事。"

她笑了——嘲笑我，我想，不是跟我一起笑——然后把玩着她的一只戒指。

"你想说什么都可以。"我大方地告诉她。

"这一切好像都有点迷失在……在时光的浓雾中。"她用爱尔兰口音说"时光的浓雾中",没有任何特别的原因,然后把手挥动在面前,大概要表示雾的浓度。"不是我比较喜欢马可,因为从前我觉得你完全跟他一样有吸引力。"(停顿)"只不过他知道他长得不错,而你不知道,而这就造成不同的结果,不知为什么。你以前常会表现得好像我想跟你在一起有点奇怪,这渐渐让人觉得厌烦,如果你懂我的意思。你的自我形象开始对我产生影响,到最后我真的以为我很奇怪。而我知道你很善良、很体贴,你带给我笑容,而且我喜欢你为热爱的事废寝忘食的样子,但是……马可似乎更,我不知道,有魅力。对自己比较有自信,跟时髦的人比较合拍?"(停顿)"比较少费一点力。因为我觉得我有点拖着你团团转。"(停顿)"更阳光一点、更活泼一点。"(停顿)"我不晓得。你知道人在那个年纪是什么样子。他们下很肤浅的判断。"

哪里肤浅?我以前是,因此现在还是,不起眼、阴郁、一个包袱、跟不上流行、不讨人喜欢又笨拙。这些对我来说并不肤浅。这些不只是皮肉伤,这些是对内在器官构成生命威胁的重击。

"你觉得这些话很伤人吗?他是个笨蛋,如果这算是安慰的话。"

不算是,真的,不过我不要安慰。我要的是实话,而我也得到了实话。这里没有艾莉森·艾许华斯的天意,没有莎拉的重新写下同一历史,也没有我把整个被抛弃的事弄颠倒了的提醒,像我对彭妮所做的一样。只有一清二楚的解释:为什么有些人成功而有些人不成功。后来,在出租车的后座上,我了解到查理所做的不过是把我对于自己维持平凡这项天赋的感觉换个说法描述:也许这项特殊才华——正巧是我唯一的——搞不好也被高估了。

22

巴瑞的乐团有一场演出,他想在店里贴一张海报。

"不行。滚蛋。"

"多谢你的支持了,洛,我真的很感激。"

"我以为关于烂乐团的海报我们定了一条规则。"

"是啊,给那些从街上走进来求我们的人。全都是些败类。"

"比方说……我们看看。'麂皮'合唱团(Suede),你拒绝他们。'作者'合唱团(The Auteurs)①、'圣埃蒂安'合唱团(St Etienne)②。你是说像这种的败类?"

"这是怎么回事?'我拒绝他们'?那是你的规定。"

"是,不过你爱得很,不是吗?叫这些可怜的小伙子们滚出去给你莫大的乐趣。"

"我错了,不行吗?噢,拜托,洛。我们需要来这里的常客,不然的话就没人了。"

"好吧,乐队的名字是什么?如果名字还可以,你就能贴海报。"

他把海报丢给我——只有乐队的名字,和一些凌乱潦草的设计。

"巴瑞小镇。'巴瑞小镇'③? 去你妈的见鬼了。你的狂妄自大难道没有一个限度吗?"

"那不是因为我。那是斯坦利·丹乐队④的歌。而且电影《追梦者》(The Commitments)⑤里面也有。"

"对,不过少来了,巴瑞。你不能叫做巴瑞又在一个叫巴瑞小镇的乐队唱歌。这听起来实在……"

"他们在我加入之前就他妈的叫这个名字了,可以了吗? 不是我的主意。"

"这就是你受邀加入的原因,是不是?"

巴瑞小镇的巴瑞没说话。

"是不是?"

"那是他们当初问我的原因之一,没错。但是……"

---

① 1992 年由 Luke Haines 组建成立的英国乐队,风格类似"麂皮"合唱团,发行过四张专辑。

② 其实是"Saint Etienne",成立于 1989 年的英国电子乐队,由一女二男组成,带着电音,深受 60 年代摇滚影响,加上舞曲的节奏,为后酸性浩室(post acidhouse)舞曲的代表乐队。

③ 这是作者开的玩笑,巴瑞镇是爱尔兰小说家鲁迪·道尔早年三本小说故事的发生地点,位于都柏林郊区。其中之一的《追梦者》就是年轻人在险恶环境下玩乐队的故事。

④ Steely Dan:1972 年成立于美国洛杉矶,由 Walter Becker 和 Donald Fagen 领衔,乐队名称取自威廉·S·巴勒斯(William S. Burroughs)的小说 Naked Lunch。以其带着反讽意味的幽默和辛辣的歌词知名,深受乐评人的好评。其曲风偏向爵士、传统流行乐、蓝调和 R & B。其最有名的歌就是 Walkin In The Rain。乐队虽于 80 年代早期解散,两人各自单飞出版个人专辑,但 1993 年两人再度联手,相互充任对方专辑的制作人。2000 年以乐队名义发布专辑 Two Against Nature,在 2001 年的格莱美奖上夺得"年度最佳专辑"、"最佳流行重唱组合"和"最佳流行演唱专辑"三项大奖。

⑤ 阿伦·帕克(Alan Parker)1991 年的电影,改编自鲁迪·道尔的小说,是道尔自称巴瑞镇三部曲(The Barrytown Trilogy)的第一部。

"太绝了！他妈的太绝了！他们只因为你的名字就邀你唱歌！你当然可以贴海报，巴瑞。我要越多人知道越好。不能贴在橱窗里，好吗？你可以挂在那里的浏览架上面。"

"我要帮你留几张？"

我抱住两肋无情地大笑。"哈哈哈，呵呵呵。别这样，巴瑞，你要笑死我了。"

"你连来都不来？"

我当然不去。我看起来会像是那种想到某个可怕的北伦敦酒馆去听某个糟糕的实验噪音团演出的人吗？"在哪里演出？"我查看海报。"他妈的哈瑞洛德！哈！"

"还真够朋友。你知道吗，洛，你真是个爱挖苦人的混蛋。"

尖酸。挖苦。每个人似乎都同意我尝起来不怎么美味。

"爱挖苦人？就因为我不在巴瑞小镇？我希望我没有做得那么明显。关于安娜的事你对狄克很友善，是吗？你还真让她觉得像冠军黑胶片家族的一员。"

"别忘了我一直都祝福着狄克和安娜永远幸福。这跟我的尖酸怎么搭在一起，你说？这有什么爱挖苦人的？"

"安娜的事只是开点玩笑。她还不错。只不过……你前后左右每个方位都搞砸了又不是我的错。"

"噢，而你会第一个排队看我出丑，不是吗？"

"也许不是第一个。不过我会去的。"

"狄克会去吗？"

"当然。还有安娜。还有茉莉和丁骨。"

这个世界真的这么宽宏大量吗？我一点都不知道。

我猜你可以把我看作爱挖苦人,如果你坚持的话。我不认为我自己爱挖苦人,但是我让自己失望了;我以为我会变得比这更有价值一点,而也许这种失望都以错误的方式宣泄。这不只是工作而已:这不只是三十五岁又单身而已,虽说这些一点帮助都没有。这是……噢,我不知道。你有没有看过你自己小时候的照片? 或是名人小时候的照片? 似乎对我而言,它们不是叫人开心就是叫人沮丧。保罗·麦卡锡小时候有一张很可爱的照片,当我第一次看见的时候,它让我觉得很棒:那些才华,那些钱,那些年无比幸福的家庭生活,稳若磐石的婚姻和可爱的孩子,而他根本还不知道。不遇也有别的——约翰·肯尼迪和所有摇滚巨星之死和糜烂者、发了疯的人、精神错乱的人、杀人的人,以多得数不清的方式说自己或别人受苦的人——而你想,就在那里停下来! 不会再比这更好了!

　　过去这几年来,我小时候的照片,那些我绝不想让女友们看见的照片……它们开始让我觉得有种小小的刺痛——不是不快乐,坦白说来,而是某种安静、深沉的悔恨。有一张是我戴着牛仔帽,拿枪指着相机,试着装成牛仔的样子但不成功,而我现在几乎不敢去看。萝拉认为那很甜美(她用那个字眼! 甜美! 尖酸的相反!),然后把它钉在厨房墙上,但是我把它放回抽屉。我一直想要向那个小男孩道歉:"我很抱歉,我让你失望了。我是那个该照顾你的人,但是我搞砸了,我在不当的时机做了错误的决定,然后把你变成了我。"

　　你看,他会想去看巴瑞的乐团,他不太会操心伊恩的吊带裤或彭妮的手电筒原子笔(他反而会喜欢彭妮的手电筒原子笔)或查理的美国行。事情上,他不会了解,我为什么对一切满怀怨恨。如果他现在在这里,如果他能跳出照片进到这间店里,他会马上以那双小腿能跑的最快速度夺门而出,跑回一九六七年去。

23

终于,终于,在她离开大约一个月之后,萝拉来把她的东西搬走。没有什么东西属于谁的争执;好的唱片是我的,好的家具、多数的厨具和精装书是她的。我唯一要做的事情是整理出我送给她当礼物的一堆唱片和几张CD,这些是我想要但认为她也会喜欢,但最后不知怎么的又被归类到我的收藏中,我对这件事情完全秉公处理,里面她有一半都不会记得,而我根本可以躲过这一次,但是我把每一张都找出来。

我本来担心她会带伊恩过来,不过没有。事实上,她显然对于他打电话来感到很不舒服。

"算了。"

"他无权这么做,我告诉他了。"

"你们还在一起吗?"

她望望我看我是不是在开玩笑,然后微微做个倒霉的鬼脸,事实上不太好看,如果你仔细想想。

"还顺利吗?"

"我不太想谈这件事,老实说。"

"这么糟啊?"

"你知道我的意思。"

她这个周末借了她爸爸的富豪厢型车,我们把每一寸空间都塞得满满当当;我们搬完后她回到房子里喝杯茶。

"真是个垃圾堆,对不对?"我说。我看得出她环视公寓一圈,望着她的东西在墙上留下的布满灰尘的褪色空间,所以我觉得我必须先发制人提出批评。

"拜托你整修一下,洛。不会花你太多的钱,却会让你觉得好得多。"

"我敢说如今你不记得以前在这里做什么了,对吗?"

"不对,我记得。我在这里是因为我想跟你在一起。"

"不是,我是说,你知道……你现在身价多少? 四万五千镑? 五万? 而你却住在克劳许区这个狭窄的小洞里。"

"你知道,我不介意。而且雷的地方也好不到哪里去。"

"对不起,不过我们能不能把这弄清楚? 他叫什么名字,伊恩还是雷? 你怎么叫他?"

"雷。我讨厌伊恩。"

"好。这样我就知道了。无论如何,伊恩的地方是什么样子?"很幼稚,不过这让我开心。萝拉露出难受、压抑的表情。我可以告诉你,这种表情我曾经见过几次。

"很小。比这还小。不过整洁一点,没这么乱。"

"那是因为他大概只有十张唱片、CD。"

"而他因此成为一个烂人,是吗?"

"在我的书里,没错。巴瑞、狄克和我认定一个人不够严谨,假使你的——"

"唱片少于五百张。是,我知道。你以前告诉过我很多很多遍了。我不同意。我认为就算你一张唱片都没有,还是有可能是个严谨的人。"

"譬如凯特·艾蒂。"

她看着我,皱着眉头张开嘴巴,她暗示我在发神经。"你能够确定凯特·艾蒂一张唱片都没有吗?"

"不是空空如也。她大概有几张。帕瓦罗蒂之类的。也许还有特蕾西·查普曼(Tracy Chapman),一张鲍勃·迪伦的精选辑,和两三张披头士的专辑。"

她开始大笑。老实说,我不是在开玩笑,不过如果她认为我很风趣,那么我也准备好要表现出我是的样子。

"而且在派对上她是会在 Brown Sugar① 结束收尾时发出'唷呵'一声的那种人。"

"对你而言,没有比这更严重的罪行了,是不是?"

"唯一一项比得上的是用尽吃奶力气跟着 Hi Ho Silver Lining② 的和声高歌。"

"我以前常这么做。"

"你才没有。"

玩笑就此打住,我惊骇地看着她。她哈哈大笑。

"你信了!你信了!你一定认为我什么事都做得出来!"她又大

---

① "滚石"乐队的歌。
② 英国歌手/电吉他手 Jeff Beck 的歌曲,是他 1967 年首张专辑的同名歌曲。

笑起来,猛然发现自己乐得很,然后戛然停住。

我给她提示:"这个时候你该说好久没有笑得这么开心了,然后你发现自己的错误。"

她做了一个"那又怎样"的表情:"你比雷更会逗我开心,如果这是你说的意思。"

我露出一个假装很得意的笑容,不过我感觉到的不是伪装的得意。我感觉到的是真的那么一回事。

"不过这对一切不会有什么差别,洛。真的。我们可以笑到我得叫救护车来载走,但这不表示我会把东西搬下车,然后把全部家当搬回来。我早就知道你可以逗我开心。我不知道的是其他一切的事。"

"你干吗不干脆承认伊恩是个混蛋,你已经跟他玩完了?这会让你好过一点。"

"你有跟丽兹保持联络吗?"

"为什么这么问?她也认为他是个混蛋吗?这倒有意思。"

"别搞坏气氛,洛。我们今天处得很开心。到此为止就好了。"

我拿出一叠我找出来给她的唱片和 CD。里面有唐纳德·费根①的 The Nightfly,因为她从来没听过这张,还有一些我认为她应该要有的蓝调合辑试听片,还有几张她开始上一个爵士舞班时,我买给她的爵士舞唱片,虽说结果她的爵士舞跟我想的不一样,而且老实说要糟糕很多,还有几张乡村音乐,我徒劳无功地想改变她对乡村音乐的看法,还有……

---

① Donald Fagen:斯坦利·丹乐队的灵魂人物之一。乐队解散后,他的首张 solo 专辑 The Nightfly,极具经典性,充满肯尼迪时代的怀旧气氛,浪漫却不多愁善感。专辑虽然相当成功,但他却陷入瓶颈,直到十年后的 1993 年,才出版第二张 solo 专辑 Kamakiriad,由斯坦利乐队另一灵魂人物 Walter Becker 制作,两个人又走在了一起。

她一张也不要。

"但是这些是你的。"

"不过不算真的是,对吗?我知道你买这些给我,那真的很令人感动,不过这是你试图把我变成你的时候。我不能拿。我知道它们只会闲置在一旁瞪着我,而我会觉得很尴尬,而且……它们跟我其他的根本不搭,你明白吗?你买给我那张斯汀(Sting)的专辑……那是给我的礼物。我喜欢斯汀,但你讨厌他。但是其他这些东西……"她拿起一张蓝调试听片,"到底谁是小沃尔特①?谁是威尔斯二世(Junior Wells)?我没听过这些人。我……"

"好好好。我懂你的意思。"

"我很抱歉继续下去。但是,我不知道,这里面某处有个教训,而我要确定你弄清楚。"

"我弄清楚了。你喜欢斯汀,但你不喜欢威尔斯二世,因为你听都没听过。"

"你是故意装傻。"

"我是,的确,没错。"

她起身离开。

"好好想一想。"

然后,我想,为什么?想一想有什么意义?假使我有机会再谈另

---

① Little Walter: 本名 Marion Walter Jacobs,芝加哥蓝调大将,可说是战后蓝调口琴第一人。他用无与伦比的热力将口琴的音色表现得淋漓尽致,畅快而惊人。小沃尔特最著名的搭档是拥有迷人嗓音的 Muddy Waters,两人合作始于 1948 年,激发的能量火花至今仍令人炫目震颤。50 年代初,两人的拆伙令人扼腕痛惜,但此时的小沃尔特已逐渐成为独立的巨星,他和乐队之后几年间灌录的作品都展现出惊人的口琴造诣,并开发出前所未有的可能性。1952 年到 1958 年间,他们共有十四首入榜冠军曲。然而好景不长,进入 60 年代,这位传奇一时的蓝调口琴大师因酗酒而开始技艺蹒跚,曾经英气逼人的脸上也布满疮疤。然而小沃尔特暴戾的脾气依旧。1968 年他在一次街头斗殴中伤重弃世,年仅三十七岁。

一段感情，我还是会帮她，不管她是谁，买她应该喜欢但还不知道的东西，这就是新男友的用处。而且我希望我不会跟她借钱，或搞外遇，而她不会需要去堕胎，或跟邻居跑了，然后不会有任何需要伤脑筋的事。萝拉不是因为我买给她这些她不怎么感兴趣的 CD，才跟雷跑了，要假装是这样实在是……实在是……心理有病。如果她这样想，那么她是为了一根小树枝而错过了一整片巴西雨林。如果我不能买特价的合辑给新女朋友，那我干脆放弃好了，因为我不晓得该做什么其他的事。

24

我通常喜欢过生日,但是今天我不觉得那有什么好开心的。像今年这种年头,生日应该要被暂停;应该有一条律法,如果不是自然产生就用人为的,规定只有生活运转流畅的人才能被允许继续长大。我现在怎么会想变成三十六岁?我不想。这很不方便。洛·弗莱明的人生被暂时冻结了,他拒绝再继续长大。卡片、蛋糕和礼物请留到别的场合使用。

事实上,这似乎正是大家所做的。墨菲定律(Sod's law)①注定我今年的生日要落在一个星期天,所以卡片和礼物都不会送来,而我星期六什么也没收到。我不期待从狄克或巴瑞身上收到任何东西,虽说下班后我在酒馆告诉了他们,他们看起来很愧疚的样子,然后请我喝酒,并承诺我各式各样的东西(总而言之,合辑卡带之类的);但我从来不记得他们的生日——你不记得,对吧,除非你是女性品种?——所以就这个例子来说,大发雷霆不是特别妥当。但是萝拉?亲戚?朋友?(你一个也不认识,不过我的确有一些,而且有时候的确会跟他们见面,而且其中一两个的确知道我的生日是什么时候。)教父教母? 任何其他人? 我的确收到我妈的一张卡片,我爸也签了名,不过爸妈不算在内;如果你连父母的卡片都没收到,那你真的是麻烦大了。

当天早上,我花了多到太多的时间幻想着某个盛大的惊喜派对,由萝拉来主办,也许,通过我爸和我妈的帮忙,他们会提供给她一些她不认识的人的地址和电话号码;我甚至发觉自己因为他们没告诉我而生气。假使我没知会他们就一个人离开去放一个孤独的生日假了呢? 那他们能去哪儿,你说? 当我在斯卡拉(Scala)②看三片连映的《教父》时,他们所有人会躲在某处的纸箱里。那是他们活该。我决定不告诉他们我要去哪里;我要留他们在黑暗中挤来挤去发脾气("我以为你会打电话给他""告诉过你我没时间"等等)。然而,几杯咖啡下肚后,我明白这种想法毫无益处,事实上,这么想很有可能把我搞疯掉,所以我决定安排一些积极正面的事情来取代。

像是什么?

首先到录像店去,租一堆就是为了这类悲惨场合保留的东西:《站在子弹上的男人》、《魔鬼终结者2》、《机器战警2》。然后打电话给一些人,看他们今晚要不要喝个酒。不是狄克和巴瑞。也许茉莉,

① 墨菲定律最原始的条文是:"如果有两种选择,其中一种将会导致灾难,则必定有人会做出这种选择。"随后这个原始句型有为数众多的变体,来自不同的人。其最早的出处来自爱德华·墨菲,一个工程师,曾参加美国空军于1949年进行的MX981实验,实验的目的是测定人类对加速度的承受极限。其中一个实验项目是将十六个火箭加速悬空装置在受试者上方,当时有两种方法可以将加速计固定在支架上,而不可思议的是,竟然有人有条不紊地将十六个加速计全部装在错误的位置上。于是墨菲做出了这个著名的论断,并被那个受试者在几天后的记者会上引用。多年后,这个定律进入了习惯语的范围,产生大量充满创意的"消极"想法;例如"好的开始,未必就有好结果;坏的开始,结果往往会更糟"等等。
② 位于伦敦国王十字区(Kings Cross)的一个综合性场所,里面有电影院、现场音乐表演、舞厅、餐厅等。

或是我很久不见的人。然后看一两盘录像带,喝点啤酒,吃点薯片,甚至一些凯托薯片(Kettle Chips)①。听起来不错。听起来像是那种全新的三十六岁男人应该过的生日。(事实上,这是全新的三十六岁男人唯一能过的那种生日——总之就是那种三十六岁还没老婆、家庭、女友或是钱的男人。凯托薯片? 滚蛋啦!)

你以为录像店什么都不会剩,不是吗? 你以为我会惨到被迫看一些从来没上过院线的由胡碧·戈德堡(Whoopi Goldberg)主演的惊悚喜剧? 但是没有! 它们全在那儿,而我离开时臂弯里塞满所有我想看的垃圾。才刚刚过中午,所以我还有时间买些啤酒;我回到家,开了一罐啤酒,拉上窗帘挡住三月的阳光,然后开始看《站在子弹上的男人》,结果这部片子很好笑。

正当我把《机器战警2》放进录像机时,我妈打电话来了,再一次,我因为不是其他人而感到失望。如果在你生日当天连你妈的电话都没接到,那你真的是麻烦大了。

不过,她对我很好。她很同情我自己一个人打发时间,虽然她一定觉得很难过,因为我宁可自己一个人打发时间也不愿和她跟我爸打发时间("你今晚要不要跟你爸、依芬以及布莱恩去看电影?"她问我。"不用了。"我告诉她。只说"不用了",是不是很有自制力?),问完了后她想不出还有什么可说的。对爸妈来说一定很难受,我猜,当他们看到他们的孩子生活过得不顺利,但是孩子们又已经无法以传统的教养途径来亲近,因为路途太过遥远了。她开始谈起其他的生日,我生病的生日,因为我吃掉成千上万的三明治或喝掉太多彩虹鸡尾酒,不过这些至少还是因快乐而造成的呕吐,而她讲这些并没有让

---

① 标榜纯天然、纯手工、无基因改造等等的健康薯片。

我开心多少,所以我制止了她。然后她开始来一段哭哭啼啼、"你怎么会落到今天这个田地"的话,我知道这是她无力感和焦虑的结果。但今天是我的日子,事实就是这样,我没有打算要听这些话。不过,对我的制止她没怎么理会,因为她还把我当小孩看,生日正是我可以表现像个小孩一样的时候。

萝拉在《机器战警 2》演到一半时打来,用公共电话。这非常有意思,不过现在大概不是问为什么的时候——反正不是跟萝拉谈。也许以后,跟丽兹或其他人谈,但不是现在。这对任何人来说都太明显了,除非是个大白痴。

"你为什么用公共电话打来?"

"我有吗?"不是个最流畅的答案。

"你是不是得把钱或卡片放入一个开口才能跟我说话? 里面是不是有可怕的尿骚味? 如果答案是其中一个,那就是公共电话。你为什么用公共电话打来?"

"为了祝你生日快乐。对不起,我忘了寄生日卡给你。"

"我不是指……"

"我正好在回家的路上,我……"

"你为什么不等回到家再打?"

"不管我说什么又有何用呢? 反正你认为你知道答案。"

"我只是想印证一下。"

"你今天过得好吗?"

"还不坏。《站在子弹上的男人》很好笑。《机器战警 2》没有第一集好。到目前为止,就这样。"

"你在看录像带?"

"没错。"

"你一个人?"

"对。要过来吗? 我还有《魔鬼终结者2》要看。"

"我不行。我得回家。"

"也对。"

"就这样了。"

"你爸爸好吗?"

"目前说来,他的状况还不坏,谢谢你关心。"

"很好。"

"祝你今天愉快,好吗? 做些有益的事。别在电视机前浪费掉一整天。"

"说的是。"

"拜托,洛。你一个人落单又不是我的错。我又不是你唯一一个认识的人。而且我惦记着你,又不是说我就撒手不管了什么的。"

"转告伊恩我跟他问好,可以吗?"

"非常好笑。"

"我是说真的。"

"我知道你是。非常好笑。"

逮到她了。他不要她打电话来,而她也不会跟他说她打过。没关系。

看完《魔鬼终结者2》之后我有点失落。还不到六点钟,虽说我已经努力奋斗完三部伟大的烂片和半打啤酒的精华,我还是摆脱不了没过什么生日的感觉。还有报纸要读,有合辑卡带要录,不过,你知道的。相反的,我拿起电话,然后开始安排我的酒馆惊喜派对。我应该打电话给一些人,试着忘记我打过电话给他们,在八点左右把自己带到皇冠酒馆或女王头酒馆去静静喝一杯,然后让我的背被祝贺的人拍到皮开肉绽,一些我一百万年也想不到会在那里碰面的人。

不过,这比我想像的还难。伦敦就是这样,去问别人晚一点要不要溜出来很快喝一杯,你还不如去问他们想不想休息一年和你去环游世界。晚一点代表这个月,或今年,或是这个九十年代晚一点,但绝不是同一天晚一点。“今晚?”他们全部都这样说,全部这些我好几个月没见面的人,从前的同事或大学同学,或我通过从前的同事或大学同学认识的人。“今晚晚一点?”他们吃惊,他们困惑,他们觉得有点好玩,不过最主要的是他们根本不敢置信。有人打电话来建议今晚喝个酒,没头没脑地,没有记事本在手,没有备用日期的排行,没有跟伴侣漫长的磋商。太反常了。

但是其中有几个流露出软弱的征兆,而我无情地利用这种软弱。不是“喔,我不该去不过我很想喝一杯”那种软弱,是“没有能力说不”的那种软弱。他们今天晚上不想出门,但是他们听得出这种绝望感,而他们自己无法用该有的坚决来回应。

丹·马斯克尔(真正的名字是艾德里安,不过凑合着用吧)是第一个屈服的。他已经结了婚,有了一个小孩,而且他还住在汉斯洛(Hounslow),虽然现在已经是星期天晚上,但是我不会放过他的。

“哈罗,丹? 我是洛。”

“哈罗,哥们。”(到此为止是真心愉悦,这已经不错了。我想。)

“你好吗?”

于是我告诉他我怎么样,然后说明这个可悲的情况——为了到最后一刻才通知道歉,在安排规划方面出了点纰漏(我设法克制着不去告诉他,大体来说,在人生规划方面我一直有点纰漏),但总之会很高兴见到他,还有如此这般的话,我可以听出他声音中的犹豫。然后——艾德里安是一个大音乐迷,这是为什么我在大学里遇到他的原因,也是为什么我们之后还保持联络——我偷了一张王牌打出去:

"你听说过茉莉·拉萨尔吗? 她是一个很棒的民谣乡村类的歌手。"

他没听说过,不出所料,但是我可以听出来他有兴趣。

"嗯,总之,她是……嗯,一个朋友,而她也会来,所以说……她很棒,值得认识认识,而且……我不晓得如果……"

这差不多就够了。老实跟你说,艾德里安有一点白痴,这是为什么我认为茉莉可以当做一个诱因。我为什么要跟一个白痴喝酒共度我的生日? 这个故事就长了,绝大部分你都已经知道了。

斯蒂芬·巴特勒住在北伦敦,没有老婆,也没有几个朋友。所以为什么他今晚不能出来? 他已经租了录像带,这就是为什么。

"见他妈的鬼去,斯蒂。"

"你应该早点打电话给我。我才刚刚从录像店回来。"

"你干吗不现在看?"

"不行。喝茶前看录像带这件事我觉得有点不对劲。这好像你只是为了看点东西才看的,你明白我的意思吗? 而且你白天每看一部,晚上就少了一部可看。"

"你这是从哪儿得来的结论?"

"因为你平白浪费它们,不是吗?"

"那就改天再看。"

"噢,对。我的钱还真多。我可以每晚付两镑给录像店那个家伙。"

"我不是叫你每晚都这样。我……听着,我给你两块钱,行了吧?"

"我不晓得。你确定?"

我确定,然后我们就凑齐了。丹·马斯克尔和斯蒂芬·巴特勒。他们彼此不认识对方,他们不会喜欢对方,而且他们两个没有任何共同点,除了在唱片收藏上有些微的重叠(丹对黑人音乐没什么兴趣,斯蒂芬对白人音乐没什么兴趣,他们都有一些爵士专辑)。而且丹等着跟茉莉见面,但茉莉没有等着跟丹见面,她甚至不知道他的存在。今天晚上会很精彩。

茉莉现在有电话了,巴瑞有她的号码,茉莉很高兴我打给她,很高兴出来喝酒,如果她知道这是我的生日她大概会高兴到爆,不过为了某种原因我决定不告诉她。我不需要把今晚推销给她,这刚刚好,因为我不认为我卖得掉。不过,她要先处理一些事,所以我大约有一个小时的痛苦时光要单独跟斯蒂芬和丹相处。我跟丹谈摇滚乐,斯蒂芬则望着某人在吃角子老虎机前走好运,然后我跟斯蒂芬谈灵魂乐,丹则耍出只有不耐烦得要命的人才知道的啤酒垫把戏。然后我们全部聊起爵士,接上一段断断续续的"你做什么工作"之类的话,然后我们全都耗尽燃料,我们全望着那个在吃角子老虎机前走运的家伙。

茉莉和丁骨,以及一个头发非常金、非常有魅力、年纪非常轻的女人,她也是个美国人,在九点四十五分左右终于现身了,所以只剩下四十五分钟的喝酒时间。我问他们要喝什么,但茉莉不知道,所以跟我一起到吧台去看他们有什么。

"现在我明白你说的丁骨的性生活是什么意思。"我们在等候时我说。

她的眼睛往上吊。"她是不是很够看？而且你知道吗？那还是他约会过最丑的女人。"

"我很高兴你能来。"

"是我们的荣幸。那两个家伙是谁？"

"丹和斯蒂芬。我认识他们很多年了。我恐怕他们有点无聊，不过我有时候得跟他们见见面。"

"黑鸭，对不对？"

"怎么讲？"

"我叫他们黑鸭。某种跛脚鸭和黑野兽的混合体。那种你不想见但又有点觉得应该见的人。"

黑鸭。一语中的。而我还得他妈的去求他们，付他们钱，要他们在我生日这天出来喝一杯。

我从来没想清楚这些事，从来没有。"生日快乐，洛。"当我把酒放在斯蒂芬面前时他这么说。茉莉冲我使了一个眼色——惊讶的一眼，我猜得到，但还有最深的同情和无限的谅解，但我不理会她的眼神。

相当糟糕的一个晚上。当我还小的时候，我祖母常会跟一个朋友的祖母一起度过礼盒日（Boxing Day）①的下午。我爸跟我妈和艾德里安的爸妈一起喝酒，而我跟艾德里安玩耍，这两位怪婆婆会一起坐在电视机前交换些玩笑话。这里的破绽是她们两个都聋了，不过这不碍事；她们对自身版本的对话就够开心了，里面有跟其他人的对话一样的空当、点头和微笑，不过没有一点交集。我很多年没想到这

---

① 圣诞节后一日，12 月 26 日。有钱人将圣诞节过后剩下来的食物，用当初买东西回来装的盒子装好，在 26 日丢出家门外，而穷人这时可以上街去，看哪一家门口有礼盒，捡回家去过他们的节日。

件事了,不过今晚我想起来。

斯蒂芬整晚都在招惹我:他有一种伎俩是等到谈话顺利进行,当我试图说话或是听别人说话时,突然在我耳边絮叨。所以不管他表现得有多粗鲁,我都不得不回答他,把别人一起拉进我所说的话好转移他们的话题。然而他一旦让每个人都开始谈起灵魂乐,或《星际迷航》(Star Trek)(他去参加过年会什么的),或北英格兰最好的苦啤酒(他去参加过年会什么的)之类其他人一无所知的话题,这整个过程我们又得从头来过一遍。丹打很多呵欠,茉莉很有耐心,丁骨很不爽,而他的女伴,苏茜,绝对是被吓着了。她跟这些家伙在一个脏兮兮的酒馆做什么?她没有头绪。我也没有。也许苏茜跟我应该躲到一个比较亲密的地方,留下这些瘪三自己云山雾罩地海聊。我可以为你再现整晚的进程,不过你不会有多喜欢,所以我只让你见识一个无聊但完全具有代表性的例子:

茉莉:……真不可思议,我是说,真是个禽兽。我在唱"爱情伤人"时,这家伙大喊,"我做(爱)就不会,宝贝。"他整件 T 恤都脏兮兮的,而他一动也不动,只是站在那里对着舞台鬼叫,然后跟他的同伙大笑。(笑)你在那里,对不对,丁骨?

丁骨:我想是吧。

茉莉:丁骨梦想会有像那家伙那样温文儒雅的歌迷,不是吗?在他表演的地方,你得……(无法听见,由于有干扰来自……)

斯蒂:(在我耳边低语)他们现在帮《男爵》(The Baron)①出录像

---

① 英国犯罪冒险题材的电视剧集,1966 年到 1967 年间播出,共播出了三十集。Steve Forrest 饰演人称"男爵"的主角 John Mannering。

带了,你知道的。一共有六集。你还记得主题曲吗?

我:不,不记得。(茉莉、丁骨、丹传过来的笑声)对不起,茉莉,我没听见。你觉得什么怎么样?

茉莉:我刚刚在说,这个丁骨跟我去的地方……

斯蒂:主题曲很好听。哒哒**哒**!哒哒哒**哒**!

丹:这个我认得。是《公事包里的男人》(Man in a Suitcase)①?

斯蒂:不是,是《男爵》。现在出录像带了。

茉莉:《男爵》?是谁演的?

丹:斯蒂夫·弗瑞斯特。

茉莉:我想我们以前看过。里面是不是有一个家伙……(无法听见,由于有干扰来自……)

斯蒂:(在我耳边低语)你读过《来自阴影的声音》(Voices from the Shadows)②吗?那是一本灵魂乐杂志,很赞。老板是斯蒂夫·戴维斯③,你知道的,就那个台球选手。

(苏茜跟丁骨做了个鬼脸,丁骨看着他的手表。)

如此这般。

这个组合永远也不会再同坐一张桌子了,显而易见,根本不可能再发生。我以为数量会带来一种安全和舒适的感觉,可是没有。这些人任何一个我都不熟,甚至跟上过床的她也是,自从我跟萝拉分手

---

① 英国 60 年代的电视剧集。主角是一名伦敦私家侦探。它的主题曲也相当知名,是由 Ron Grainer 作曲。

② 1986 年于英国开始出版的灵魂音乐杂志,主要以贩卖邮购唱片和 CD 为主,标榜有四十万到五十万张的存货。

③ Steve Davis:英格兰台球高手,20 世纪 80 年代曾拿下多项国际台球公开赛的冠军。

以来,我第一次想跌坐在地上哭到眼睛掉出来。我想家。

　　应该是女人才会允许自己因为爱情而变得孤单,她们到后来比较常跟男友的朋友出去,然后比较常做男友做的事[可怜的安娜,试图记住谁是理查·汤普森,然后被告知她的头脑简单(合唱团)是个错误],然后当她们被甩了,或当她们甩了人,她们发现自己已经离开三四年前最后一次好好见过的朋友太远。而在萝拉之前,我的生活就像那样,我的伴侣也是,绝大多数。

　　但是萝拉……我不知道怎么回事。我喜欢她的朋友,丽兹和其他从前会到葛鲁丘的人。而且由于某种因素——相对的事业有成,我猜吧,还有相对随之而来的其他事被排到第二顺位——她那群朋友比我的还多是单身,比较有弹性。所以我有史以来第一次扮演女人的角色,跟我所交往的人命运与共。不是说她不喜欢我的朋友(不是像狄克和巴瑞和斯蒂芬和丹这种朋友,而是上得了台面的朋友,那种我允许自己失去联络的朋友)。只是她更喜欢她的朋友,也希望我喜欢他们,而我的确是。我喜欢他们胜过我喜欢我的朋友,然后在我明白以前(我一直都不明白,老实说,直到为时已晚),我的感情已经成为给我定位感的东西。而如果你失去你的定位感,你就会患思乡病。合情合理。

　　所以现在怎么办?感觉上似乎我已经到了穷途末路的时刻。我不是指美国摇滚乐里那种自杀的意思;我是指英国托马斯蒸汽机车的那种意思。我已经耗尽气力,然后慢慢地停在一个鸟不生蛋的地方。

　　"那些人是你的朋友?"茉莉隔天带我出去补吃生日餐(培根酪梨三明治)的时候问我。

　　"昨天还没那么糟。只有他们两个。"

她望着我，看我是不是在开玩笑。当她笑出来时，显然我是在开玩笑。

"但那是你的生日。"

"这个嘛，你知道的。"

"你的生日。而你能做到最好的就只是这样？"

"假使说今天是你的生日，然后你今晚想出去喝点酒，你会邀谁来？狄克和巴瑞？丁骨？我？我们不是你世界上最最要好的朋友，对吗？"

"拜托，洛，我甚至不在我自己的国家。我离家有上千里远。"

我正是这个意思。

我看着那些进到店里的，那些我在酒馆看到的，在巴士上看到的，还有透过窗户看到的情侣。在他们中间，一些会不停说话、爱抚、谈笑和询问的，显然是新情侣。而这些不算，跟大部分人一样，我当新情侣的其中一半时还可以。我感兴趣的，是那些稍微稳定些、安静些的情侣，那些开始一起背靠背或肩并肩经历人生、而非面对面的情侣。

他们的脸上没有多少你可以解读的，老实说。他们跟单身的人没有多大差别；试着把经过你身边的人分为四种人生类别——快乐在一起的、不快乐在一起的、单身的和寻寻觅觅的——你会发现你做不到。或者，你可以做到，但是你对于你的选择不会有任何信心。在我看起来这真的很不可思议。这是人生最重要的事情，而你竟无法分辨别人是有还是没有。这一定有错吗？快乐的人看起来一定快乐，无时无刻不很快乐，无论他们有多少钱，他们的鞋有多不舒服，或是他们的小孩睡得有多么少；而那些还过得去、但还没有找到他们的人生伴侣的人应该看起来,我不晓得,不错但是焦虑,像《当哈利遇上莎莉》里的比利·克里斯托弗一样;而那些寻寻觅觅的人应该会别着某个东西,也许是一条黄丝带,好让他们被同一类寻寻觅觅的人辨识出来。当我不再寻寻觅觅,当我把这一切全部理清之后,此时此刻我向你保证,我绝对不会再抱怨店的生意好坏、现今流行乐坛的缺乏灵性,或者你在这条路上的三明治店所感受到的那种穷酸气息(蛋黄酱和香酥培根三明治只要一镑六,而我们还没有人曾经一次吃掉过四片香酥培根),或者任何事情,我保证我都绝对不再抱怨。我会随时都散发出幸福的光芒,就仅仅为了这种解脱。

　　没什么事,我的意思是比平常还要少的事,在接下来几周发生。我在我家附近的二手店里找到一张《万事万物》的唱片,用十五分钱买了下来,然后在下一次看见强尼时给了他,附带条件是他永远滚蛋别再来烦我们。他隔天又上门来抱怨唱片有刮痕然后要求我们退他钱。"巴瑞小镇"在哈瑞洛德演出一场成功的首演,而且把那个地方连地板都摇了起来,热门到令人不敢置信的地步,有很多看起来像唱片公司星探的人,他们全都为之疯狂,老实说洛你真应该在场(当我问茉莉这件事,她只是笑了,然后说每个人都得从某个地方开始)。狄克试着把我找去组一次四人约会,安娜和一个安娜二十一岁的朋友,但是我没去;我们去看茉莉在法瑞登一家民谣俱乐部的演出,而我在听那些悲伤歌曲时想萝拉比想茉莉还多很多,虽然茉莉把一首歌献给"冠军唱片的那些人";我跟丽兹去喝酒,然后她整晚都在痛骂雷,真是大快人心;然后萝拉的爸爸过世,一切全然改观。

25

　　我跟她在同一天早上听到这件事。我从店里打电话给她,只想在她的答录机留话;这样比较容易,而我只想告诉她她以前的一个同事在我们的答录机留言给她。我的答录机。事实上,是她的答录机,如果我们要谈法定所有权的话。总之,我不期望萝拉会接起电话,但是她接了,而且她听起来仿佛是从海底深处说话一样。她的声音闷闷的,又低沉,又平板,从第一声到最后一声都被鼻涕包住。

　　"我的天我的天,亲爱的,这足足有一个半的感冒。我希望你现在是在床上躺着捧着一本好书和一只热水瓶。对了,我是洛。"

　　她没出声。

　　"萝拉?我是洛。"

　　还是没出声。

　　"你没事吧?"

　　然后有可怕的一刻静默。

　　"猪猡。"她说,虽然第一个字只是一声噪音,老实说,所以"猪"

只是个合理的猜测。

"别担心,"我说,"赶快上床去忘了这件事。等你好一点了再来担心。"

"猪死了。"她说。

"谁他妈的是猪?"

这次我听见了。"我爸死了,"她哭着,"我爸,我爸。"

然后她挂断电话。

我常常想到有人死掉,但都是一些跟我有关联的人。我想过如果萝拉死了我会怎样,还有如果我死了萝拉会怎样,还有如果我爸妈死了我会怎样,但我从没想过萝拉的爸妈会死掉。我不会,会吗? 虽然说在我跟萝拉交往的这整段时期里他都在生病,我从来没真的为这件事烦心,这就好比说:我爸有胡子,萝拉的爸爸有心绞痛。我从来没想过这会真的导致任何事。现在他过世了,当然,我真希望……什么? 我真希望什么? 希望我对他好一点? 我一直对他相当好,在我们见过的几次面里。希望我们更亲近一点? 他是我同居关系人的父亲,我们截然不同,他在生病,而且……我们就如我们的关系所需要的一样亲近。人们过世你应该要希望一些事,让你自己充满悔恨,为你所有的错误和疏忽感到难过,而我已经竭尽我的所能。只不过我找不出任何错误和疏忽。他是我前女友的爸爸,你知道,我能怎么想?

"你没事吧?"巴瑞看见我两眼无神时说,"你在跟谁讲电话?"

"萝拉。她爸爸死了。"

"噢,这样。坏消息。"然后他手臂下夹着一堆邮购的东西到邮局去了。你看,从萝拉,到我,到巴瑞;从悲痛,到困惑,到短暂轻微的兴趣。如果你想找个方法拔除死亡的螫刺,那么巴瑞就是你要找的人。

有那么一下子我感觉诡异的是这两个人,一个被哀痛刺激到几乎说不出话来,一个甚至几乎连耸个肩的好奇心都没有,居然会彼此认识;诡异的地方在于我是他们之间的连接,诡异的地方在于他们甚至在同一个时间在同一个地方。不过肯是巴瑞的老板的前女友的爸爸,他能怎么想?

　　萝拉大约一个小时后打电话过来。我没料到她会。

　　"对不起。"她说。还是很难听懂她在说什么,由于她的鼻涕、眼泪、音调和声量。

　　"没事,没事。"

　　然后她哭了一会儿。我什么也没说直到她平静一点。

　　"你要什么时候回家?"

　　"等一下。等我好一点。"

　　"我能帮什么忙?"

　　"不能。"然后,哭了一声,再一次"不能",好像她真的明白没有人能为她做任何事,而这也许是她第一次发现自己处在这种情况。我知道我就从来没有过。一切我身上曾经出过的差错都可以被挽救,被银行经理大笔一挥,或被女友的回心转意,或被某种人格特质——决心、自知之明、活力——某种我早就可以在自己身上找到的特质,如果我够用心的话。我不想被迫面对萝拉现在感受到的这种不幸,永远不想。如果人都得死的话,我不要他们在我身边死去。我爸跟我妈不会在我身边死去,我万分确定。当他们走的时候,我将不会有什么感觉。

　　隔天她又打电话来。

"我妈要你来参加葬礼。"

"我?"

"我爸爸很喜欢你。显然是这样。而我妈从来没告诉他我们分手了,因为他不会高兴的,而且……噢,我不晓得。我也不了解,而我也懒得去争辩。我想她认为他会看到是怎么回事。就好比……"她发出一个奇怪的声音,我听懂是一声焦虑的傻笑。"她的态度是他已经受过这么多苦,死亡和其他所有的事,她不想再让他比原来更烦心。"

我知道肯喜欢我,不过我一直都搞不懂为什么,除了有一次他要找一张由伦敦原班人马灌录的《窈窕淑女》,而我在一次唱片展上看到一张,然后给他寄了过去。你看这种善意的无心之举会把你带到哪里? 到他妈的葬礼,就是那里。

"你要我在场吗?"

"我不在乎。只要你别期望我会握着你的手。"

"雷会去吗?"

"不会,雷不会去。"

"为什么不?"

"因为他没被邀请,行了吗?"

"我不介意,你知道,如果你想这么做。"

"噢,你真好心,洛。总之,这日子是你的。"

老天爷。

"听着,你去还是不去?"

"去,当然。"

"丽兹会去接你。她知道怎么去什么的。"

"好。你还好吧?"

"我没空聊天,洛。我有一大堆事要做。"

"当然。星期五见。"我在她有机会说话前就挂了电话，让她知道她伤了我，然后我想打回去给她道歉，但我知道我不可以。就好像一旦你不再跟这些人上床，你就永远无法对她们做出正确的事。你找不出一个方式可以回头、超越、绕道，无论你多努力尝试。

没有多少关于死亡的流行歌——没有好的，总而言之。也许这是我为什么喜欢流行音乐，以及我为什么觉得古典音乐有点令人毛骨悚然。艾尔顿·约翰有一首演奏曲 Song For Guy（"献给盖的歌"），不过，你知道的，那不过是一首叮叮当当你放在葬礼也行放在机场也行的钢琴音乐。

"好了，各位，关于死亡的五首最佳流行歌曲。"

"乖乖。"巴瑞说，"献给萝拉之父排行榜。好好好。Leader Of The Pack（'飞车党首领'）①，那家伙死在摩托车上，不是吗？然后还有'杰与狄恩二重唱'（Jan and Dean）②的 Dead Man's Curve（'死亡弯路'）③，和'闪烁'（Twinkle）④的 Terry（'泰瑞'）。嗯……那首博比·格斯波洛⑤的歌，你知道，And Honey，I Miss You...（亲爱的，我想念你……）⑥"他走音地唱着，比他平常走音走得更严重，狄克笑了。

"Tell Laura I Love Her（'告诉萝拉我爱她'）怎么样？这首会把屋顶

---

① 60 年代美国组合 The Shangri-Las 的歌曲，内容描述一个女孩爱上一个飞车党的男孩首领，但受到家庭压力而被迫提出分手，男孩在飙车离去时出车祸身亡。

② 60 年代的美国二重唱组，由 Jan Berry 与 Dean Torrence 组成。音乐风格以加州冲浪摇滚（surf rock）为主，有过十三支冠军单曲。

③ 这首歌的歌词是关于两辆车飙车竞逐，而其中一辆在著名的死亡弯路飞落坠崖。

④ "Twinkle"原名 Lynn Annette Ripley，60 年代的英国女歌手。Terry 是她在十六岁时创作的成名代表作，因为内容属于死亡类型（death genre）音乐，在当时 BBC 以保护大众道德为由予以禁播，是当年轰动一时的八卦新闻。

⑤ Bobby Goldsboro：60 年代美国民谣歌手。

⑥ 这首歌正确的歌名是 Honey，内容是一名男子对已逝的女友（或妻子）的怀念。

掉。"我很高兴萝拉没有在场看到她爸爸的死讯带给我们多大的欢乐。

"我想的是严肃的歌。你知道,表现出一点敬意的歌。"

"什么?你要在葬礼当 DJ,是吗?唉,烂差事。不过,那首博比·格斯波洛的歌还是可以拿来哄哄人。你知道,当大家需要喘口气的时候。萝拉他妈妈可以唱。"他又唱同一句,一样走音,不过这次用一种假声唱法显示演唱者是女人。

"滚一边去,巴瑞。"

"我已经想好我的葬礼要放哪几首。'疯子'合唱团的 One Step Beyond('超越一步')。You Can't Always Get What you Want('你无法总是得到你所想要的')。"

"就因为这首歌出现在《大寒》(The Big Chill)①里面?"

"我还没看过《大寒》,有吗?"

"你这说谎的大骗子。你在劳伦斯·卡斯丹②的两片连映时,跟《体热》(Bodyheat)一起看过。"

"噢,对。不过我早就忘了,老实说,我可不是偷用别人的点子。"

"才怪。"

如此这般。

后来我又试了一次。

"Abraham, Martin, and John('亚伯拉罕、马丁与约翰')③,"狄

---

① 1983 年的电影。描述一群大学同学因为其中一个自杀身亡的好友的葬礼而重聚一堂,并借此重新回顾自己的人生,是 80 年代回顾 60 年代的名片。

② Lawrence Kasdan:80 年代开始崭露头角的美国电影导演。《体热》是他的第一部作品。前面的《大寒》也是由他执导。两部电影都是由威廉·赫特(William Hurt)主演。

③ Marvin Gaye 演唱的歌曲,纪念为人权奋斗而牺牲的人们。这里的亚伯拉罕指的是美国总统林肯(Abraham Lincoln),马丁是黑人民权领袖金博士(Dr. Martin Luther King),约翰是美国总统肯尼迪(John F. Kennedy)。三人都遭暗杀而死。

克说，"这首很不错。"

"萝拉的爸爸叫什么名字？"

"肯。"

"'亚伯拉罕、马丁、约翰与肯'。不行，这行不通。"

"滚蛋。"

"黑色安息日（Black Sabbath）①？超脱合唱团？他们全都对死很感兴趣。"

冠军黑胶片就这样悼念肯的逝世。

我想过我的葬礼上要放什么，虽然我永远也无法拿给别人看，因为他们会笑到暴毙。巴布·马利的 One Love（"唯一的爱"）、吉米·克里夫（Jimmy Cliff）的 Many Rivers to Cross（"跨越许多河流"）、艾瑞莎·富兰克林的 Angel（"天使"）。而且我一直有个梦想，某个美丽又哀伤的人会坚持放格拉迪斯·奈特（Gladys Knight）的 You're the Best Thing That Ever Happened To Me（"你是我今生最美的相遇"），但是我无法想像这个美丽哀伤的人会是谁。不过这是我的葬礼，就像他们说的，我要大方又滥情也无妨。这并不能改变巴瑞指出的重点，虽说他并不知道他指出的是什么。我们这里足足有七亿亿兆小时的录音音乐，然而其中几乎没有一分钟能够描述萝拉现在的心情。

我有一套西装，深灰色的，最后一次穿是三年前的一场婚礼。现在所有显而易见的部位都不怎么合身了，不过还是得凑合着用。我

---

① 来自英国伯明翰的重金属摇滚四人组，成立于 1970 年。创始团员有摇滚大将 Ozzy Osbourne（主唱）和 Tony Iommi（吉他手）。

熨了熨我的白衬衫,又找出一条不是皮做的、上面布满萨克斯管图案的领带,然后等着丽兹来接我。我没有东西可以带去——文具店里的卡片都很不入流。看起来全都像《亚当斯一家》(Adam's Family)会在生日时寄给彼此的东西。我真希望我参加过葬礼。我有一个祖父在我出生前就死了,而另一个是我很小的时候死的;我的两个祖母都还健在,如果你可以这么说的话,但是我从来没去看过她们。一个住在养老院,另一个和爱琳姑姑住在一起,我爸的妹妹。而当她们死的时候不会是世界末日。只是,你知道,哇,最新消息,极度古老的人死了。而我虽然有认识的朋友过世——跟萝拉一起念大学的一个男同性恋得了艾滋病,我好友保罗的朋友在一场摩托车意外里身亡,还有很多人失去父母亲——这种事我一直想办法蒙混过去。如今我知道这种事我下半辈子都得一直面对。两个祖母、老爸跟老妈、姑姑叔叔,而且,除非我是我这个小圈子第一个走的,一卡车跟我同年纪的人,迟早——考虑到其中一两个,也许甚至比迟早来得还快,一定会比预期的要早一点去面对这件事。一旦我开始思考,这件事显得骇人地沉重,好像我接下来的四十年里每个星期要去三四个葬礼,而我不会有时间或心情去做其他的事情。大家怎么面对?你一定得去吗?如果你以这件事实在是他妈的叫人沮丧为由而拒绝的话会怎么样?(我为这一切感到很遗憾,萝拉,不过这种事我兴致不高,你懂吗?)我不认为我能够忍受比我现在还要老,而我开始对我爸妈生出一种充满妒忌的仰慕之意,只因为他们曾参加过几次葬礼,而却从没有真的悲叹抱怨过,至少没对我抱怨过,或许他们只不过是缺乏想像力,无法看出葬礼实际上比表面上看起来要叫人沮丧得多。

如果我老实说,我去只是因为也许长远来看对我有好处。你能和前女友在她爸爸的葬礼上亲热吗?我本来不会这么想。不过你永远不知道。

"所以牧师会说一些好话,然后,怎样,我们都到外面排排站然后他们埋了他?"

丽兹在跟我讲解整个流程。

"这是在火葬场。"

"你在骗我。"

"我当然没有骗你,你这蠢蛋。"

"火葬场?老天爷。"

"那有什么不一样?"

"呃,没有,但是……老天爷。"我没有想到会这样。

"怎么回事?"

"我不知道,只是……妈的。"

她叹了一口气。"你要我在地铁站把你放下来吗?"

"不,当然不要。"

"那就闭嘴。"

"我只是不想昏倒,如此而已。如果我因为缺乏准备而昏倒的话,那就是你的错。"

"你真是个可悲的家伙。你知道没有人真的喜欢这种事,不是吗?你知不知道我们所有人都会觉得今天早上很不好受?不只是你而已。我这辈子去参加过一次火化,而且我恨死了。更何况就算我去过一百次也不会好一点。不要这么幼稚。"

"为什么雷不去,你认为呢?"

"没被邀请。家里没有人认识他。肯很喜欢你,而裘丽觉得你很棒。"裘丽是萝拉的妹妹,而我觉得她很棒。她长得看起来像萝拉,但没有精明干练的套装，或精明干练的口才，或那些入学考试成绩和学位。

"没有别的吗？"

"肯不是为了你的益处才死的，你知道。好像每个人都是你自传电影里的配角一样。"

当然是。不是每个人都这样想吗？

"你爸过世了，对吗？"

"对。很久以前。我十八岁的时候。"

"对你有影响？"烂透了。真蠢。"很久吗？"扳回来了。刚好。

"到现在还有。"

"怎么影响？"

"我不晓得。我还是很思念他，常想着他。有时候，跟他说说话。"

"你都说什么？"

"这是我跟他的秘密。"不过她的口气很柔和，带着点微笑。"他现在死了，比他从前活着的任何时候都更了解我。"

"那是谁的错？"

"他的。他是那种典型的爸爸，你知道，太忙，太累。他走了以后，我本来觉得很难过，不过最后我体认到我不过是个小女孩，而且是一个很乖的小女孩。那是由他决定，不是我。"

这太棒了。我要跟有死去双亲、或死去朋友、或死去伴侣的人培养友谊。他们是全世界最有意思的人。而且他们也很容易接触到！我们身边到处都是！就算太空人或前披头士成员或船难生还者能提供更多见解——这点我表示怀疑——你也不会有机会认识他们。认识死人的人，如同芭芭拉·史翠珊应该歌颂却没唱过的，是全世界最幸运的人。

"他是被火化的吗?"

"这有什么关系?"

"不晓得。只是有兴趣。因为你说你去过一次火葬,而我在想,你知道……"

"我会给萝拉几天的时间,再开始向她盘问这种问题。这不是那种适合拿来闲聊的人生经验。"

"这是你叫我闭嘴的方式,对吧?"

"对。"

可以接受。

火葬场在一个前不着村、后不着店的地方。我们把车停在一个奇大无比、几乎空无一人的停车场,然后步行到又新又丑、过于明亮、不够严肃的建筑物里去。你无法想像他们会在这里烧人;然而,你可以想像,一些形迹可疑、开开心心手舞足蹈的新宗教团体在这里每周聚会诵经一次。我不会把我家老头埋在这里。我想我会需要气氛来帮助我激发满腹的悲痛,而我无法从这些原色砖墙和原木地板中获得。

这是一个有三间教堂的多厅建筑。墙上甚至有一个牌子告诉你哪一个在哪一间,几点。

第一教堂　11:30　伊・贝克先生

第二教堂　12:00　肯・莱登先生

第三教堂　12:00　——

至少，第三教堂有好消息。火化取消了。死亡消息不实，哈哈。我们坐在接待处等待，而这个地方开始慢慢被人潮填满。丽兹跟几个人点头，但我不认识他们；我试着想像那个名字开头是伊的男人。我希望这老头在第一教堂获得妥善照料，因为假设，当我们看见吊唁者出来时，我不要他们太难过。伊利，伊尼，伊本纳泽，伊斯瑞德，伊兹拉。我们都好好的。我们都在笑。呃，不完全是在笑，不过不管是谁，他都至少有四百岁了，而没有人会为这种情形太难过，对吗？伊旺，伊德孟，伊德华。狗屁。什么年纪都有可能。

　　接待处还没有人在哭，但是有几个人快忍不住了，而你知道他们在今早完毕前一定撑不过去。他们全部都是些中年人，而且他们都懂得诀窍。有些时候，他们低声交谈、握手、交换微弱的笑容、亲吻；然后，我不知道是什么原因，而且我觉得无可救药地自不量力、迷失、无知，他们起身，然后成群穿过标示着"第二教堂"的那扇门。

　　至少，里面很暗，所以比较容易进入状态。棺木在前面，架离地面高一点，不过我看不懂它是架在什么东西上；萝拉、裘丽和珍娜·莱登在第一排，紧靠彼此站着，旁边还有几个我不认识的男人。我们唱一段圣歌，祈祷，牧师发表一段简短又无法令人满意的谈话，照本宣科，然后又是一段圣歌，然后有一声突如其来、教人心跳停止的机械撞击声，然后棺木慢慢消失在地板下。当它向下降落时，我们前面传来一声哀嚎，一个我不想听见的很凄厉、很凄厉的声音：我心里说那是萝拉的声音，但我知道那真的是萝拉的声音，就在那一刻我想走向她，向她表示我愿意变成一个不一样的人，抹去我这个人所有的痕迹，只要她愿意让我照顾她，我会努力让她开心一点。

　　当我们走出来，在阳光中，人们围绕着萝拉、裘丽和珍娜，拥抱她们;我也想这么做,但是看不出怎么办。萝拉看见丽兹和我徘徊在人群外围,然后走向我们,谢谢我们过来,然后抱着我们良久,而当她放开我时,我觉得我不需要表示我愿意变成一个不一样的人:这件事已经发生了。

26

回到屋里就容易多了。你感觉得到最坏的时刻已经过去了,屋子里有一种疲倦的平静,像那种你生病时肚子里疲倦的平静感。你甚至听见人们谈论其他的事,虽然是一些大事——工作、孩子、生活。没有人谈论他们的富豪汽车耗油量,或他们给狗起的名字。丽兹跟我拿了饮料背靠着书架站着,在离门口最远的角落里,我们偶尔交谈几句,不过大部分的时候我们观看其他人。

在房里的感觉很好,虽说来这里的原因不太好。莱登家有一栋很大的维多利亚式的房子,房子又老又旧而且塞得满满的——家具、画、装饰品、盆栽——彼此互不协调,虽然显然花过心思和品味挑选。我们待的这间房的壁炉墙上有一幅巨大、怪异的家庭肖像,是女儿们大约十来岁时画的。她们穿着看起来像伴娘的洋装,充满自我意识地站在肯的身边;还有一只狗,艾勒格罗,艾力,在我认识它之前就死掉了,就站在前面,有点挡住他们。它的脚掌搭在肯的肚子上,而肯抚弄着它的毛微笑。珍娜站在后面一点,跟其他三个人分开,看着她的丈夫。全家人都比实际生活里要瘦很多（而且脏一点，不过那是画的缘故）。这是当代艺术，明亮又有趣，显然是由一个认识他们的人画的（萝拉告诉我画这幅画的女人开过画展什么的），不过这幅画冒着风险跟它下面壁炉架上的填充水獭标本，还有我讨厌的那种深色老家具放在一起。噢，角落还有一个吊床，装满了椅垫，另一个角落还有一个放有崭新黑色音响的巨大储藏柜，肯最宝贝的财产，除了那些画作和古董之外。里面乱糟糟的，不过你得敬佩住在这里的一家人，因为你会知道他们很有意思，又亲切又温柔。如今我明白我喜欢作为这个家庭的一分子，虽然我以前常抱怨周末或星期天下午的造访，我没有一次感到无聊。裘丽在几分钟后走过来，亲了我们两个，并谢谢我们来参加。

"你好吗？"丽兹说，不过是那种在"好"上面加重语气的"你好吗"，让这个问题听起来充满意义与同情心。裘丽耸耸肩。

"我还好。妈妈也不太坏，但是萝拉……我不晓得。"

"她这几个星期已经够难受了，就算没有这件事。"丽兹说，而我感觉到一阵好似骄傲的波动：那是我。我让她那么感觉。我和其他几个，总而言之，包括萝拉自己，不过算了。我已经忘记我可以让她感觉任何事，更何况，在葬礼中被提醒你的情感力量感觉很奇怪，在我有限的经验里，这种场合你应该彻底失去感觉才是。

"她不会有事的。"丽兹肯定地说。"不过有些不好受。当你把所有的努力放到生活的一点，却突然发觉那是错误的一点。"她瞥了我一眼，突然间不好意思，惭愧，或什么的。

"不用理会我。"我说，"真的。没问题。就假装你们说的是别人。"我这样说没有恶意，我真的没有。我只是想说，如果他们想谈论萝拉的感情生活，任何一个方面，那么我不介意，跟其他日子相比的话，今天我不会。

裘丽微微一笑，但丽兹瞪了我一眼。"我们说的是别人。萝拉。萝拉跟雷，老实说。"

"这样说不公平，丽兹。"

"是吗？"她挑一挑眉毛，好像我在争辩。

"而且不要他妈的用那种口气说'是吗'。"几个人在我说"他妈的"时候转过头来，而裘丽把手放在我的手臂上。我把它甩开。突然间，我火冒三丈，而且不知道该怎么平静下来。仿佛过去这几个星期以来，我一直过着有人把手放在我的手臂上的日子，我不能跟萝拉谈，因为她跟别人住在一起，她从公共电话打电话来又假装不是；我不能跟丽兹谈，因为她知道钱的事和堕胎的事以及我出轨的事；我不能跟巴瑞和狄克谈，因为他们是巴瑞和狄克；我不能跟我的朋友谈，因为我不跟我的朋友谈心；而我现在不能谈，因为萝拉的爸爸死了，我必须忍受，因为不然的话我就是坏男人，扣着那些被加在坏男人身上的字眼：自我中心、盲目又愚蠢。啊，我他妈的不是这样，总之不是一直都这样，而且我知道这不是说这种话的场合——我没那么蠢——但是我什么时候才能说？

"我很抱歉，裘丽。我真的很抱歉。"现在我回复到葬礼的低语，虽然我想要大声尖叫。"但是你知道，丽兹……我要不然在有些时候为我自己辩护，要不然我就得相信你所说的关于我的每一句话，然后到最后每分每秒都痛恨我自己。也许你认为我应该那样，但那样日子就别过了，你知道吗？"

丽兹耸耸肩。

"这不够好，丽兹。你大错特错了，而且如果你不知道的话，那你就比我想像的要来得蠢。"

她夸张地叹了口气，然后看见我脸上的表情。

"也许我是有一点不公平。不过现在真的是时候吗？"

"因为永远都不是时候。你知道，我们不能一辈子都不停道歉。"

"如果你说'我们'是指男人的话，那我会说只要一次就够了。"

我不会气昏了头走出萝拉爸爸的葬礼。我不会气昏了头走出萝拉爸爸的葬礼。我就是不会。

我气昏了头走出萝拉爸爸的葬礼。

莱登家住在离最近的集镇爱莫森好几英里外的地方，何况我不知道哪个方向才是最近的集镇。我转过一个街角，再转过另一个街角，然后来到一条像是大马路的地方，看见了巴士站，但不是那种让你充满信心的巴士站：那里没有人在等车，也没别的什么东西——马路一边是一排独栋的大房子，另一边是儿童游乐场。我等了一会儿，穿着西装冷得要命，正当我打听到这是要等上好几天而不是几分钟的巴士站时，我看见路上来了一辆熟悉的绿色福斯汽车。那是萝拉，她出来找我。

想都没想，我跳过分隔其中一栋独栋房屋和人行道的围墙，然后平躺在某人家的花圃上。花圃是湿的。但我宁可全身湿透，也不要萝拉因为我人不见了而大发雷霆，所以我竭尽人类之所能地留在那里。每次当我认为我已经到了谷底，我都能找到一个新的方式再往下沉，但我知道这已经是最糟的了，从今以后不管我发生什么事，无论我变得多穷、多愚蠢或是孤零零的，这几分钟会像一个刺眼的警讯留在我心里。"这是不是比在萝拉她爸爸葬礼后趴在花圃上来得好？"当税务人员走进店里，或者是当下个萝拉跟下个雷跑了的时候，我会这样问自己，而答案将永远、永远会是"对"。

当我没办法再忍受时,当我的白衬衫变成透明,我的西装夹克淌着泥浆,而我的腿阵阵刺痛时——是抽筋、风湿痛,还是关节炎,谁晓得? 我站起来拍一拍身体;然后萝拉,显然一直坐在巴士站旁的车里面,摇下她的窗户叫我上车。

　　葬礼上发生在我身上的事大致如下:有生以来第一次,我看到,我有多怕死,以及多怕别人死,而这种恐惧如何妨碍我做各式各样的事情,像戒烟(因为如果你太认真看待死亡,或太不认真看待死亡,就像我在这之前一样,那这样做有什么意义?);还有以一种涵盖未来的想法去思考我的人生,尤其是我的工作(太可怕,因为未来以死亡做结)。但最重要的是,它妨碍我对一段感情坚持下去,因为如果你坚守一段感情,而你的生命变得依赖另一个人的生命,然后当他们死掉,如同他们必然会的那样,除非有一些特殊状况,譬如,他们是科幻小说中的角色……要不然,你就像是手无片桨逆流而上,不是吗? 如果我先死就没关系,我想,但是在别人死前就得先死,不见得会让我有多开心。我怎么知道她什么时候会死? 可能明天就会被汽车撞死,正如俗话说的,这表示我今天就得投身在汽车轮下。当我在火葬场看见珍娜·莱登的脸孔时……你怎么能那么勇敢? 现在她要怎么办? 对我而言,从一个女人换到另一个女人,直到你老到不能继续下去,然后你独自生活,然后独自死去,这完全合乎情理,何况当你看到其他的下场,这哪有那么悲惨? 跟萝拉在一起时有几晚,当她熟睡时,我会紧紧依偎在她的背后,我会充满这种无与伦比、无以名之的恐惧,只不过现在我叫得出名字:布莱恩,哈哈。好吧,不是什么名字,只是我看得出它是打哪里来的,以及我为什么要跟柔希那个令人头痛的同步高潮女人上床,而且如果这听起来站不住脚同时又自私的话——是哦! 他跟别的女人上床是因为他怕死! ——那,我很抱歉，不过实情就是这样。

当我夜里依偎在萝拉的背后时，我害怕是因为我不想失去她，然而到头来，我们一定会失去别人，或者他们会失去我们。我宁可不要冒这个险。我宁可不要十年后、二十年后有一天下班回到家，面对一个苍白、吓坏了的女人说她一直在便血——我很抱歉，我很抱歉，不过这种事真的会发生——然后我们去看医生，然后医生说没办法开刀，然后……我没有那个胆，你知道吗？我大概会马上逃跑，用假名住在一个不同的城市，然后萝拉会住进医院等死，然后他们会问："你的伴侣不来看你吗？"然后她会说："不会，当他发现我得了癌症后他就遗弃了我。"好一个男人！"癌症？对不起，那不合我的胃口！我不喜欢！"最好别让你自己陷入这种处境。最好什么都别管。

所以这给我带来什么？这里全部的逻辑就是我在玩一种稳操胜算的游戏。我现在三十六岁，对吧？然后我们假设大多数的致命疾病——癌症、心脏病，随便哪个——在你五十岁以后来袭。你有可能运气不好，然后提早就一命呜呼，不过五十几岁以上的族群会发生鸟事的比率再合理不过。所以安全起见，你到那时候再收山；接下来十四年里每几年谈一段感情，然后抽身，洗手不干，一了百了。这合情合理。我要解释给每个我交往的人听吗？也许。这样大概比较公平。而且不管怎么样，比起一般终结感情的糊涂账，这比较不伤感情。"你迟早会死，所以我们这样下去没什么意思，你说是吗？"如果说有人因移民，或回到自己的国家，基于将来任何进一步的交往实在太痛苦而终止一段感情是完全可以谅解的话，那死亡为什么不行？死亡所造成的分离必定比移民的分离更为痛苦，想必如此吧？我是说，移民这件事，你总是可以跟她走。你总是可以跟自己说："噢，去他妈的。我要收拾行李到得州当牛仔/到印度采茶叶……"等等。不

226

过,你跟死神大人不能来这套,能吗? 除非你想采用罗密欧模式,而你一想到这……

"我以为你要整个下午都躺在花圃上。"

"啊? 噢,哈哈。没这回事。哈哈。"在这种状况下假装无动于衷比想像中困难,虽说在你前女友老爸被埋葬——火化——的当天,为了躲她而躺在陌生人的花圃中,大概根本算不上是一种、一"类型"的状况,而会比较像是仅此一次、非一般性的事情。

"你湿透了。"

"嗯。"

"你还是个白痴。"

还会有另一场战役。打这场没多大意义,尤其当所有的证据都企图对我不利的时候。

"我看得出来你为什么这么说。听着,我很抱歉。我真的很抱歉。我最不希望的就是……这是我离开的原因,因为……我昏头了,我无意在那里大动肝火,而且……听着,萝拉,我跟柔希上床又把事情搞得乱七八糟的原因是因为我怕你会死。或者说我怕你死掉。随便怎么说吧。我知道这听起来好像,但是……"我的声音突然无声无息,就跟它突然冒出来一样,而我只能张大嘴巴望着她。

"我们都会死。这个基本事实还是没多大改变。"

"没有、没有,我完全了解,而且我也不期望你告诉我别的。我只是要你知道,就这样。"

"谢谢你。多谢你的好意。"

她没有发动车子的意思。

"我无以回报。"

"什么意思?"

"我不是因为怕你会死掉才跟雷上床。我跟雷上床是因为我对你厌烦透了,而我需要有人把我拉出来。"

"噢,当然了,不,我了解。听着,我不想再占用你的时间。你回去吧,我在这里等巴士。"

"我不想回去。我也闹了一点小脾气。"

"噢。是这样。那就好。我是说,不是很好,不过,你懂。"

雨又开始下了,她把雨刷打开,所以我们只看到一点窗外的景色。

"谁惹你生气了?"

"没有人。我只是觉得自己不够强大。我希望有个人可以照顾我,因为我爸死了,但是没有人可以,所以当丽兹告诉我你走掉时,我用这当做借口出来。"

"我们还真是绝配,对不对?"

"谁惹你生气?"

"噢。没有人。呃,丽兹。她……"我想不出一个成年人的说法,所以我用了一个最接近的。"她找我的碴。"

萝拉哼了一声。"她找你的碴,而你打她小报告。"

"差不多是这么回事。"

她发出一声简短不悦的笑声。"难怪我们全部都搞得这样乱糟糟的,不是吗?我们就像《飞向未来》里的汤姆·汉克斯。小男孩小女孩困在大人的身躯里,然后被迫继续过日子。现实生活里要糟糕得多了,因为不是只有亲来亲去和上床睡觉,对吗?还有这一切。"她指着挡风玻璃外的游乐场、巴士站和一个遛着狗的男人,不过我知道她的意思。"我告诉你一件事,洛。从葬礼中退席是我做过的最糟的

228

事,也是最大快人心的事。我没办法告诉你我觉得有多爽和多糟。不对,我可以,我觉得像烤焦的阿拉斯加。"

"反正,你又不是真的从葬礼中退席。你只是从接待会退席。这不一样。"

"但是我妈,裘丽,还有……他们永远不会忘记。不过我不在乎。我已经想过这么多有关他的事、说了这么多有关他的事,而现在我们的房子里挤满这些人要给我时间和机会去想去谈更多有关他的事,而我只想放声尖叫。"

"他会了解的。"

"你这么认为?我不确定我会。我会要大家留到难受的最后一刻。他们至少能做到这一点。"

"不过,你爸爸比你善良。"

"他真的是,不是吗?"

"大概善良五六倍。"

"别太得意忘形。"

"抱歉。"

我们望着一个男人试图点烟,而他手里还握着遛狗链、报纸和雨伞。这根本不可能,不过他还是不放弃。

"所以你到底什么时候才肯回去?"

"我不知道。等一下。待会儿。听着,洛,你要跟我做爱吗?"

"什么?"

"我只是觉得我想要性交。我想感觉除了悲惨和罪恶感之外的东西。不是这个,就是我回家把手放到火上烧。除非你把烟头摁熄在我手臂上。"

萝拉不是这种人。萝拉的专业是律师,天性也是律师,然而现在,她表现得好像她要争取一部哈维·凯托电影里的配角一样。

"我只剩下几支。我要留着以后享用。"

"那么就剩下性了。"

"但是在哪里?而且雷怎么办?而且……"我想说"这一切"怎么办。这一切能怎么办?

"我们就在车里做。我把车开到别的地方。"

她把车开到别的地方。

我知道你要说什么:你这个可悲的幻想狂,弗莱明,你想得要命,你在做你的白日梦,等等。但是我一百万年也不会用今天发生在我身上的事来作为任何性幻想的基础。首先,我都湿透了,虽说我欣赏潮湿的状态有若干的性意涵,但就连最有决心的变态,要让他自己在我这种潮湿的程度里兴奋起来,都会觉得困难重重,这种潮湿包含了冷、不舒服(我的长裤没有衬里,我的腿硬生生地被摩擦)、臭味(没有任何大牌香水制造商曾试图捕捉湿长裤的气味,原因很明显),还有一些叶片粘在我身上。况且我从来没有任何野心要在车子里做(我的幻想一直是、一直是跟床连在一起),而葬礼也许对死者的女儿有奇特的影响,但很老实地说,对我来说却有点扫兴,而且我不确定在萝拉跟别人同居时跟她上床我自己怎么想(他是不是比较棒他是不是比较棒他是不是比较棒?)而且……

她把车停下来,我才发觉我们刚才这一两分钟的路程都很颠簸。

"小时候我爸常带我们到这里来。"

我们停在一条印有车痕的长路一旁,这条路通向一幢大宅院。路的一边杂草与灌木丛生,另一边是一排树木;我们在树的这一边,车头指向宅院,往路上倾斜。

"这里以前是一所私立预备学校,但是他们几年前倒闭了,从此就空在那里。"

"他带你们来做什么?"

"只是来散步。夏天时这里有黑莓,秋天时有栗子。这是一条私有道路,所以更刺激。"

老天爷。我很高兴我对心理治疗,对荣格和弗洛伊德那一帮的都一无所知。如果不是的话,我大概现在会吓得屁滚尿流:像这样一个想在跟她死去的爸爸从前常来散步的地方有性行为的女人,一定很危险。

雨已经停了,但树上的雨滴还是不停从车顶滴下来,而强风用力地刮在树枝上,所以隔三岔五也有大片的树叶掉到我们头上。

"你要不要到后面去?"萝拉用一种平板、疏离的声音问我,好像我们要去接别人一样。

"我猜是吧。我想这样会容易一点。"

她把车停得离树太近,所以她得从我这一边爬出来。

"把全部的东西放到后面架子上就行了。"

里面有一本街道地图册、一张地图、几个空的卡带盒、一包开过的宝石水果软糖和一把糖果纸。我不紧不慢地把它们移开。

"我就知道今天早上穿裙子是有原因的。"她上车时这么说。她弯下身吻了我的唇、舌以及别的,而我可以感觉到一些我不能控制的兴致。

"躺着别动。"她调整一下衣服然后坐在我身上。"哈罗。我从这里看着你好像是不久前的事。"她对我微笑,再次吻了我,手伸到她下面找我的拉链。然后有前戏等等,然后——我不知道为什么——我记起某件你应该记得但很少记得的事。

"你知道跟雷在一起……"

"噢,洛,我们别再谈这件事了。"

"不是,不是。我不是……你还有吃避孕药吗?"

"当然有。没什么好担心的。"

"我不是指这件事。我是说……你只用那个吗?"

她什么也没说。然后她开始哭起来。

"听我说,我们可以做别的事。"我说,"或者我们可以进城里买一些。"

"我不是因为我们不能做才哭。"她说,"不是那样。只不过……我跟你住在一起过。几个星期前你还是我的伴侣。而现在你担心我可能会害死你,而你有权担心。这不是很可怕吗? 不是很悲哀吗?"她摇着头啜泣,然后从我身上爬下来,然后我们肩并肩坐在后座不发一语,只是看着水珠从窗户上滑下去。

后来,我想着我是否真的担心雷去过哪些地方。他是不是双性恋,或是静脉注射型的吸毒者? 我怀疑(这两者他都不会有种去做)。他有没有跟一个静脉注射型吸毒者睡过,或者跟一个与双性恋男人睡过的人上过床? 我一无所知,而这种无知给我一切的权利坚持采取保护措施。但老实说,我感兴趣的其实是它的象征意义而非恐惧。我想伤害她,不挑别日却挑这一天,只不过是因为这是自从她离开后我第一次有能力这么做。

我们开到一家酒馆,一间装模作样仿乡村式的小地方,供应不错的啤酒和昂贵的三明治,我们坐在一个角落说话。我买了更多烟而她抽了一半,或者,应该说,她点燃一根,抽一两口,做个怪表情,熄掉,然后隔五分钟又拿起另一支。她用很粗暴的方式熄掉烟,以至于它们都无法抢救回来,而每次她这么做,我便无法专心听她在说什么,因为我忙着看我的烟消失掉。最后她注意到了,然后说她会再买给我的,而我觉得自己很小气。

我们谈她爸爸,绝大多数,或者应该说,没有了他的生活会是什么样子。然后我们谈到大体上没有父亲的生活会是什么样子,还有这件事是不是让你觉得终于长大成人了(萝拉认为不是,根据到目前为止的证据看来)。我不想谈这些东西,当然,我想谈关于雷、我、我们是否还会亲密到再次上床,以及这场谈话的温暖与亲密是否代表任何东西,但我设法控制住自己。

然后,就在我开始接受这一切都不会是关于我我我,她叹了口气,跌坐在椅背上,然后,半微笑半绝望地说:"我累到不能不跟你在一起。"

这里好像有两个否定语气——"不能"是否定因为听起来不是肯定——我花了一点时间才搞懂她的意思。

"所以说,等一等:如果你有多一点点精力,我们就维持分手。但是现在这样,你筋疲力竭,你要我们复合在一起?"

她点点头。"这一切都太辛苦了。也许下一次我会有胆量自己一个人,但现在我还没有。"

"雷怎么办?"

"雷是个灾难。我不知道那到底是怎么回事,老实说,除了有时候你真需要有人像颗手榴弹一样掉进一段坏掉的感情中间,然后把它全炸个粉碎。"

我想仔细地谈,关于雷是个灾难的所有事项;事实上,我想在啤酒垫的背面列出一张清单,然后永久保存。也许改天好了。

"而如今你已经离开坏掉的感情,而且也已经把它炸个粉碎,你想要回到这里面来,然后全部拼凑回来。"

"对。我知道这一点儿都不罗曼蒂克，而到了某个阶段一定会有罗曼蒂克的时候，我敢确定。但是我需要跟一个人在一起，而且我需要跟一个我认识而且处得还可以的人在一起，而你又表明你想要我回来，所以……"

而你难道会不知道吗？突然间我心慌意乱又反胃，而我想把唱片标志漆在我的墙上，然后跟美国录音艺人上床。我握住萝拉的手，然后吻了她的脸。

当然，回到家的场面很可怕。莱登太太哭了，而裘丽很生气，然后几个剩下的客人瞪着他们的饮料不发一语。萝拉把她妈妈带到厨房，然后关上门，然后我跟裘丽站在客厅里，耸着我的肩又摇着我的头又抬着我的眉又不停换脚站，做出我能想到表示尴尬、同情、反对和不幸的所有动作。当我的眉毛发酸，我几乎把头从脖子上摇下来，而我已经在同一块地上走了足足一英里时，萝拉堂皇地从厨房里出现，然后戳一下我的臂膀。

"我们回家吧。"她说。

这就是我们的关系如何重回到原来跑道的经过。

27

五次对话：

1.（第三天，出去吃咖喱，萝拉付钱）

"我敢打赌你一定是。我敢打赌我走后五分钟，你坐在那里，抽着一根烟，"——她老是加重这个字，表示她的不赞同——"然后自己想着，老天，这没问题，我应付得了这种事。然后你坐在那里帮公寓出一些**蠢**主意……我知道，我知道了，在我搬进去之前，你原本想找某个家伙来帮你在墙上漆上唱片品牌的标志，不是吗？我敢打赌你坐在那里，抽一根烟，然后想，不知道我是不是还有那个人的电话号码？"

我转头望向别的地方，免得她看见我在笑，但是没有用。"老天爷，我说的真准，对不对？我说的真准，我真不敢相信。然后——等等，等等……"她把手指放在太阳穴上，好像她在把影像接收到脑袋中——"然后你想，海里还有数不清的鱼，已经有很久都想要来点新

鲜的,然后你把一张随便什么塞进音响里,然后你可悲的小天地里一切都没事了。"

"然后呢?"

"然后你去工作,然后你什么也没跟狄克或巴瑞说,然后你安然无恙直到丽兹无意中泄漏了秘密,然后你就发神经了。"

"然后我跟别人上床。"

她没听见我的话。

"当你跟那个笨蛋雷胡搞时,我上了一个长得像《洛城法网》里的苏珊·黛的美国创作歌手。"

她还是没听见我的话。她剥了一小块印度薄饼,然后蘸着芒果酸甜酱。

"而且我过得还可以。不坏。事实上,相当好。"

没反应。也许我该再试一次,这次大声说出来,用我的嗓子而非我脑袋中的声音。

"你早就知道了,对不对?"

她耸耸肩,微微一笑,然后做个沾沾自喜的表情。

2.(第七天,床上,事后)

"你并不真的巴望我会告诉你。"

"为什么不会?"

"因为这有什么意义? 我可以描述每一分每一秒,反正也没有多少分多少秒,然后你会觉得难受,但你还是搞不懂任何重要大事的头一桩。"

"我不在乎。我只想知道。"

"想知道什么?"

"感觉像什么。"

她发飙了。"像性爱。还会像什么?"

连这个回答我都觉得很难受。我本来希望那根本不会像性爱。我本来希望那会像一件非常无聊或不愉快的事情。

"像美好的性还是差劲的性?"

"那有什么不同吗?"

"你知道的。"

"我可从来没问过你的课外活动怎么样呀。"

"有,你问过。我记得。'玩得愉快吗,亲爱的?'"

"那是个修饰问句。听好,我们现在处得不错。我们刚刚共度一段愉快的时光。这个话题就到此打住。"

"好,好。但是我们刚才的愉快时光……跟你两周前的愉快时光比起来的话,是比较愉快,一样愉快,或者没那么愉快?"

她不说话。

"噢,拜托,萝拉。随便说什么都好。如果你要的话,撒个小谎也行。那会让我觉得好过一点,同时也会让我不再问问题。"

"我本来是要撒个小谎,但是现在不行了,因为你知道我在撒谎。"

"可是你为什么要撒谎?"

"为了让你觉得好过一点。"

所以就这样,我想知道(只不过,当然,我不想知道)关于多次高潮、一晚做十次、口交,以及我从来没听说过的体位,但是我没勇气问,而她永远不会告诉我。我知道他们做过,这就已经够糟的;如今我所能指望的只有损害程度。我要她说那很无趣,那根本不合标准,翻身想念着洛那种的性,说梅格·瑞恩在快餐店享受到的乐趣都还比萝拉在雷家来得多。这样要求太过分了吗？

她用手肘支起身子，然后吻吻我的胸膛。"听好，洛。这件事发生过了。很多方面来说，这事发生了都是件好事，因为我们毫无进展，而如今我们也许会有点进展。但如果绝妙性爱跟你想像的一样重要，而且如果我享受了绝妙性爱的话，那么我们现在就不会躺在这里。这是我对这个话题的最后几句话，行了吗？"

"行了。"可能还有更糟糕的最后几句话，虽然我知道她没说什么。

"不过，我真希望你的阴茎跟他的一样大。"

这句话，应该是，从接下来的闷笑、偷笑、大笑和狂笑的长度和音量来看，是萝拉有生以来说过最好笑的笑话——事实上，也是任何一个人，在整个世界的历史上，说过最好笑的笑话。我认为，这是一个众所周知的女性主义式幽默的范例。是不是很爆笑？

3.［开车到她妈妈家，第二周，听着她录的里面有"就是红合唱团"（Simply Red）以及"创世纪"合唱团以及亚特·葛芬柯（Art Garfunkel）①合唱 Bright Eyes（"明眸"）的合辑卡带。］

"我不在乎。你爱做什么鬼脸都随便你。这就是有所改变的地方。我的车。我的汽车音响。我的合辑卡带。开车去看我的双亲。"

---

① 以 Scarborough Fair/Canticle, The Sound of Slience 等曲子成为 60 年代最成功的民谣二重唱组合，以至高中教师拿他们的歌当做教材。"西蒙和葛芬柯"（Simon & Garfunkel）于 1970 年分裂，保罗·西蒙和亚特·葛芬柯各自展开个人歌唱生涯，而其景况再也无法达到解散前的专辑 Bridge Over Troubled Water 那样的盛况。由于他们的成名曲都是保罗·西蒙写的，亚特·葛芬柯随后出版的个人专辑大多由不同的写手写词作曲。除了歌唱，他还主演了《毕业生》导演 Mike Nichols 的电影《22支队》，以及英国最好的导演之一罗格（Nic Roeg）的神秘电影 Bad Timing（1980）等片。

我们让"双"这个字的音节悬在半空中,看着它试图慢慢爬回它来的地方,然后把它忘记。我给它一点时间,才回头打这场男人与女人间最艰苦的战役。

"你怎么能同时喜欢亚特·葛芬柯和所罗门·柏克? 这就好比说你同时支持以色列和巴勒斯坦。"

"事实上,洛,这根本不能比。亚特·葛芬柯和所罗门·柏克制作流行音乐唱片,以色列和巴勒斯坦没有。亚特·葛芬柯和所罗门·柏克没有为领土争夺进行交战,以色列和巴勒斯坦有。亚特·葛芬柯和所罗门·柏克……"

"好好好。但是……"

"而且谁说我喜欢所罗门·柏克来着?"

这太过分了。

"所罗门·柏克! Got To Get You off My Mind('把你赶出我心田')是我们的歌! 所罗门·柏克要为我们整段关系负责!"

"是这样吗? 你有没有他的电话号码? 我有话要跟他说。"

"但是你难道忘了吗?"

"我记得这首歌。我只是不记得是谁唱的。"

我不敢置信地摇头。

"你看,这就是那种男人不得不放弃的时刻。你难道真的不明白'明眸'和'把你赶出我心田'有什么不一样?"

"当然可以。一首与兔子有关,而另一首有铜管乐队伴奏。"

"铜管乐队? 铜管乐队! 是吹奏组①! 他妈的见鬼了。"

---

① 负责诠释乐曲之旋律及其变化。常用的乐器有小号、长号、萨克斯管、单簧管、长笛、颤音木琴、口琴等,甚至小提琴和歌手都可以被归为此类。

“随便。我看得出你为什么喜欢所罗门而不是亚特。我了解，我真的了解。如果有人问我两个哪一个比较好，我每次都会说所罗门。他有原创性，他是黑人，而且是个传奇人物，还有其他的东西。但是我喜欢‘明眸’。我觉得这首歌有好听的旋律，而且何况，我不是真的在乎。还有那么多其他的事情要操心。我知道我听起来像你妈，但是这些只是流行歌唱片，如果有一张比另一张好的话，有谁在意，真的，除了你和巴瑞和狄克？对我来说，这就像争辩麦当劳跟汉堡王有什么差别一样。我确定一定有差别，但是谁有那个力气去找出差别是什么？”

当然，最糟糕的是，我已经知道有什么差别，我对这件事有复杂而详尽的看法。但是如果我开始去谈汉堡王炭烧堡对比吉士汉堡，我们两个都会觉得我似乎印证了她的说法，所以我打消念头。

但是争论继续下去，行过街角，越过马路，自己转过身来，最后来到一个我们两个从来没有来过的地方——至少，不是在清醒的状态，而且不是在大白天。

“你从前比现在更在意像所罗门·柏克这一类的事。”我告诉她，“当我刚认识你，我录那卷带子给你的时候，你真的很热中。你说——让我引用你的话——‘精彩到让人对自己的唱片收藏感到惭愧。’”

“我真是厚脸皮，对不对？”

“这是什么意思？”

“这个嘛，我喜欢你。你是一名DJ，而且我认为你很出色，而我没有男朋友，我想要有一个。”

“所以你对那种音乐一点兴趣也没有？”

“有兴趣。一点点。比我现在更有兴趣。人生就是这样，不是吗?"

"但是你瞧……那就是我的全部。其他什么都没有。如果你对这个失去兴趣,那么你就对一切失去兴趣。我们在一起还有什么意思?"

"你真的这么想?"

"对。看看我。看看我们的公寓。除了唱片、CD 和卡带,里面还有什么?"

"你喜欢这样吗?"

我耸耸肩。"不怎么喜欢。"

"那就是我们在一起的意思。你有潜力。我来是为了把它引导出来。"

"什么样的潜力?"

"当一个人类的潜力。你具备所有基本的元素。当你放点心思的时候,你真的很讨人喜欢。当你愿意花点力气的时候,你很会逗人笑,而且你很亲切,而当你决定喜欢一个人的时候,那么那个人会觉得她好像是全世界的中心,那是一种很性感的感受。只不过大部分的时候你懒得花力气。"

"对。"我只能想到这么说。

"你只是……你只是什么都不做。你迷失在你的脑海中,你坐着空想而不是放手做事,而且大部分的时候你想的都是垃圾。你似乎老是错过真正在发生的事。"

"这是这卷带子第二首'就是红'的歌了。一首已经不可原谅。两首就是战争犯罪。我可以快转吗?"我不等回答就快转。我停在一首可怕的戴安娜·罗丝离开摩城唱片后的歌。我呻吟了一声。萝拉不管我,继续奋力说下去。

"你知道一个说法,'时间在他手里,自己在他心里'?那就是你。"

"所以我该怎么办？"

"我不知道。做点什么。工作。跟别人见面。经营一个经纪公司，或甚至经营一家俱乐部。做点不只是等着生命改变和保持选择开放的事。如果可以的话，你下半辈子都会保持你的选择开放。你会在临终时躺在床上，得了某种与抽烟相关的疾病奄奄待毙，然后你会想，至少，我一直保持我的选择开放。至少我没做过我不能抽身的事情。而在你保持选择开放的同时，你也在关闭它们。你已经三十六岁了，而你还没有一儿半女。所以你要什么时候生孩子？等到你四十岁？五十岁？假设你四十岁，然后假设你的小孩在他三十六岁以前也不想生孩子，这表示你得比老天爷注定的七十岁①还多活上好几年才能最多看上一眼你的孙子。"

"所以全部归结起来就是这件事。"

"什么事？"

"生孩子，不然就分手。有史以来最古老的威胁。"

"去死啦，洛。这不是我在跟你说的话。我不在乎你要不要孩子。我要，这个我知道，但是我不知道我要不要跟你生，而且我也不知道你到底要不要。我自己得先想清楚。我只是要唤醒你。我只是试着让你看到你已经活了大半辈子，但是从你所有的一切看来，你跟十九岁差不多，而我说的不是金钱、财产或家具。"

我知道她不是。她说的是那些细微、杂乱的事，那些防止你飘走的事。

---

① 《圣经·诗篇》(Psalms)提到人的岁数注定有七十年之久。后来被引申为喻指人的一生。此处萝拉是以七十岁当做一个标准。

"这对你来说容易得很,对不对,当红的市中心律师小姐。店里生意不太好不是我的错。"

"老天爷。"她用很吓人的粗暴力气换挡,好久不跟我说一句话。我知道我们差一点就谈到了;我知道如果我有种的话我会告诉她说她是对的,而且明智,说我需要她也爱她,而且我会要她嫁给我,或什么的。只不过,你知道,我想保持我的选择开放,更何况,也没有时间,因为她还没有说完。

"你知道什么最让我不爽?"

"知道。你刚才跟我说的那些话。有关我保持选择开放的事。"

"除了这件事以外。"

"我怎么会知道。"

"我可以确切地——确切地——告诉你你有什么不对劲,还有你该怎么做,但是你对我甚至连这一点都做不到。你能吗?"

"可以。"

"说来听听。"

"你厌倦了你的工作。"

"这就是我不对劲的地方,是吗?"

"或多或少。"

"看到没有? 你根本毫无头绪。"

"给我个机会。我们才刚刚开始再次同居。过几个星期我也许会察觉到别的。"

"但是我甚至没有厌倦我的工作。事实上,我相当喜欢我的工作。"

"你这么说不过是为了让我难堪。"

"不,我不是。我喜欢我的工作。它很刺激,我很喜欢一起共事的人,我已经习惯了这些钱……但是我不喜欢去喜欢这件事。它困扰我。我不是那个本来我长大想要变成的人。"

"你本来想要成为什么?"

"不是一个穿着套装、带个秘书还有一点觊觎合伙人身份的女人。我想要成为一个法律协助律师,有一个当 DJ 的男朋友,而一切全走偏了。"

"那就帮你自己找个 DJ。你要我怎么办?"

"我不要你怎么办。我只是要你看到我不是全部由我跟你的关系来定义。我要你看到就因为我们俩理出头绪,不代表我自己理出头绪。我还有其他的怀疑和担虑和抱负。我不知道我要什么样的人生,我也不知道我要住什么样的房子,而我过去两三年赚钱的数目让我害怕,而……"

"你难道不能一开始就明说吗?我怎么会猜得到?这是什么天大的秘密?"

"没有什么秘密。我只不过是指出我们之间的事不是全部。就算我们不在一起我还是会继续存在下去。"

我还是得自己弄清楚,到最后。我早该看出就因为我没有伴侣时就像只无头苍蝇一样到处乱窜,不表示别人都是这样。

4.(在电视机前,隔天晚上)

"……一个好地方。意大利、美国,甚至西印度群岛。"

"绝佳的主意。我知道该怎么做。明天我就去把一整箱九成新的猫王在太阳唱片灌录的 78 转黑胶片拿到手,我用这个来付旅费。"我想起那位老公逃跑、有惊人单曲收藏的青木女士,然后感到一阵急遽的悔恨和痛苦。

"我猜想这是某种嘲讽的男性唱片收藏者笑话。"

"你知道我有多穷。"

"你知道我会帮你出钱。虽说你还欠我钱。如果我得在怀特岛（Isle of Wight）①的一个帐篷内度过我的假期，那我做这份工作有什么意义？"

"哦是吗，我要到哪里找钱来付另一半的帐篷？"

我们看着杰克·达克渥斯（Jack Duckworth）②试图把一张他赌马赢来的五十镑钞票藏起来不让薇拉（Vera）知道。

"这不重要，你知道，钱的事。我不在乎你赚多少钱。我只希望你在工作上更开心，除此之外你能做你喜欢的事。"

"但是事情不应该是这样。当我认识你的时候，我们是一样的人，而现在我们却不是……"

"我们怎么是一样的人？"

"你是那种会到葛鲁丘来的人，而我是那种会放音乐的人。你穿皮夹克和 T 恤，而我也是。如今我还是一样，但你不是。"

"因为我不能这样穿。我晚上会这样穿。"

我试着找出另一个说法说明我们跟以前不一样，我们已经渐行渐远，诸如此类的话，但这超过我的能力范围之外。

"'我们跟以前不一样。我们已经渐行渐远。'"

"你干吗装那种傻里傻气的声音？"

"这表示这是引述句。我试着找出一种新的方式来说明。就像你试着找出一种新的方式来说明我们不生小孩的话就分手

---

① 英国南端的度假小岛。

② Jack & Vera Duckworth 是英国电视剧集 Coronation Street 里的一对夫妻。从 20 世纪 60 年代开播以来，至今仍在英国播出，是全世界最长寿的电视剧集之一。

一样。"

"我没有……"

"开玩笑的。"

"所以我们应该到此为止？这是你的意思吗？如果你是的话，我可要失去耐性了。"

"不是,但是……"

"但是什么？"

"但是为什么我们跟以前不一样没有关系？"

"首先,我觉得我应该先指出这一点儿都不能怪罪于你。"

"谢谢。"

"你跟从前那个你一模一样。在我认识你的这些年来,你甚至连一双袜子都没有换过。如果我们渐行渐远,那么我是那个成长的人。而我所做的不过是换了工作。"

"还有发型、衣着、态度、朋友和……"

"这不公平,洛。你知道我不能满头冲天怒发去上班。而且现在我有能力多买衣服。而且我过去这几年来认识了几个我喜欢的人。所以还剩下态度。"

"你现在比较强悍。"

"比较有自信,也许。"

"比较无情。"

"比较不神经质。难道你下半辈子都想维持跟现在一样？一样的朋友,或一样没有朋友？一样的工作？一样的态度？"

"我还过得去。"

"对,你还过得去。但是你不完美,而且你肯定不快乐。所以当你快乐起来的时候会变成怎样？——没错我知道那是一张皇帝艾维斯的专辑①名称,我故意引用这个指涉来引起你的注意,你以为我是一个天大的白痴吗？难道因为我习惯了你惨兮兮的样子,我们就应该要分手吗？如果你,我不知道,如果你成立自己的唱片公司,然后一炮而红会变成怎样？到时候换个新女朋友？"

"你这样说太傻了。"

"怎么会？告诉我你开唱片公司和我从法律协助转到市中心当律师之间有什么差别？"

我想不出来。

"我想说的是如果你对长期的单一配偶关系有任何一点信心的话,那你就应该允许人会有所改变,而且也应该允许人不会改变。不然的话有什么用？"

"没有用。"我假装很温顺地说,不过我其实被她吓到了——被她的才智、她的尖锐,以及她永远是对的这件事。或者至少,她永远对到足以让我闭嘴。

5.（床上,有一点前戏有一点进行中,如果你知道我的意思,两晚以后。）

"我不晓得。对不起。我想这是因为我缺乏安全感。"

"我很抱歉,洛,但是我一点也不信。我认为那是因为你醉了。以前每次我们有这种问题,常常都是因为这样。"

"这次不是。这次是因为不安全感。"我对"不安全感"这个字有障碍,我的说法会模糊掉"不"这个字。这种简略的发音无法强化我的论辩。

---

① 《快乐起来》(Get Happy)，Elvis Castello 1980 年发行的专辑。

"你说你对什么缺乏安全感？"

我发出一声简短、不悦的"哈"，一个空洞笑声艺术的样板范例。

"我还是一无所知。"

"'我累到不能跟你分手'这些事。还有雷，而且你似乎……老对我感到很挫折。气我这么无药可救。"

"我们要放弃这个吗？"她指的是做爱，而不是这个对话或我们的关系。

"我想是吧。"我从她身上翻下来，躺在床上用手环住她，看着天花板。

"我知道。对不起，洛。我一直没有很……我一直没有真的让你觉得这是我想做的事。"

"而那是为什么，你认为？"

"等等。我要试试看确切地说明这件事。好。我本来以为我们之间只有一条小小的脐带维系着，就是我们的关系，而如果我切断它一切就结束了。所以我切断它，但是一切没有随之结束。不只有一条脐带，而是成百、成千，我每一次转身——当我告诉裘丽我们分手时她不说一句话，然后我在你生日那天觉得很不对劲，还有我在……不是在跟雷亲热的当下，而是事后，觉得不对劲，然后当我在车子里放你帮我录的卡带时觉得很难受，以及我一直想着不知道你怎么样，还有……噢，好几百万件事。你比我本来想像中的更难过，让事情更不好过……然后葬礼那一天……是我要你来，不是我妈。我是说，她很高兴你能来，我想，但是我从来没想过要邀请雷，而就在那个时候我觉得累了，我还没准备好应付这所有的事。不值得，就这样跟你一刀两断。"她笑了一笑。

"这算一种好听的说法吗？"

"你知道我不擅长说痴情的话。"

你听见没有？她不擅长说痴情的话？这，对我来说，是个问题，就像对任何一个在年纪轻轻听过达斯汀·斯普林菲尔德①唱的 The Look of Love（"爱的容颜"）的男人一样。我以为当我结婚的时候（我当时称之为"结婚"——我现在称之为"安顿下来"或"想清楚"）事情就应该像那样。我以为会有一个性感的女人有着性感的嗓音和一堆性感的眼影，她对我忠贞不贰的爱情从每一个毛孔散发出来。而的确有一个爱的容颜这回事——达斯汀没有带我们走完这段花园小径——只不过这个爱的容颜不是我期望的那么一回事。不是在双人床中间一双充满渴望到喷出火来的大眼和诱人的半掀床单；可能只是母亲给婴孩的那张慈爱陶醉的脸孔，或是似嗔似怒的表情，或甚至是一张痛心的关切的容颜。但是达斯汀·斯普林菲尔德的爱的容颜呢？就跟充满异国情调的内衣一样神秘。

当女人抱怨着媒体的女性形象时她们搞错了。男人明白不是每一个人都有碧姬·芭铎的胸部，或杰米·李·寇蒂斯的颈子，或菲莉西蒂·肯德尔②的臀部，而且我们一点都不在意。很显然我们会喜欢金·贝辛格胜于哈蒂·贾克斯，就跟女人会喜欢基努·李维斯胜于伯纳德·曼宁③一样，但是重要的不是肉体，而是贬抑的程度。我们很快就弄明白邦德女郎不属于我们的世界，但是要明白女人永远

---

① Dusty Springfield(1939—1999)：20 世纪 60 年代走红于英美各地的英国天后，以演唱白人灵魂乐(Blue-Eyed Soul)风格的音乐著称。除了她的招牌沙哑歌声外，她高耸的云鬓，以及极为强调眼部、深色的熊猫眼妆都是她的注册商标。

② Felicity Kendall：英国电视女演员，以主演剧集 The Good Life 成名。

③ Bernard Manning：英国喜剧演员。他的幽默以政治不正确著称。他也是一个特大号的胖子。

不会像厄休拉·安德丝①看着肖恩·康纳利(Sean Connery)一样看着我们,或是甚至像桃乐丝·黛看着洛·赫逊(Rock Hudson)②一样,这种觉悟,对我们大多数人来说,来得很晚。以我的例子来说,我一点都不确定它是否已经到来。

我开始习惯萝拉可能是我要共度下半辈子的人这个想法,我想(或者至少,我开始习惯没有了她我会悲惨到不值得去想其他可能的地步这个想法)。但是要去习惯我的小男生式的浪漫奇想,那种在家里穿着睡衣的烛光晚餐和深长热情的凝望,在现实中一点基础也没有,要困难很多。这才是女人应该感到怒火中烧的事;这也是我们为什么在感情里无法正常运作。这无关脂肪团或鱼尾纹。而是……而是……而是缺乏敬意。

---

① Ursula Andress:007 系列电影第一部《第七号情报员》中的邦德女郎扮演者,以超过当时性感尺度的泳装亮相,一举奠定邦德女郎性感花瓶的地位。值得特别注意的是,写下 007 系列小说、创造出邦德形象的作家叫伊恩·弗莱明(Ian Fleming)。伊恩加上弗莱明,正是本书中两位情敌的名字。这是作者一个双关语的玩笑。
② 这里指的是电影《枕边细语》(Pillow Talk),1959 年发行。

28

　过了大约两周,经过大量的交谈、大量的性爱以及在可以忍受范围内的争执,我们到萝拉的朋友保罗和米兰达家吃晚餐。这对你来说可能听起来不怎么刺激,但这对我真的是一件大事:这是信任的一票,一项认可,对全世界表示我至少会存在几个月的征兆。萝拉与我从来没有跟保罗与米兰达照过面,我从来没见过他们俩任何一个。保罗和萝拉差不多同时加入律师事务所,而他们处得很好,所以当她(和我)被邀请做客时,我拒绝前往。我不喜欢他听起来的样子,也不喜欢萝拉对他的热衷,虽然说当我听到还有一个米兰达存在时,我知道我想歪了,所以我编造了一堆其他的话。我说他听起来就像她从现在起会一直遇到的那种典型人物,因为她现在有了这个光鲜的新工作,而我被抛在脑后,然后她很恼火,所以我又砸下更多筹码,在每次提到他的名字时就在前面加上"这个"以及"混蛋",然后我赋予他一个傲慢自大的声音,和一整套他可能没有的兴趣和态度,然后萝拉真的很火大,于是自己一个人去了。叫了他那么多次混蛋,我感到保

251　　　　　　　　　　　　　　　　　　失恋排行榜　High Fidelity

罗和我一开始便出师不利,而当萝拉邀请他们回访我们家时,我在外面耗到凌晨两点钟才回家,就是为了确保不会遇见他们,虽然说他们有个小孩,而且我知道他们十一点半就会离开。所以当萝拉说我们又被邀请时,我知道这是一件大事,不仅是因为她准备好要再试一次,而且也因为这表示她说了我们两个又住在一起的事,而且她说的不尽然全是坏事。

当我们站在他们家的门阶上(没什么豪华的,一栋肯索格林有门廊的三房屋子),我摆弄着 501 牛仔裤的排扣,一种萝拉强烈反对的紧张习惯,原因你大概可以理解。但是今晚她望着我微笑,然后在我手上(我另一只手,那只没有狂抓我的鼠蹊部的手)握紧一下,然后在我回过神来之前,我们已经进在屋内,淹没在一阵笑容、亲吻以及介绍之中。

保罗高大英挺,有着一头略长(不时髦、不想费力气去剪、电脑狂的那种长,而不是发型设计的长)的深色头发和一脸几天没刮的胡茬。他穿着一条旧的棕色绒裤和一件来自街边小店的 T 恤,上面画着绿色的东西,蜥蜴、树还是蔬菜什么的。我希望我的排扣有几颗没扣上,才不会让我看起来打扮过头。米兰达,跟萝拉一样,穿着宽松的毛衣和紧身裤,戴一副很酷的无框眼镜;她是金发,丰满而漂亮,不太像道恩·法兰琪(Dawn French)①那么丰满,不过够丰满到你马上就注意得到。所以我没有被衣着,或房子,或人,给吓到,反正他们对我好得不得了,我甚至一度泫然欲泣;就连最缺乏安全感的人都可以一眼看出来,保罗和米兰达很高兴我来了,不管是因为他们决定我是

---

① 英国电视喜剧女演员,同时也涉足戏剧和电影。身形相当丰满,可以算是胖,但还不到过重的地步。

个"好东西"，或是因为萝拉告诉他们她对现状很满意（如果我全部都弄错了，而他们不过是在演戏的话，谁管他？当演员演得这么好的时候）。

没有任何"你会帮你的狗取什么名字"之类的对话，部分是因为每个人都知道其他人在做什么（米兰达在一家进修学校当英文讲师），部分也是因为今晚一点都不像那样。他们询问有关萝拉的父亲，而萝拉告诉他们葬礼的事，至少多少说了一些，还有一些我不知道的事——比如，她说在所有的痛苦、悲伤和其他感觉降临之前，她起初甚至感觉到有一点兴奋，短暂的——"好像，老天，这是我身上发生过最像长大成人的事。"

然后米兰达谈了一点她妈妈过世的事，而保罗和我问了一些问题，然后保罗和米兰达问了关于我爸妈的问题，然后话题不知怎么的转入我们渴望达到的目标，还有我们想要什么，还有我们不满意什么，还有……我不知道。这样说听起来很蠢，但是除了我们的谈话以外，我真的很愉快——我没有对任何人感到恐惧，而不管我说什么别人都很认真，而我看见萝拉不时柔情地看着我，提高了我的士气。这不像有人说了什么话很令人难忘、很有智慧或很精确；这比较像一种心情。有生以来第一次，我觉得自己像是在演一集《三十而立》（Thirtysomething）①，而不是一集……一集……一集还没有投拍的，关于三个在唱片行工作的家伙，成天聊着三明治馅和萨克斯管独奏什么的情景喜剧，而我很喜欢这种感觉。我知道《三十而立》很矫情很陈腔滥调又美国又无聊，我看得出来。但是当你坐在克劳许区的一

---

① Further Education 1987 年到 1991 年播出的美国电视剧集。主角是两对三十出头的夫妻和他们的朋友，描述婴儿潮（baby boomer）世代面对成年世界的故事，在美国引起广泛反响。

间公寓里面,然后你的生意一落千丈,然后你的女朋友跟公寓楼上的家伙跑了,在现实生活中的《三十而立》演出一角,以及随之而来的小孩、婚姻、工作、烤肉和凯蒂莲(K. D. Lang)的 CD,似乎比你人生所能祈求的还要多。

我第一次暗恋别人是在艾莉森·艾许华斯出现之前四五年。我们到康沃尔(Cornwall)①度假,一对度蜜月的新婚夫妻在我们隔壁桌吃早餐,我们跟他们聊天,而我爱上他们两个。不是一个或另一个,而是一个整体(现在我仔细想想,也许他们两个跟达斯汀·斯普林菲尔德的歌一样,给我对感情不切实际的期望)。就跟所有的新婚夫妻一样,我想他们两个都试着表现出他们对小孩很有办法,表现出他会是一个很好的爸爸,而她会是一个很棒的妈妈,而我是受益者,他们带我去游泳,在岩石上抓海洋生物,而且买 Sky Rays 给我,当他们离开时我难过得心都碎了。

今天晚上有点像那样,跟保罗和米兰达在一起。我同时爱上他们两个——他们拥有的东西、他们对待彼此的方式,他们让我觉得我仿佛是他们世界的新中心。我认为他们很棒,而我想要下半辈子每周跟他们见两次面。

直到晚上要结束之前我才明白我被设计了。米兰达在楼上跟他们的小儿子一起;保罗去找某个纸箱里是不是有快要坏掉的过节便宜酒,让我们可以煽起我们腹中都有的一盆火光。

"去看看他们的唱片。"萝拉说。

"我不用看。我不用趾高气扬地看待别人的唱片收藏也可以活

① 有"英国夏威夷"之称,气候温和,是度假胜地。

254

得下去,你知道。"

"拜托,我要你看。"

于是我走到书架前,然后偏着头斜眼查看,不出所料,那是一个灾区,是那种恶毒恐怖到应该放在一个铁箱里运到某个第三世界垃圾堆的 CD 收藏。他们全在这里:蒂娜·透纳(Tina Turner)、比利·乔(Billy Joel)、凯特·布希(Kate Bush)、平克·弗洛伊德(Pink Floyd)、"就是红"合唱团、披头士,当然,迈克·欧菲尔德(Mike Oldfield)的两张 Tubular Bells 专辑、肉块合唱团(Meat Loaf)……我没多少时间检查黑胶片,不过我看见几张老鹰合唱团(Eagles),然后我瞥见看起来很像是芭芭拉·狄克森(Barbara Dickson)的专辑。

保罗走进房间里。

"我想你不认为这里面有多少好专辑,是吗?"

"噢,我不知道。披头士是个好乐团。"

他笑了。"恐怕我们不太在行。我们应该到店里去,然后你可以帮我们矫正回来。"

"我会说,每个人都有自己的看法。"

萝拉看着我。"我从来没听你说过这句话。我以为'每个人都有自己的看法'这种调调足以让你在美丽的弗莱明新天地被吊死。"

我勉强挤出一个笑容,然后举起我的白兰地酒杯,从一瓶黏腻的瓶子里倒一点陈年的吉宝蜂蜜香甜酒①。

"你故意的。"我在回家路上对她说,"你早就知道我会喜欢他

---

① Drambuie:英国最著名的以威士忌为基酒,掺以蜂蜜及未曾透露的药草秘方制成的香甜酒,酒精度百分之四十。

们。这是个骗局。"

"对。我骗你去认识你认为很棒的人。我拐你去享受美好的一晚。"

"你知道我的意思。"

"每个人的信念偶尔都需要接受一下考验。我觉得介绍一个有蒂娜·透纳专辑的人给你认识会很有意思，然后看你的感觉是不是还是一样。"

我确定我还是。或者至少，我确定我还会。但是今晚，我必须承认（不过只有对我自己，当然了），也许，在某一种特殊的、怪异的、可能不会再次出现的情况下，重要的不是你喜欢什么而是你是什么样的人。不过，我可不会是那个跟巴瑞解释这一切怎么会发生的人。

29

我带萝拉去看茉莉表演,她爱死她了。

"她好棒!"她说,"为什么没有多一点人认识她?为什么酒馆没有客满?"

我觉得这很反讽,我花了我们整段交往的时间试图让她聆听一些该有名但是没没无闻的人,不过我懒得指出来。

"你需要相当好的品味才能看出她有多棒,我想,而大部分的人都没有。"

"她去过店里?"

对。我跟她上过床,很酷吧?

"对。我在店里帮她服务过。很酷吧?"

"去你的。"当茉莉唱完一首歌时,她拍了一下拿着半杯健力士啤酒的那双手背。"你为什么不请她来店里表演?一场个人演唱会?你以前从来没做过这种事。"

"我以前从来没机会做这种事。"

"为什么不？这会很好玩。她可能甚至不需要麦克风。"

"如果她在冠军黑胶片还需要麦克风，她一定有某种严重的声带病兆。"

"而且你搞不好可以卖一些她的卡带，搞不好还有些其他的东西。而且你可以上 Time Out 的演出名单。"

"喔，马克白夫人。冷静下来听音乐。"茉莉唱着一首关于某个叔叔过世的民谣。当萝拉兴奋得有点昏了头，一两个人转过头来看她。

但是这个主意听起来不错。一个个人签唱会！就像在 HMV①一样！（有人在卡带上签名吗？我想一定有。）如果茉莉这场很顺利的话，那么其他人也会想跟进——也许是乐团，如果鲍勃·迪伦在北伦敦买房子的消息是真的……哼，为什么不？我知道流行音乐超级巨星通常不做店内签唱会，来帮忙卖他们从前专辑的二手唱片，但是如果我能用一个好价钱卖掉那张单轨的 Blonde On Blonde，我会跟他对分。也许甚至六四分，如果他肯签个名。

从像鲍勃·迪伦这样一个小型、仅此一次的原音演唱和限量发行的现场专辑，也许？要处理合约的事可能有点棘手，但是没有不可能的事，我不这么认为，我可以轻易看到未来更大、更好、更光明的日子。也许我还能重开彩虹俱乐部？不过就在同一条路上，而且没人想要重开。我可以用仅此一次的慈善演出开张，也许重现艾瑞克·克莱普顿(Eric Clapton)的彩虹俱乐部演唱会……

我们在中场休息时去看茉莉，她在卖她的卡带。

"喔，嗨！！我看到洛跟一个人在一起，我就希望会是你。"她这么

---

① 大型多媒体卖场，以音乐和电影为主。

跟萝拉说,带着大大的笑容。

我脑袋中忙着想那些宣传的事情,以至于忘了担心萝拉和茉莉会面对面(两个女人,一个男人。随便一个笨蛋都可以看出来会有麻烦,及其他等等的事)。而且我还有些说明要做。根据我的说法,我在店里为茉莉服务过几次。那么,茉莉有什么根据,会认为萝拉是萝拉?("一共是五镑九十九便士,谢谢。噢,我的女朋友也有一样的皮夹。我的前女友,事实上。我真的很希望你能见见她,不过我们分手了。")

萝拉看起来同样困惑,不过她把这撇在一旁。

"我好喜欢你的歌。还有你唱歌的方式。"她有点脸红,然后不耐烦地摇摇头。

"我很高兴你喜欢。洛说的对。你'的确'很特别。"("这是找你的四镑一便士。我的前女友很特别。")

"我没想到你们两个感情这么好。"萝拉说,用一种超过我的胃能承受的酸味。

"噢,从我来到这里,洛就一直是我的好朋友。还有狄克和巴瑞。他们让我觉得真的很受照顾。"

"萝拉,我们最好让茉莉回去卖她的卡带。"

"茉莉,你愿不愿意在洛的店开一次演唱会?"

茉莉笑了。她笑着,然后没有回答。我们呆呆地站在那里。

"你在开玩笑,对不对?"

"不算是。星期六下午,当店里人多一点的时候。你可以站在柜台上。"最后这一段是萝拉自己的主意,我瞪着她。

茉莉耸耸肩。"好啊。不过我卖卡带的钱都归我。"

"当然。"萝拉又说话了。我还是一直瞪着她。我得更用力瞪她来自我满足。

"谢了,很高兴认识你。"

我们回到原来站的地方。

"你看吧?"她说,"容易得很。"

偶尔,在萝拉刚回来的前几个星期里,我试着理解现在的生活像什么样子:是更好还是更坏,我对萝拉的感情有什么改变,如果有的话,我是否比以前快乐,我离下次心痒还有多近,萝拉是否有什么不同,跟她住在一起是什么样子。答案很容易——更好,有一点,是,不近,不算有,相当好——但也无法令人满意,因为我知道它们不是来自内心深处的答案。但是不晓得什么缘故,她回来以后我想的时间少了。我们忙着说话,或工作,或做爱(现阶段我们常常做,大多是由我主动,拿它来当做驱逐不安全感的方法),或吃饭,或去看电影。也许我该停止做这些事,如此我才能确切地把事情想清楚,因为我知道现在是重要的时候。不过话说回来,也许我应该顺其自然:也许事情就是这样。也许这就是大家设法维系感情的方法。

"噢,简直太好了。你从来没邀请我们来演出过,有吗?"

巴瑞。这个蠢蛋。我早该知道他会拿茉莉即将到店里演出来大放厥词。

"没有吗?我以为我问过,然后你说不要。"

"如果连我们的朋友都不给我们机会,我们怎么能有所突破?"

"洛让你贴海报,巴瑞。做人要公平。"这对狄克来说相当强硬,不过反正他打心里也不乐意巴瑞的乐团来演出。我认为,对他来说,一个乐团听起来太像表演,不够像乐迷聚会。

"噢,他妈的好极了。真是他妈的了不起。一张海报。"

"一个乐团怎么挤得进这里面?我得买下隔壁的店面,就为了要让你可以制造一个可怕吵闹的周六下午,我还没准备好这么做。"

"我们可以原音演出。"

"噢,是啊。'电厂'合唱团(Kranwerk)①不插电。真不坏。"

这惹得狄克笑出声来,而巴瑞转头生气地看着他。

"闭嘴,小瘪三。我说过,我们不玩德国那一套了。"

"这么做的目的是什么?你们有什么可以卖的?你们录过唱片吗?没有?那就很清楚了。"

我的逻辑如此强而有力,以至于巴瑞接下来的五分钟只能自满到到处踱步,然后坐在柜台前埋首于一本过期的《热门报导》(HOT Press)。他隔三岔五说一些无益的话——"就因为你上过她。"譬如说,还有:"当你对音乐连一点兴趣都没有,怎么能开唱片行?"不过大多数的时候他很安静,失神在沉思中,想像如果我给"巴瑞小镇"一个机会在冠军黑胶片做现场演出的话,会是什么样子。

这是件愚蠢的小事,这场演出。毕竟,这不过是在几个人面前用木吉他演出几首歌。令我感到沮丧的是,我有多么期待这场演出,以及我有多么享受这涉及的少得可悲的准备工作(几张海报、几通电话试着弄到一些卡带)。如果我变得对我的命运感到不满呢?那我要怎么办?我盘中这个……这点儿可悲的人生分量将无法喂饱我的想法,令我提高警觉。我本来以为我们应该丢掉任何多余的东西,然后靠剩下的过日子就行了,但是看起来好像根本不是那么一

---

① 德国1970年组成的电子乐队,对于20世纪晚期的流行音乐有划时代的影响力。

回事。

　　大日子。这一天一下子就过去了，一定跟鲍伯·葛尔多夫①办
"现场援助"（Live Aid)②那天一样。茉莉来了，然后一大堆人来看她
（店里挤得满满的，虽然她没有站到柜台上演唱，不过她的确站到柜
台后方，在我们帮她找来的几个木箱上），然后他们鼓掌，其中有些人
买了卡带，然后有几个人买了其他他们在店里看到的东西；我的全部
花费大概十镑，而我卖掉总值约三十或四十镑的货，所以我满面笑
意。轻轻的笑声，大大的微笑，随便啦。

　　茉莉帮我卖东西。她大概唱了十几首歌，其中只有一半是她
自己的；在她开始以前，她花了一些时间仔细翻看浏览架，检查有
没有她想要翻唱的歌曲，然后写下那张专辑的名称和价钱。如果
我没有的话，她就把那首歌从她的歌单上删掉，然后选一首我有
的歌。

　　"这首歌是爱美萝·哈里斯③唱的 Bouder to Birmingham。"她宣
布，"这出自 Pieces of Thesky 这张专辑。这张专辑今天下午洛只卖惊
喜价五镑九十九便士，你们可以在那边的'乡村艺人—女性'区找

---

① Bob Geldof：1954年生于爱尔兰都柏林的流行音乐歌手。早期组建朋克乐队 The
Boomtown Rats。曾主演过阿伦·帕克执导、以平克·弗洛伊德的《墙》专辑为概念
的同名电影。他最为人知的事，是于1983年联合其他英国艺人共同灌录《他们知
道圣诞节到了吗?》(Do They Know It's Christmas Time?)为非洲饥民募款。这首歌推
出后迅即登上英国排行榜冠军，并在全球大卖。隔年美国歌手迈克尔·杰克逊发
起美国艺人灌录《四海一家》(We Are The World)，这两个事件直接促成1985年"现
场援助"演唱会的产生。
② 1985年7月13日，由鲍伯·葛尔多夫策划横跨英国伦敦与美国费城的马拉松式现
场演唱会，为非洲难民募款。参与的音乐人包括当时所有重量级的人物，而全球收
看的观众号称有十五亿人。葛尔多夫因此被爱尔兰政府提名诺贝尔和平奖，同时
在英国被册封为爵士。
③ Emmylou Harris：1947年4月2日出生于美国亚拉巴马州，拥有令人艳羡的清丽声
线，多年累积的优异作品不仅成为乡村乐迷的必听经典，也影响到不少后起乐手。

到。""这首歌是布区·汉考克①唱的……"而到最后，当有人想买某一首歌但已经忘了歌名的时候，有茉莉在场帮他们忙。她人很棒，而当她唱歌的时候，我真希望我没有跟萝拉住在一起，还有我跟茉莉在一起那晚比原先的顺利些。也许下次，如果还有下次的话，我不会因为萝拉离开而觉得悲惨至极，然后跟茉莉的事也许会有所不同，然后……但是我永远会因为萝拉离开而觉得悲惨至极。这是我学到的教训。所以我该高兴她留下来，对吧？事情就应该是这样，对吧？而事情的确是这样。差不多。当我不去想太多的时候。

可以说我这次小小的活动，按它的条件看来，比"现场援助"还要成功，至少就技术层面来看。没有任何小故障，没有任何技术上的灾难（虽然老实说，很难看出有什么会出差错，除了吉他弦断掉，或茉莉摔下来之外），而且只有一件棘手的事：唱了两首歌之后，一个熟悉的声音从店面后方冒出来，就在门口旁边。

"你能不能唱'万事万物'？"

"我不知道这首歌。"茉莉甜甜地说，"但是如果我知道的话，我会为你唱。"

"你不知道这首歌？"

"不知道。"

"你不知道这首歌？"

"还是不知道。"

---

① Butch Hancock：1945 年出生于美国得州的乡村/民谣歌手。曾和他的两个高中同学 Joy Ely 以及 Jimmie Dale Gilmore 组建乐队 Flatlanders，他们 1972 年录制的专辑直到 1980 年才在伦敦发行。三人经常单飞又重组，汉考克也发行过几张个人专辑。除音乐外，他也醉心于摄影，开过摄影展。

"老天爷,女人,这首歌赢过欧洲歌唱大赛(Eurovision Song Contest)①。"

"那么我猜我真是相当无知,是吗? 我保证下次我到这里做现场演唱时,我会把它学起来。"

"我他妈的希望如此。"

然后我越过人群挤到门边,然后强尼和我跳一段我们的小舞,然后我把他赶了出去。但是这不像保罗·麦卡特尼的麦克风在 Let It Be("让它去吧")唱到一半时挂掉②,对不对?"我真是太开心了。"茉莉后来说,"我本来不认为会成功,但是成功了。而且我们都赚了钱! 这种事一向让我觉得心情愉快。"

我不觉得心情愉快,不是在一切都结束了的现在。有那么一个下午的时间,我在一个别人想要进来的地方工作,而这件事对我来说造成了不同——我觉得,我觉得,我觉得,继续,说出口了,"比较像个男人",这种感觉令人惊吓同时也叫人安慰。

男人不会在哈洛威一条安静、人烟罕至的小巷中工作,他们在市中心或是西区工作,或是在工厂里、在矿坑下、在车站、在机场或者在办公室里。他们在其他人工作的地方工作,他们必须努力才能达到那个地方,以至于他们或许不会感觉到真正的人生在其他地方进行着。我甚至无法感觉到我是自己世界的中心,所以我怎能感觉到我是其他人世界的中心? 当最后一个人被请出店里,而我在他身后锁上店门时,我突然觉得万分恐慌。我知道我会对这间店做点什么,是——放掉它,烧了它,随便——然后为我自己找个人生事业。

---

① 发源自意大利的一个歌唱比赛。Eurovision 是在第二次世界大战后成立的组织,目标是通过媒体,主要是电视,来团结欧洲国家。成员国 1956 年第一次在瑞士举办歌唱大赛,现在已经成为一个国际性的比赛。
② 保罗·麦卡特尼在"现场援助"演唱的歌曲就是 Let It Be,他的麦克风在唱到一半时坏了,完全发不出声音。

30

但是你看：

我的五种梦幻工作

1. NME 的记者,1967—1979

可以认识"冲击"合唱团、"性手枪"合唱团、克莉丝·韩德①、丹尼·贝克②等人。拿一堆免费唱片——而且是好唱片。

跨足主持自己的益智节目或什么的。

2. 制作人,大西洋唱片,1964—1971(大约)

可以认识艾瑞莎、威尔森·皮克③、所罗门·柏克等人。拿一堆免费唱片(也许)——而且是好唱片。赚一大票的钱。

3. 任何一种乐手(除了古典和饶舌之外)

不言而喻。但是我愿意只当曼菲斯号手④中的一名成员——我不要求成为韩崔克斯⑤、杰格⑥或奥蒂斯·瑞汀。

4. 电影导演

同样的,任何一种,不过我倾向非德国片或默片。

5. 建筑师

第五种选择令人意外,我知道,但是我以前在学校时对工业绘图蛮在行的。

就是这些。这张排行榜连我的前五名都称不上,我没有因为这个练习的限制而必须删除的第六种或第七种。老实说,我甚至懒得去想当一个建筑师——我只是认为如果我连五种都列不出来,看起来会有点站不住脚。

要我列出一张排行是萝拉的主意,而我想不出一张聪明的,所以

---

① Chrissie Hynde: 后朋克(Post-Punk)摇滚乐队"伪装者"合唱团(The Pretender)的主唱兼吉他手。生于美国,70年代后移居伦敦。

② Danny Baker: 英国流行文化界的名人。他是英国国家广播电台(BBC)的广播主持人、剧作家,主持电视脱口秀,在报纸发表文章,还曾在70年代末期为NME撰写音乐评论。

③ Wilson Pickett: 60年代灵魂乐的明星之一,其名字常与艾瑞莎·富兰克林以及奥蒂斯·瑞汀连在一起,被称为最粗鲁也最甜蜜的歌手之一。有不少热门舞曲,代表曲目有In the Midnight Hour, Land of 1000 Dances, Mustang Sally 以及 Funky Broadway 等等。

④ The Memphis Horns: 由两位乐手组成的合奏团体。安德鲁·拉夫(Andrew Love)吹奏萨克斯,韦恩·杰克逊(Wayne Jackson)是小号手。他们两人于60年代开始合作后,至今创作不辍。音乐风格以节奏蓝调为主。他们也为许多超级巨星伴奏专辑。

⑤ Jimi Hendrix(1942—1970): 出生于美国西雅图、死于伦敦的黑人传奇乐手,特别是他的电吉他,他可以双手弹他、用牙齿弹以及把吉他放在火里弹。60年代早期,曾和号称"摇滚乐祖师爷"的R&B重量级人物Little Richard合作,1967年成为国际巨星。不到四年,于1970年9月18日因药物引发的并发症猝死。死后其影响力有增无减。

⑥ Mick Jagger: "滚石"合唱团的灵魂人物,本名Michael Phillip Jagger,英国摇滚乐的先驱,在60年代是出了名的毒虫。他近年最让人眼睛一亮的表演,是在电影Bent(1997)中饰演一个纳粹崛起之前在柏林小酒馆表演歌舞的"扮装皇后"Greta/George。

266

我列了一张很笨的。我本来不想给她看，不过某个感觉感染了我——自怜、嫉妒，某个感觉——所以我还是给她看了。

她没反应。

"那么，只能选建筑了，不是吗？"

"我猜是吧。"

"七年的训练。"

我耸耸肩。

"你有心理准备吗？"

"不算有。"

"没有。我认为没有。"

"我不确定我是不是真的想当建筑师。"

"所以如果说资格、时间、背景、薪水都不是问题的话，你这里有一张五种你想做的职业排行，而其中一种你不想做。"

"呃，我的确把它放到第五名。"

"你宁可当一名 NME 的记者也不愿意当，譬如说，一个十六世纪的探险家，或是法国国王？"

"我的天，没错。"

她摇着头。

"那你会些什么？"

"好几百种事情。剧作家，芭蕾舞者，乐手，对，但同时是一名画家、大学教授、小说家或者顶尖的厨师。"

"厨师？"

"对。我想要有那种天分。你不会吗？"

"我不介意。不过，我不想在晚上工作。"我也不会。

"那么你只好留在店里面。"

“你是怎么得到这个结论的？”

“你不是宁可开店也不愿当建筑师吗？”

“我想是吧。”

“所以喽，就是这样。它在你的梦幻工作排第五名，而其他四种完全不切实际，所以你还不如就照现在这样。”

我没有告诉狄克或巴瑞我打算把店收起来。但是我的确要他们列出他们的前五名梦幻工作。“可以再细分吗？”巴瑞问。

“什么意思？”

“譬如，萨克斯手和钢琴师算两个工作吗？”

“我是这么想。”

店里一片寂静，有一会儿这里变成上着安静图画课的小学教室。咬着铅笔，涂抹修改，眉头紧皱，而我转头偷看。

“那贝司吉他手和主吉他手呢？”

“我不知道。一个吧，我想。”

“什么？所以根据你的说法，奇斯·理查斯①和比尔·怀曼②的工作是一样的？”

“我没有说他们有……”

“有人早该告诉他们。他们其中一个会省掉一大堆麻烦。”

“那么，譬如说，影评人和乐评人呢？”狄克说。

“一个工作。”

“太好了。这让我可以多填几个。”

---

① Keith Richards：滚石合唱团的吉他手。
② Bill Wyman：滚石合唱团的贝司手。

"哦,是吗? 像什么?"

"首先,钢琴师和萨克斯手。这样我还剩下两个选择。"

然后如此这般,没完没了。但重点是,我的排行不算怪异。任何人都有可能写得出来。差不多任何人。反正,任何在这里工作的人。没有人问"律师"怎么写,没有人想知道"兽医"和"医生"算不算两种选择。他们两个都不见了,走掉了,到录音室、化妆间和假日酒店的酒吧去了。

31

萝拉和我去看我爸和我妈,感觉有点正式,好像我们要宣布什么。我想这种感觉来自他们而不是我们。我妈穿了一件洋装,而我爸没有到处乱窜搞他那愚蠢难喝的自制酒,也没有到处找电视遥控器;他坐在一张椅子上,聆听并发问,在昏暗的灯光下,他看起来像一个普通的人类在跟客人聊天。

如果你有女朋友,有父母亲就容易多了。我不知道为什么,但的确是这样。当我跟别人在一起的时候,我爸妈比较喜欢我,而他们看起来比较轻松;就好像萝拉变成了一种人身麦克风,一个我们对着它讲话好让别人听见我们的人。

"你看过《摩斯探长》(Inspector Morse)①吗?"萝拉问,没有什么特别的意思。

"没有,"我爸说,"那是重播,不是吗? 我们在第一次播出后就买了录像带。"你看,这就是我爸典型的作风,对他来说光是说他不看重播,说他是附近第一个,是不够的,他还得加上一句不必要又虚伪的装饰语句。

"第一次播出时你还没有录像机。"我指出。不是胡说。我爸假装没听见。

"你干吗这么说?"我问他。他对萝拉眨眨眼,仿佛她参与了一个特别秘密的家庭玩笑。她报以一个笑容。这到底是谁的家?

"你可以在店里买到。"他说,"已经录好的。"

"这个我知道。不过你没买,对吗?"

我爸假装他没听见,而到了这个地步,要是只有我们三个人在场,我们会大吵一架。我会告诉他说他脑子有问题而且/或者是个骗子;我妈会告诉我别小题大做等等;我会问她是不是整天都得听这种话,然后我们会吵得一发不可收拾。

不过,当萝拉在场的时候……我不至于会说她很喜欢我爸妈,不过她显然认为父母亲一般来说是件好事,因此他们小小的怪癖和愚昧都很可爱,不需被揭穿。她把我爸的小谎、吹牛和无厘头当做海浪、巨大的浪花,而她满怀技巧与乐趣地在上面冲浪。

"不过,这些东西很贵,不是吗,这些录好的?"她说,"几年前我帮洛买一些录像带当他的生日礼物,差不多花了二十五镑!"

这些话太厚脸皮了。她不会认为二十五镑是一大笔钱,不过她知道他们会,而我妈确实发出一声很大声、充满惊吓的二十五镑叫声。然后我们往下谈论东西的价格——巧克力、房子,任何我们想得到的东西,老实说——而我爸无耻的谎话被抛在脑后。

而当我们洗碗时,或多或少同样的事发生在我妈身上。

"我真高兴你回来照顾他。"她说,"天知道假如他要自己照顾自

---

① 英国电视喜剧,为连续剧,播映时间从 1987 年延续到 2000 年。

己的话,那间公寓看起来会像什么样。"

这些话真的把我惹毛了。A）因为我告诉过她别提萝拉最近离开的事;B）因为你不能告诉任何女人,尤其是萝拉,她主要的天赋之一就是来照顾我;而且,C）我是我们两个中比较整洁的那一个,而在她离开的那段时间公寓还更干净。

"我不知道你去检查过我们的厨房,妈。"

"我不需要,不过还是谢谢了。我知道你是什么样子。"

"你知道我十八岁的时候是什么样子。你不知道我现在是什么样子,不幸得很。"这句"不幸得很"——幼稚、斗嘴、耍性子——是打哪儿来的？噢,我知道是哪里,老实说。它是打从一九七三年直接来的。

"他比我整洁多了。"萝拉说,简洁有力。这句话我听过差不多有十次了,一模一样的口气,从我第一次被迫把萝拉带来这里开始。

"噢,他是个好孩子,真的。我只希望他会好好照顾自己。"

"他会的。"然后他们两个都疼爱地看着我。所以,没错,我是受到贬抑、教训和担心,但是现在厨房里有一种光辉,真心的三方关怀,而从前这里可能只有互相对立,以我妈流泪和我摔门而去做结。我喜欢这一种,老实说,我很高兴萝拉在这里。

32

　　海报。我喜欢它们。我这辈子唯一有过的创意就是做一个海报的摄影展。要搜集足够的素材需花上二三十年的时间，但是完成时会看起来很棒。我对面被木板封住的店面橱窗上就有重要的历史文件：法兰克·布鲁诺①拳赛的广告海报、一张反纳粹的游行海报、新发行的Prince（"王子"）单曲和一个西印度群岛的喜剧演员，以及一大票演出，然后几个星期后它们就消失无踪，被时光流逝的沙尘所掩盖——或者至少，被一张新发行的U2专辑广告。你感觉到一种时代的精神，对吗？（我偷偷告诉你一个秘密：我真的开始过那个计划。一九八八年时，我用我的傻瓜相机拍了哈洛威路上一家无人店面的三张照片，不过后来他们把店租出去，然后我有点失去兴致。照片拍出来，可以——总而言之，还可以，但是没有人会让你展三张照片，会吗？）

　　总之，我偶尔会测试我自己。我望着店门口，确定我有听过即将表演的乐团，但可悲的事实是我已经渐渐脱离现实。我以前知道每

273　　　　　　　　　　　　　　　　　　失恋排行榜　High Fidelity

一个人、每一个名字,不管多蠢,无论乐团演出场地的大小。然后,三四年前,当我不再狼吞虎咽下音乐期刊的每个字之后,我开始注意到我不再认得出一些在酒馆或小型俱乐部演出的名单;去年,有一两个在"论坛"(the Forum)演出的乐团,他们的名字对我一点意义也没有。"论坛"耶!一个一千五百个座位的场地!一千五百个人要去看一个我从来没听过的乐团?第一次发生时我沮丧了一整个晚上,也许是因为我犯了一个错误,就是向狄克和巴瑞坦承我的无知(巴瑞几乎嘲笑到要爆;狄克则盯着他的酒,大为我感到难为情而甚至不敢看着我的眼睛)。

总之再一次。我进行我的观察(王子在这里,至少,所以我不会得零分——总有一天我会得零分,然后我就会上吊自杀),而我注意到一张看起来很眼熟的海报。"应众人要求!"上面说,"葛鲁丘俱乐部回来了!"然后,下面写着:"七月二十日起每星期五,于'狗与雉鸡'②。"我站在那里盯着它看了良久,嘴巴张得大大的。这跟我们以前的大小和颜色都一样,而且他们居然有这个脸抄袭我们的设计和我们的标志——在"葛鲁丘"的"丘"上有葛鲁丘·马克斯的眼镜和胡须,还有雪茄从"俱乐部"的"部"右半边像屁股夹缝(这大概不是正确的术语,不过我们以前是这么叫)的地方伸出来。

我们从前的海报上,最底下会有一行字列出我放的音乐种类;我以前常在最后面留下一位杰出的、才华洋溢的 DJ 的名字,暗暗希望为他创造一群崇拜的乐迷。你看不见这张海报的底端,因为有个乐

① Frank Bruno:1961 年出生于英国伦敦的拳王。于 1995 年成为 20 世纪英国第二位世界重量级拳击冠军(WBC)。1996 年第三回合败于复出的泰森拳下,将王位拱手相让。有"绅士"之称的布鲁诺多年来一直是英伦三岛家喻户晓的英雄。
② The Dog and Pheasant 是很普遍的英国酒馆名,起源于英国的打猎风俗,猎人带着狗去猎捕野生雉鸡,然后到酒馆喝酒庆祝。

团贴了一大堆的小广告在上面,所以我得把它们撕下来,然后上面写着:"斯代斯、大西洋、摩城、节奏蓝调、SKA、MERSEYBEAT,以及偶尔穿插的麦当娜单曲——老人的舞曲——DJ 洛·弗莱明",很高兴看见过了这么多年我还在放音乐。

这是怎么回事?只有三个可能,老实说: A) 这张海报从一九八六年起就在这里,而海报人类学者刚刚才发现它的存在;B) 我决定要重新开张俱乐部,印好海报,到处张贴,然后得了相当彻底的失忆症;C) 别人决定要为我重新开张俱乐部。我觉得"C"解释最有可能,然后我回家等萝拉。

"这是一份迟来的生日礼物。我跟雷住在一起的时候想到这个点子,这个点子好到让我气恼得要命,我们已经不在一起了。也许这就是为什么我回来。你高兴吗?"她说。她下班后跟几个朋友去喝了酒,所以她有一点醉醺醺的。

我之前没想到,不过我很高兴。紧张又恐慌——有那么多唱片要挖出来,那么多器材要搞定——但是很高兴。兴奋到发抖,真的。

"你没有这个权利。"我告诉她。"要是……"什么? "假使我有件不能取消的事要办呢?"

"你有过什么要办的事是不能取消的?"

"那不是重点。"我不知道我干吗要这样,一副严厉又生气又关你什么事的样子。我应该流下爱与感激的眼泪,不该生气。

她叹了口气,跌坐到沙发上然后踢掉鞋子。

"难了。你非做不可。"

"也许。"

总有一天,当这种事情发生时,我会直接说,谢谢,这太棒了,太体贴了,我真的很期待。不过,还不到那个时候。

"你知道我们要在中场演出。"巴瑞说。

"你他妈的别想。"

"萝拉说我们可以。如果我帮忙弄海报和别的事。"

"老天。你们不是把她的话当真吧?"

"我们当然是。"

"如果你们放弃演出,我给你门票一成。"

"反正我们本来就有一成。"

"妈的,她在搞什么鬼?好,两成。"

"不要。我们需要那场演出。"

"百分之百加一成。这是我的最后提议。"

他笑出来。

"我不是在开玩笑。如果我们有一百个人,每个人付五块,我给你五百五十镑。这是我有多不想听你们演出的代价。"

"洛,我们没你想的那么糟。"

"那也不行。听好,巴瑞。那天会有萝拉工作的同事,那些有狗有小孩和蒂娜·透纳专辑的人。你要怎么应付他们?"

"比较像是,他们要怎么应付我们。顺道一提,我们不叫巴瑞小镇。他们被巴瑞/巴瑞小镇这件事搞烦了。我们现在叫 SDM,Sonic Death Monkey(音速之死小猴)。"

"音速之死小猴?"

"你觉得怎么样?狄克喜欢这个名字。"

"巴瑞,你已经超过三十岁了。你该感激你自己、你的朋友和你老爸老妈不用在一个叫做'音速之死小猴'的乐团唱歌。"

"我该感激自己勇于冒险犯难,洛,而且这个乐团真的很勇于冒险犯难。事实上,甚至超过。"

"如果星期五晚上你敢靠近我,你真的会他妈的超过。"

"这就是我们要的。反应。如果萝拉那些布尔乔亚的律师朋友不能接受,那他们去死好了。随他们去,我们可以应付得来。我们准备好了。"他发出一声他得意地自以为是邪恶、中毒的笑声。

有些人会细细品味这一切。他们会把它当成一件奇闻轶事,他们会在脑海中造句修改,即便当酒馆已经要散得七零八落,即便耳膜出血、泪流满面的律师奔向出口。我不是这些人其中之一。我只是把这一切聚集成一团紧张焦虑的硬块,然后把它放在我的屋子里,就在肚脐和屁眼中间某处,以保安全。即使萝拉看起来都不那么担心。

"只有在第一次。而且我告诉他们不可以超过半小时。而且好在,你也许会失掉一些我的朋友,但是反正他们也不会每个星期都找得到保姆。"

"我得要付定金,你知道。还有场地的租金。"

"那些都已经处理好了。"

就是短短的这么一句话把我体内的某个东西释放出来。突然间我觉得有东西哽在喉咙。不是钱的关系,而是她的设想周到:有天早晨我起床时发现她翻遍我的单曲唱片,把她记得我放过的找出来,然后放到我以前常用但好几年前就收到某个纸箱里的小提袋中。她知道我需要有人从背后踢一脚。她也知道我以前做这些事的时候有多快乐;而不论我从哪一个角度来检验,看起来像她这么做是因为她爱我。

我停止抗拒某个已经蚕食我一段时间的感觉,然后用手环住她。

　　"对不起我一直有点混蛋。我真的很感激你为我做的事,而且我知道你是为了最好的理由才做的,而且我真的爱你,虽然说我表现的好像我不是。"

　　"没关系。不过,你老是看起来很不爽。"

　　"我知道。我自己也不了解。"

　　但是假如我放胆猜测,我会说我不爽是因为我知道我困住了,而我不喜欢这样。某个方面来说,事情会好一点,假使我不是跟她在一起的话;事情会好一点,假使有那些甜蜜的可能性,那些当你在十五岁或二十岁甚至二十五岁拥有的梦幻期待,你知道全世界最完美的人可能在任何一秒走进你的店或公司或朋友的派对上……事情会好一点,假使这些事都还存在某处,背后的口袋或者最下面的抽屉。但是他们全不见了,我想,而这就足以让任何人不爽。萝拉就是我的现状,假装成别的样子没什么好处。

278

33

　　我遇见卡洛琳,是当她帮她的报纸来采访我的时候,而我二话不说,立刻为她倾倒。当时她正在吧台等着帮我买杯饮料。那天天气很热——今夏的第一天——我们到外面坐在高脚桌旁,看着街上的车水马龙——她的脸颊粉粉嫩嫩的,而且穿着一件无袖无型的夏装和一双短靴,不知道什么原因,这个打扮在她身上看起来很漂亮。但我想今天我对谁都会这么想。这个天气让我觉得仿佛我摆脱了所有阻止我感受的神经末梢,更何况,你怎么能不爱上一个为了报纸来采访你的人?

　　她帮《图夫涅尔公园志》(Tufnell Parker)[①]写稿,那种刊满广告的免费杂志,别人塞进你的门缝然后你又塞进垃圾桶的杂志。事实上,她还是学生——她修了一门新闻课,现在在实习。而且,事实上,她说她的编辑还不确定他要不要这篇报导,因为他从来没听说过这家店或是这个俱乐部,而且哈洛威正好在他的辖区,或地盘,或保护区,或随便什么的边界上。但是卡洛琳从前常到俱乐部来玩,而且很喜欢,所以想推我们一把。

"我不该让你进来,"我说,"你那时一定大概只有十六岁。"

"不会吧,"她说,我不懂为什么,直到我想到我刚才说的话。我这样说不是拿它来当一句可悲的调情话,或是任何一种调情话;我只是说如果她现在是学生,她那时候一定还在念书,虽然说她看起来大概有二十好几或三十出头。当我发现她是一个回锅学生,而且她在一家左倾的出版社当过秘书后,我设法不露声色地修正我给她的印象,如果你明白我的意思的话,而我弄得有点糟。

"当我说不该让你进来,我不是说你看起来很小。你不是。"老天爷。"你看起来也不老。你看起来就像你的年纪。"他妈的见鬼了。如果她四十五岁怎么办?"呃,真的是这样。也许年轻一点,但不是很多,不太多,刚刚好。我已经忘了回锅学生这回事,你看。"我宁可每时每刻都当一个油嘴滑舌的讨厌鬼,也不想当个说错话、词不达意、滔滔不绝的傻瓜。

然而,几分钟内,我却满怀喜悦地回顾那些当滔滔不绝傻瓜的日子,他们跟我下一个化身比起来似乎好得没法比——下流男人。

"你一定有庞大的唱片收藏。"卡洛琳说。

"是啊。"我说。"你想不想过来看一眼?"

我是认真的! 我是认真的! 我想也许他们要一张我站在旁边的照片或什么的! 但是当卡洛琳越过她的太阳眼镜上沿看看我时,我倒带听听自己说了什么,然后发出一声绝望的呻吟。至少这让她笑出来。

"我不常做这种事,老实说。"

---

① Tufnell Park 是伦敦的一个公园,那附近的地区也叫一样的名字,离哈洛威不远。

"别担心。反正我不认为他会让我做那种《卫报》式的人物专访。"

"那不是我担心的原因。"

"没关系,真的。"

不过,随着她下一个问题,这一切全被遗忘了。我一辈子都一直在等待这个时刻,而当它到来时,我几乎不敢置信:我觉得毫无准备,被抓个正着。

"你有史以来最喜欢的五张唱片是什么?"她说。

"对不起?"

"你有史以来前五名的唱片是什么? 你的"荒岛唱片"(Desert Island Discs)①,减掉——多少? 三张?"

"减掉三张什么?"

"'荒岛唱片'有八张,不是吗? 所以八减五等于三,对吗?"

"对。不过是加三张。不是减三张。"

"不是,我只是说……随便。你有史以来前五名的唱片。"

"什么? 在俱乐部? 还是在家里?"

"有差别吗?"

"当然有……"声音太尖了,我假装我的喉咙里有东西,清一清喉咙,然后重新开始。"呃,有,一点点。我有有史以来前五名最喜欢的舞曲唱片,还有我有史以来最喜欢的唱片。你看,我有有史以来最爱的唱片之一是'飞行玉米卷兄弟'(Flying Burrito Brothers)的 Sin City

---

① 英国 BBC 电台的"Desert Island Discs"是最长寿的电台节目之一,节目提出的问题是假设你将被放逐到一个荒岛,只可携带八张镭射唱片作为消遣,你会怎么选? 下面提及的洛伊·普罗里、迈克·帕金森及苏·罗莉都是 BBC 不同电台的主持。

（'罪恶之城'）①,但是我不会在俱乐部放这首歌。这是一张乡村摇滚民谣。每个人都会回家去。"

"别管了。任何五张。所以还有四张。"

"什么意思,还有四张?"

"如果其中一张是 Sin City,那还剩下四张。"

"不对!"这一次我无意掩饰我的慌张。"我没说那是我的前五名! 我只是说那是我的最爱之一! 它可能会是第六名或第七名!"

我把自己搞得有点惹人厌,但是我控制不了,这太重要了,而我已经等了太久。但是他们到哪里去了? 全部这些我多年来放在脑中的唱片,以防万一洛伊·普罗里或迈克·帕金森或苏·罗莉或随便哪个在第一电台主持过'我的前十二名'(My Top Twelve)的人跟我联络,然后要求我为某个名人当一名迟来且公认没没无闻的枪手? 不知道为什么除了《尊敬》(Respect)我想不起任何唱片,而那张绝对不是我最爱的艾瑞莎歌曲。

"我能不能回家整理出来再让你知道? 大概一个星期左右?"

"听着,如果你想不起任何东西,没有关系。我会弄一个。我的老葛鲁丘俱乐部前五名最爱或什么的。"

她会弄一个! 她要抢走我仅此一次的弄出一张会登在报纸上的排行榜的机会! 我不答应!

"噢,我确定我可以想出点东西。"

---

① Sin City 最早出现在"飞行玉米卷兄弟"1969 年的首张专辑 The Guided Palace of Sin 中。这张专辑为乡村/摇滚画出了重要蓝图,由 Gram Parsons 和 Chris Hillman 取走了原本在洛杉矶成军的乐团名,成立新团,加上两个新团员。就在 1970 年第二张专辑出版时,Parsons 离团出版个人专辑,换了新主唱,就这样离离换换,直到 70 年代末再度成军,继续活动至今。

A Horse With No Name("无名之马")①、Beep Beep("哔哔")②、Ma Baker("我的面包师")③、My Boomerang Won't Come Back("我的回力镖一去不回")④。我的脑袋忽然涌进一堆烂唱片的名称，而我几乎要因为缺氧而休克。

"好，把 Sin City 放上去。"在流行音乐的整个历史上一定还有一张好唱片。

"Baby Let's Play House('宝贝，我们来玩过家家')！"

"那是谁唱的？"

"猫王。"

"噢。当然。"

"还有……"艾瑞莎。想一想艾瑞莎。

"艾瑞莎·富兰克林的 Think('想一想')。"

没意思，不过也行。三个了。剩两个。加油，洛。

"金斯曼（Kingsmen）唱的 Louie, Louie（'路易，路易'）⑤。王子唱的 Little Red Corvette（'小红车'）。"

"可以。太棒了。"

"就这样？"

"这个嘛，我不介意很快地聊一聊，如果你有时间的话。"

---

① 亚美利加合唱团（America）1972 年登上英国排行榜冠军的专辑。
② 是 The Playmates（1956—1964）乐队的热门曲。
③ 字面的意思是"我的面包师"，但实际指的是一个叫做"马贝克"（Ma Baker）的芝加哥黑帮分子。这是英国迪斯科舞曲团体 Boney M 的歌曲。他们于 70 年代末到 80 年代在英伦一度大红大紫。
④ 澳洲民谣。这句话的意思是"自作自受"。
⑤ The Kingsmen 是 1957 年成立于美国波特兰的摇滚乐团，Jack Ely 为主唱吉他手。其中 Louie, Louie 定义了美式车库摇滚（garage）的风格，成了热门经典曲。当初录音时只发了五十美金、三只麦克风，Ely 的嗓音唱入高过头的麦克风，却古怪地成为热门曲。到 1964 年，原先的鼓手 Lynn Easton 取得团名 Kingsmen 的权利，成为乐团的新主唱和领队。而 Ely 也组了自己的 Kingsmen，两个 Kingsmen 同时作巡回演出。

"当然好。不过这张排行榜就这样?"

"这里刚好五张。你有什么想改的?"

"我提到过巴布·马利的 Stir It Up('搅和')吗?"

"没有。"

"我最好把它放进去,"

"你想把哪张换掉?"

"王子。"

"没问题。"

"然后我要用 Angel 取代 Think。"

"好。"她看了看表。"我回去前最好问你几个问题。你为什么想重新开张?"

"这其实是一个朋友的点子。"朋友。真可悲。"她没告诉我就安排好了,当做是一个生日礼物。我想,我最好把詹姆斯·布朗也放进去。《老爹有一个新袋子》(Papa's Got A Brand New Bag)①,不要猫王。"

我小心翼翼地看着她做必要的删除与重写。

"好朋友。"

"对。"

"她叫什么名字?"

"呃……萝拉。"

"姓什么?"

"就……莱登。"

"还有那句口号,'老人的舞曲'。那是你的吗?"

---

① 詹姆斯·布朗(James Brown)1965 年的专辑名。里面有同名歌曲。

"萝拉的。"

"那是什么意思？"

"听着，我很抱歉，但是我想把'斯莱与石头家族'（Sly and The Family Stone）的 Family Affair（'家务事'）放上去。Sin City 不要。"

她再一次划掉又写上去。

"老人的舞曲？"

"噢，你知道的……有很多人还没老到不去跳舞，但是对酸性爵士（acid jazz）、车库音乐（garage）和环境音乐（ambient）什么的来说他们太老了。他们想要听一点摩城、复古的放克、斯代斯和一点新的东西以及别的全部混在一起，但是他们没有地方去。"

"有道理。那是我的调调，我想。"她喝完她的柳橙汁。"干杯。我很期待下星期五。我从前很喜欢你放的音乐。"

"我可以录一卷卡带给你，如果你要的话。"

"你愿意？真的吗？我可以在家开自己的葛鲁丘俱乐部。"

"没问题。我最喜欢录制卡带。"

我知道我会这么做，也许今晚，而且我也知道当我撕开卡带盒的包装，然后按下暂停的按键时，感觉起来会像背叛。

"我不敢相信。"当我告诉萝拉关于卡洛琳时她说，"你怎能这么做？"

"做什么？"

"打从我认识你以来，你就一直告诉我马文·盖伊的 Let's Get It On 是有史以来最伟大的唱片，而现在它连前五名都排不上。"

"该死。靠。去他的。我就知道我会……"

"还有艾尔·格林怎么办？还有冲击合唱团呢？还有查克·贝

瑞呢？还有那个我们争执过的人呢？所罗门什么的？”

老天爷。

隔天一早我打电话给卡洛琳。她不在。我留了一通留言。她没回电。我又打一次。我又留另一通留言。这越来越叫人难为情了，不过 Let's Get It On 绝对不能没有上前五名。我试第三次时接通了她，她听起来很尴尬但充满歉意，而当她知道我只是打去变更排行时明显松了一口气。

“听好。绝对的前五名。第一名，马文·盖伊的 Let's Get It On。第二名，艾瑞莎·富兰克林的 This Is The House That Jack Built。第三名，查克·贝瑞的 Back in the USA。第四名，冲击合唱团的 White Man in The Hammersmith Palais。而最后一名，最后但不是最不重要的，哈哈，艾尔·格林的 So Tired of Being Alone。”

“我不能再改了，你知道。到此为止。”

“好。”

“不过我在想，也许做你的前五名最爱俱乐部唱片也有道理。顺便告诉你，编辑喜欢那个故事，萝拉的事。”

“噢。”

“有可能很快地跟你要一个填满舞池的排行榜吗？还是这个要求太过分了？”

“不会。我知道是哪些歌。”我拼出来给她听（虽然说当文章刊出来时，上面写着 In The Ghetto①，那首猫王的歌，这个错误巴瑞假装

---

① 猫王 1969 年唱红的歌曲，Mac Davis 作词作曲。原来的全名为 In The Ghetto，但这里把 In 做正体，意思变成"在' The Ghetto'"，歌名只剩下 The Ghetto。

是由于我的无知）。

“我差不多快完成你的卡带了。”

“是吗？你真是太贴心了。”

“我该寄给你吗？或是你想喝一杯？”

“嗯……喝一杯也不错。我想请你喝杯酒来谢谢你。”

“太好了。”

卡带，是吧？它们每次都有用。

“那是给谁的？”当萝拉看见我在搞消音、编排顺序和音量时她问我。

“噢，就是那个帮免费报纸采访我的女人。卡罗？卡洛琳？大概是那样。她说如果她能感受一下我们要放哪种音乐，你知道，会比较容易。”但是我说的时候没办法不脸红而且死盯住我的录音机，而我知道她不是真的相信我。她比任何人都明白合辑卡带代表什么意思。

我约好跟卡洛琳碰面喝酒的前一天，我发展出所有典型的暗恋症状：胃痛、长时间做白日梦、无法想起来她长什么样子。我只记得起来洋装和靴子，而且我看得见有刘海，但是她的脸一片空白。我用一些莫名的相互交错的细节来填补这片空白。——丰满突出的红唇，虽说一开始吸引我的，是她那调教良好的英国女生的聪明外表；杏仁眼，虽说她大部分的时候都戴着墨镜；白皙无瑕的皮肤，虽说我知道她满脸雀斑。当我见到她时，我知道我会感觉到一阵大失所望的痛苦——这就是所有想入非非的起源？然后我又会再度找到别的东西来感受兴奋：她竟然来赴约的事实，性感的声音，聪明的才智，敏锐的机辩，随便什么。然后在第二次和第三次会面之间，一套全新的神话又会于焉诞生。

不过，这一次，有件不一样的事发生。都是做白日梦造成的。我做着跟以往一样的事——幻想整段感情的每个微小细节，从初吻，到上床，到搬进来同居，到结婚（我甚至安排过婚宴卡带的曲目），到她怀孕时会有多漂亮，到小孩的名字——直到我突然惊觉没有剩下任何事可容真的发生。我全做过了，在我的脑海中过完整段感情。我已经快转看完电影，我知道全部的情节、结局，所有好看的地方。现在我得倒带，然后用正常速度从头再看一遍，那有什么乐趣？

而且他妈的……这些事他妈的什么时候才会停止？我下半辈子都要从一块石头跳到另一块石头直到没有石头可跳吗？我每次脚痒的时候就要开溜吗？而我大概每一季就会有一次，跟我的水电账单一起，甚至比那还多。在英格兰夏季的时候。我从十四岁起就用我的本能思考，而老实说，就我们两个知道，我得到的结论是，我的本能装的全是满脑袋的大粪。

我知道萝拉有什么不对劲。萝拉不对劲的地方是，我永远再也不会是第一次或第二次或第三次见到她。我永远不会花两三天浑身冒汗试着想起她长什么样子，我再也不会提早半个小时到酒馆去跟她碰面，盯着杂志上同一篇文章然后每三十秒看看我的手表，永远也不会想像她会激起我体内的某种东西，就像 Let's Get It On 激起我体内的东西一样。而当然，我爱她喜欢她而且与她共享有趣的谈话、美妙的性爱和激烈的争执，而她照顾我为我操心，而且帮我安排葛鲁丘俱乐部，但是这一切又算什么？当有一个人裸着两条臂膀、带着甜美的微笑、穿着一双马汀大夫鞋，走进店里说她想要访问我的时候？什么也不算，就是这样，但是也许应该多算一点什么。

去他的。我要把这他妈的卡带寄出去。也许。

34

她晚了十五分钟。这表示我已经在酒馆里盯着杂志上的同一篇文章看了四十五分钟。她表示出歉意,虽然总的来说,不是"满怀的"歉意;但是我不会对她说什么。今天日子不对。

"干杯。"她说,然后拿她的矿泉水碰了一下我的啤酒瓶。她的一些妆因为今天的炎热被汗水糊掉了,而且她的脸颊红通通的,看起来很可爱。"这是个不错的惊喜。"

我不说话。我紧张得要命。

"你在为明晚担心吗?"

"不算是。"我正一门心思地要把柠檬片塞进瓶口里。

"你要跟我说话吗? 还是我该把纸拿出来?"

"我跟你说话。"

"好。"

我转一转酒瓶,让它充满柠檬味。

"你要跟我说什么?"

"我要跟你说你想不想结婚。跟我。"

她笑个不停。"哈哈哈。呵呵呵。"

"我是说真的。"

"我知道。"

"噢,那真是他妈的谢了。"

"噢,对不起。不过两天以前你还爱着那个帮社区报纸访问你的女人,不是吗?"

"不完全是'爱上',但是……"

"原谅我,我不觉得你是全世界最有保障的赌注。"

"如果我是的话你会嫁给我吗?"

"不,我不认为。"

"对。好,这样。我们可以回家了吗?"

"别发火。为什么提起这件事?"

"我不晓得。"

"真有说服力。"

"你可以被说服吗?"

"不。我想不会。我只是好奇怎么有人能在两天之内,从帮一个人录制卡带到向另一个人求婚。合理吗?"

"很合理。"

"所以呢?"

"我只是厌倦了老是想着这些事。"

"什么事?"

"这件事。爱情与婚姻。我想要去想别的事情。"

"我改变心意了。这是我听到过的最浪漫的事情。我愿意。我会。"

"住嘴。我只是想说清楚。"

"抱歉。继续。"

"你看,我一向很害怕婚姻,因为,你知道,铁链与枷锁,我要我的自由,诸如此类的事。但是当我想着那个笨女生的时候,我突然明白这刚好相反:如果你跟一个你知道你爱的人结婚,你把自己想清楚,它会把你从其他事情中解放出来。我知道你不明白你对我的感情,但是我明白我对你的感情。我知道我想跟你在一起,而我一直假装不是这样,对我自己也对你,而我们就一直拖下去。就好像我们大概每隔几周就签一次新契约,而我不想再这么做。而且我知道如果我结婚的话,我会很认真看待这件事,我不会想要随便乱来。"

"而你可以就像这样做出决定,是吗? 冷血无情,砰砰,如果我做这件事,然后那件事就会发生? 我不确定这是这么回事。"

"但'的确'是这样,你看。就因为这是感情问题,而且是根基于一些滥情的东西,并不表示你就不能做出聪明的决定。有时候你就是必须这样做,不然的话,你永远哪里也去不成。这就是我一直以来没搞懂的地方。我一直让天气、我的胃部肌肉和一个'伪装者'合唱团的精彩和弦来为我决定我的心意,而现在我要自己来。"

"也许。"

"'也许'是什么意思?"

"我的意思是,也许你是对的。但是这对我没有帮助,不是吗? 你一直都是这样。你想通某个道理,然后每个人都得排排站好。你真的期待我会答应吗?"

"不晓得。没想过这件事,老实说。问出来这个动作才是最重要的。"

"好吧,你已经问了。"但她说得很甜美,好像她知道,知道我问的是一件好事,它具有某种意义,虽然说她不感兴趣。"谢谢你。"

35

　　在乐团上场之前，今晚，一切都灿烂精彩。以前都得花一点时间才能把场子热起来，但今晚他们马上进入状态。一部分是因为今晚大多数在这里的群众，比几年前的他们要老了几岁，如果你懂我的意思的话——换个说法是，这正是从前那群人，但已非一九九四年的他们——而他们不想等到十二点半或一点才开始玩；他们现在懒得搞这套，总之他们得回家去解救保姆。但主要是因为这里有真正开派对的氛围，一种真心的人生得意须尽欢的喜庆气氛，仿佛这是一场结婚喜宴或生日宴会，而不是下星期还在甚至也许下下星期也还在的俱乐部。

　　不过我得说我真他妈的厉害。我一点也没有丧失从前的魔法。一组"欧杰斯合唱团"（O'Jays）的 Back Stabbers、"哈洛·梅尔文与蓝色音调"（Harold Melvin and the Bluenotes）的 Satisfaction Guaranteed、麦当娜的 Holiday，以及 The Ghetto（这首歌得到一阵欢呼，好像这是我的歌而非唐尼·海瑟威的）和"特别"合唱团

（The Specials）①唱的 Nelson Mandela 就让他们五体投地。然后就到了乐团表演的时间了。

我被责成介绍他们，巴瑞甚至写下我该说的话："各位先生，各位女士，害怕吧。要非常害怕。接下来的是……'音速之死小猴'！"但是管他妈的，到最后我只是对着麦克风咕哝了一声乐团的名称。

他们穿着西装，打着细细的领带。当他们插上电源时发出一声刺耳的回音，我有那么一下子还担心这是他们的开场音符。但是"音速之死小猴"已经不再是从前的他们。事实上，他们已经不再是：音速之死小猴。

"我们不叫'音速之死小猴'了。"巴瑞说，当他拿起麦克风时。"我们有可能在转变成'未来学'（Futuristics）的边缘上，但是我们还没决定。不过，今晚，我们是 Backbeat②。一、二、三……扭起来宝贝……"然后他们开始唱 Twist and Shout③，乐声完美，而在场的每个人都疯了。

而且巴瑞能唱。

他们演奏 Route 66④、Long Tall Sally、Money 和 Do You Love Me，

---

① 1977 年成立、1985 年解散的英国新浪潮 ska 的代表乐队，由几个白人和几个黑人组成，喜欢塑造外形如 60 年代粗鲁男孩的模样。结合了 ska 的舞曲、摇滚乐的 beat 以及朋克的能量和姿态。

② 1993 年英国导演 Iain Softley 拍了一部叫做 Backbeat 的电影，讲述披头士的史前史，有关披头士的第五个成员 Stuart Sutcliffe 的故事（加入不久即离团，进入艺术学院，1962 年 4 月因脑出血去世），其女友 Astrid Kirchherr 以法国尚·考克多等 20 年代超现实派前卫艺术家的风格打造了披头士的造型，包括发型。影片对约翰·列侬有出人意表的描写，特别是大家对他双性恋的猜疑。

③ Bert Russell 和 Phil Medley 作词作曲的 Twist and Shout，最早出现在黑人乐队 The Isley Brothers 1962 年的同名专辑，披头士的翻唱曲出现在 1963 年的专辑 Please Me 中。

④ 1918 年出生于美国宾夕法尼亚州的爵士、摇摆乐钢琴手 Bobby Troup 所写的大热门名曲，翻唱的人包括查克·贝瑞、Nat King Cole、"滚石"合唱团以及"流行尖端"（Depeche Mode）等。

最后的安可曲是 In The Midnight Hour① 和 La Bamba。简而言之,每首歌都又土又好认,而且保证会取悦一群三十老几、以为嘻哈音乐是他们的小孩在上歌唱课的人。事实上,群众开心到,在"音速之死小猴"把他们吓糊涂了之后,他们一直待到最后一首我安排让他们再动起来的歌。

"这是怎么回事?"当巴瑞到台前来的时候,我问他,他汗流浃背、酩酊大醉,而且为自己洋洋得意。

"刚才不错吧?"

"比我想像的好多了。"

"萝拉说如果我们为今晚学点正经的歌才让我们演出。不过我们爱死了。兄弟们在讨论打点成流行音乐歌星的样子,然后到银婚纪念日表演。"

"你觉得怎么样?"

"好啊,可以。反正我也开始对我们的音乐走向感到疑惑。我宁可看见大家随着 Long Tall Sally② 起舞,也不要他们捂着耳朵奔出去……"

"你还享受这个俱乐部吗?"

"还可以。对我的口味来说有点,你知道,太大众化了。"他说。他不是开玩笑。

剩下的夜晚就像电影的结尾一样。所有的演出人员都在跳舞:狄克与安娜(他差不多是站得直直的拖着脚走路,安娜牵着他的手试

---

① In The Midnight Hour 是 Wilson Pickett 在 60 年代舞厅的热门舞曲,有大量的翻唱曲。
② Long Tall Sally 原为影响 60 年代摇滚乐最剧的美国新奥尔良 R&B 和福音歌手 Little Richard 1958 年的专辑里的同名歌曲,披头士在 1964 年的专辑 The Beatles' Second Album 中翻唱,是一首极为成功的流行曲。

着让他放开一点），茉莉与丁骨（茉莉喝醉了，丁骨越过她的肩膀看着某人——卡洛琳！——那显然是他感兴趣的对象），萝拉与丽兹（她比手划脚说着话，而且显然为了某件事在生气）。

我放所罗门·柏克的 Got To Get You off My Mind（"把你赶出我心田"），然后每个人都试了一下，纯粹出于尽责，虽说只有最好的舞者可以跳出一点什么，而且这个房间里没有人能声称自己算得上是最好的舞者，甚至连最一般的都不能。当萝拉听见开场小节时，她转过来露齿一笑，然后比了好几个举起大拇指的手势，而我开始在脑海中编辑一卷送给她的合辑卡带，一张全是她听过的东西，以及全是她会放的东西的卡带。今晚，有史以来第一次，我大概知道我应该怎么做了。

附录 1

《失恋排行榜》电影原声带目录

1. 13th Floor Elevators – You're Gonna Miss Me

2. The Kinks – Everybody's Gonna Be Happy

3. John Wesley Harding – I'm Wrong About Everything

4. The Velvet Underground – Oh! Sweet Nuthin'

5. Love – Always See Your Face

6. Bob Dylan – Most Of The Time

7. Sheila Nicholls – Fallen For You

8. The Beta Band – Dry The Rain

9. Elvis Costello & The Attractions – Shipbuilding

10. Smog – Cold Blooded Old Times

11. Jack Black – Let's Get It On

12. Stereolab – Lo Boob Oscillator

13. Royal Trux – Inside Game

14. The Velvet Underground – Who Loves The Sun

15. Stevie Wonder – I Believe（When I Fall In Love It Will Be Forever）

*《失恋排行榜》(High Fidelity)的电影版,由英国导演斯蒂芬·佛瑞尔斯(Stephen Frears)导演,美国演员约翰·库萨克(John Cusack)饰演男主角洛·弗莱明,瑞典《敏郎悲歌》(Mifunes Sidste Sang,1999)女主角 Iben Hjejle 饰演萝拉,地点由原著的伦敦改到芝加哥。电影原声带所选的歌曲很多是其中不同演员自己的选择,远多于跟随原著小说。

附录 2

Nick Hornby's 31 Songs 目录

1. Bruce Springsteen – Thunder Road

2. Teenage Fanclub – Your Love Is the Place Where I Come From

3. Nelly Furtado – I'm Like a Bird

4. Led Zeppelin – Heartbreaker

5. Rufus Wainwright – One Man Guy

6. Santana – Samba Pa Ti

7. Rod Stewart – Mama Been on My Mind

8. Bob Dylan – Can You Please Crawl Out of Your Window?

9. The Beatles – Rain

10. Ani DiFranco – You Had Time

11. Aimee Mann – I've Had It

12. Paul Westerberg – Born For Me

13. Suicide – Frankie Teardrop

14. Teenage Fanclub – Ain't That Enough

15. J. Geils Band – First I Look at the Purse

16. Ben Folds Five – Smoke

17. Badly Drawn Boy – A Minor Incident

18. The Bible – Glorybound

19. Van Morrison – Caravan

20. Butch Hancock & Marce LaCouture – So I'll Run

21. Gregory Isaacs – Puff the Magic Dragon

22. Ian Dury & the Blockheads – Reasons to be Cheerful, Part 3

23. Richard & Linda Thompson – The Calvary Cross

24. Jackson Browne – Late For the Sky

25. Mark Mulcahy – Hey Self – Defeater

26. The Velvelettes – Needle in a Haystack

27. O. V. Wright – Let's Straighten It Out

28. Royksopp – Royksopp's Night Out

29. The Avalanches – Frontier Psychiatrist

30. Soulwax – No Fun/Push It

31. Patti Smith Group – Pissing in a River

＊31 Songs 是尼克·霍恩比 2003 年出版的新书,美国版的书名为 Songbook。本书是霍恩比针对自己私人 CD 收藏中最爱的 31 首歌所撰写的短文,出版时随附一张 CD。

图书在版编目(CIP)数据

失恋排行榜/(英)霍恩比(Hornby,N.)著;卢慈颖译.
—上海:上海译文出版社,2015.5
(尼克·霍恩比作品)
书名原文:High Fidelity
ISBN 978-7-5327-6884-4

Ⅰ.①失… Ⅱ.①霍… ②卢… Ⅲ.①长篇小说—英
国—现代 Ⅳ.①I561.45

中国版本图书馆 CIP 数据核字(2015)第003165号

Nick Hornby
HIGH FIDELITY

图字:09-2013-356号

失恋排行榜

〔英〕尼克·霍恩比/著 卢慈颖/译
注释/林泽良 卢慈颖 林宜君 叶云平
责任编辑/冯 涛 装帧设计/张志全工作室

上海世纪出版股份有限公司
译文出版社出版
网址:www.yiwen.com.cn
上海世纪出版股份有限公司发行中心发行
200001 上海福建中路193号 www.ewen.co
常熟市文化印刷有限公司印刷

开本890×1240 1/32 印张9.5 插页2 字数168,000
2015年5月第1版 2015年5月第1次印刷
印数:0,001—5,000册

ISBN 978-7-5327-6884-4/I·4168
定价:38.00元